《山西抗日根据地红色文化经典文献大系》
编纂委员会 编

山西抗日根据地红色新闻经典文献

晋察冀根据地卷（五）

张汉静 主编

山西出版传媒集团 山西人民出版社

山西抗日根据地红色新闻经典文献

晋察冀根据地卷（五）

侯赛华　编撰

《晋察冀日报》

一九四一

YI JIU SI YI

一九四一

我们要为被残害的同胞复仇

这次敌寇对我边区举行的全面的大规模的"毁灭'扫荡'",从八月中旬开始到现在已经延续了一个月以上。在这次"扫荡"中,野蛮成性的日本法西斯屠手们,为要达到其"毁灭边区"的目的,曾经在其抢光、烧光、杀光的"三光政策"下,对我边区人民展开了旷古未有的残暴兽行。这些凶恶的野兽们,到处搜索追捕着我们的同胞,并成群地将他们用最残忍的手段杀死,甚至连出生不久的婴儿也逃不出这些恶兽的毒手。因此在这次"扫荡"中,凡敌寇足迹所到之处,尸横遍野,惨不忍睹。所有这些血淋淋的事实,又一次在人类面前暴露了日本法西斯强盗的□恶面孔和无耻兽行。

但是不管敌寇如何疯狂野蛮地"扫荡"和惨害我边区人民,我们倔强的边区人民是绝不会在卑污的日本法西斯凶犯的血手面前低头的。我们伟大优秀的中华民族为正义神圣的反法西斯民族自卫战争已经和人类的反叛者日本法西斯强盗血战了四年有余,我们从来没有在我们不共戴天的民族敌人日本法西斯匪盗面前表示过丝毫的犹疑动摇和屈服。抗战四年来,我们边区的广大人民已经从残酷的斗争中锻炼成一支无比坚强的抗战力量,我们曾经连续不断地击溃和粉碎了敌寇无数次的"扫荡"进攻,长期艰苦的流血斗争,已经考验出了晋察冀边区的广大人民,是中华民族的优秀代表者,为了自己祖国的独立和民族的自由,我们晋察冀人民宁愿牺牲一切和日本法西斯□首搏战到底,但是要想让我们屈辱和忍受可耻的战役是永远不可能的。这次敌寇企图以其空前残忍凶暴的屠杀来征服我边区广大人民,这只是日本法西斯□汉们的□□的梦幻,事实已经无情地告诉了敌人,日本法西斯强盗们的种种非人性野蛮屠杀政策,除了招致我边区人民的更大更深的仇恨和增强我边区人民斗争的决心外,是不会有其他收获的。历史已经宣告了日本法西斯侵略者的死刑,今天边区的广大人民正在他们被日本法西斯强盗所惨害的骨肉同胞的血迹面前更强固地组织着自己的力量准备□后粉碎和绞死凶恶的野兽。最近我们边区许多被敌寇杀害的死难同胞的家属,正在激愤地呼喊着和号召着自己的弟兄们为死者复仇,甚至年迈的白头老翁亦自动地拿起了武器,这种英勇不屈的行为,不只代表着一切受难者家属的决心和意志,而且代表着全边区一千五百万抗日人民以至全中国人民的决心和意志;这是我们伟大优秀的中华民族的崇高性格的表现,我们全边区人民应该高度地发扬我们中华民族的这种传统的崇高性格与精神,积极热烈地响应我们死难同胞家属的这种正义的斗争呼喊与号召,一致群起为死者复仇,广泛开展群众游击战争,以我们边区人民的集体的组织力量来打击和粉碎敌寇的疯狂"扫荡"及其无耻兽行,以便胜利的保卫边区,保卫秋收,恢复与保持抗日的社会秩序。我们边区人民绝不能容忍敌人在我们神圣不可侵犯的晋察冀边区横行到底。

为要胜利地澈底粉碎敌寇的"扫荡",我们全边区人民必须加紧准备自己的力量,首先我们要百倍地提高我们的警惕性,充分认识此次敌寇"扫荡"的特殊残酷性和严重性,加紧在精神上和思想上准备自己,以便在任何情况到来时,能够随时给予进攻边区的狂暴敌人以当头痛击,在今天空前残酷严重的反"扫荡"斗争中,任何的疏忽、大意、迷惑和麻痹都是有害的。其次我们必须更严密地组织自己的力量,各地应该有计划有组织地建立情报联络间的工作,民兵必须适应新的战争环境,普遍设置山头□与沿要道的坐地隐蔽哨,并使之取得密切的联系;村与村之间,应该真切实地经常交换情报,使各村之间建造成一条情报线,以便使每一个村庄的每一个人都能经常了解敌人的真实情况,避免丧失知觉混乱无章的现象。对于侦察警戒工作,我们必须加以□□的布置,村与村、区与区之间,经常保持密切的联系,彼此互通情报,以及守望相助共同防卫都是非常必要的。又如担负情报工作的民兵,除自己应严守职责外,不应随意抽调他们担负其他工作和勤务,当敌人到来时,应避免□□或成群结队地集结在一起挤入山沟的现象,这样很容易被敌人的搜山部队捕捉聚歼,在这样的情况下,我们必须坚决采取有计划有组织的分散隐蔽方针,并配合以民兵的活动与掩护,首先是进行老弱妇女的适当疏散,但不顾任何情况将民兵游击队员一律"坚壁"起来甚至坚壁武器的作法都是极端有害的。总之,今天在敌寇空前残酷"扫荡"面前,我们必须更积极地以边区人民英勇的反"扫荡"斗争来回答敌人,才能有力地打击和粉碎敌寇的"扫荡",这□□必要的□□□保护反"扫荡"斗争的澈底的完全的胜利。

(原载一九四一年九月二十八日《晋察冀日报》第一版社论)

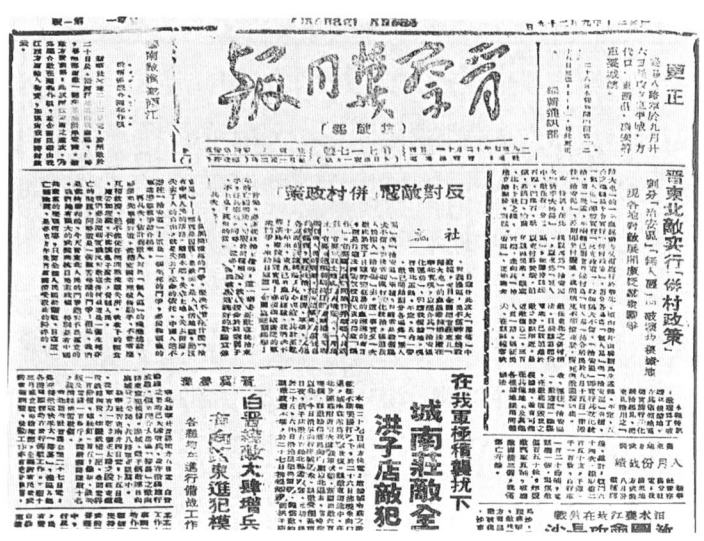

反对敌寇"并村政策"

日寇在此次大"扫荡"中，对我边区人民不仅肆意烧杀抢掠，而且企图把它在东北"归大屯"的血腥毒辣办法搬在华北实现，以配合其"治安强化运动"，毁坏我根据地。现晋东北盂县、平定、五台一带，敌已开始划分各区为"无人区"与"治安区"两种，对前者是杀个鸡犬不留，对后者则厉行强化统治，强迫我人民搬入"治安区"去。这一事实又一次澈底暴露了日寇野蛮狂暴的血淋淋的面目，这是日寇法西斯奴役我民族的得意"杰作"。它要驱逐我们同胞背井离乡入其铁釜。它要以我土地成国四境□□，一片焦土，它要杜绝和斩断抗日部队政权及群众团体与人民的联系，它要把群众囚□在它的铁笼里，实行政治、经济、军事、文化各方面的奴隶统治；其心至险，其计至毒！十年来，东北已有血的经验，我们决不能让此毒辣阴谋实现！必须组织广泛的群众斗争，来给日寇这一企图以迎头痛击！

首先，必须从政治上指明：这一办法是敌寇统治东北的亡国办法，屈服于这种办法，就是授命于日寇刽子手，任其宰割。同时，还必须揭破敌寇汉奸的欺骗宣传，不上鬼子汉奸的当。

其次，必须展开积极的斗争，坚决不搬往什么"治安区"——那里是囚笼，是铁釜，是人间活地狱，绝没有中国人民的活路。离开本乡，失去土地，失去田园，失去了人的自由，就是失去了生命的依托。中国人绝不搬往"治安区"！这是一个生死的斗争，必须和顽强的群众游击战争结合起来。

再其次，估计到敌人对于"无人区"的残酷烧杀，必须事先准备对策。能挖窑洞者应积极动手，不能者应互相救济，绝不能使任何同胞流离失所，秋收下的粮食，应妥加埋藏，不能让鬼子抢去，胁制人民。

我们必须深刻认识反对敌寇并村政策是一个生死存亡的问题，同时这是一个艰苦残酷的斗争；但是，我们是能够胜利的，今天晋东北人民的斗争绝对不是孤立的。我们□有强大的武装与抗日民主政权，特别是有中国共产党的坚强领导，只要全体人民团结奋战，日寇这一亡国阴谋，是必然会在我们□□遭受彻底的粉碎的。

（原载一九四一年九月二十九日《晋察冀日报》第一版社论）

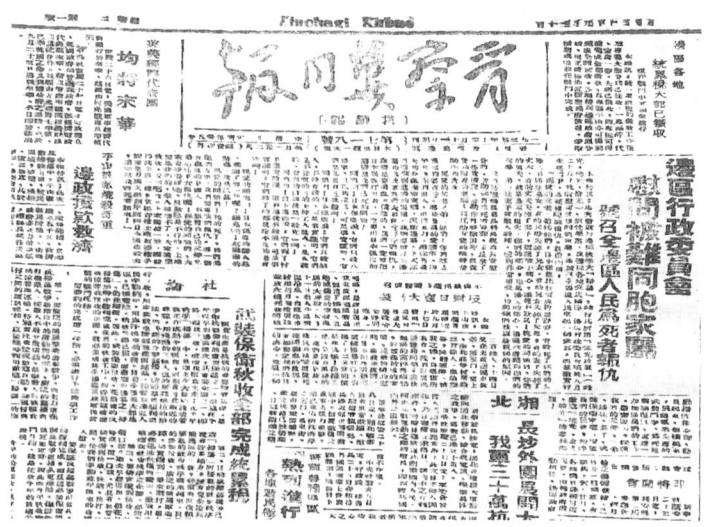

武装保卫秋收全部完成统累税

粮食生产是抗战的重要物质基础,是争取抗战胜利的重要保证之一。敌寇在今年提早对边区进攻,其重要企图之一,即为妨碍我秋收,破坏我粮食生产;比今年秋季"扫荡"中,敌寇正在大量的践踏着我正在成熟中的粮食,收割我村庄附近的庄稼,用残酷的惨无人道的屠杀烧掠的办法,与不断的合击袭扰,妨碍群众顺利进行秋收,用车兵驻屯控制我产粮地区,掠夺我边区人民辛勤终年,用血汗换来的收获。目前全边区大部地区,已获丰稔。秋收季节已届,而敌寇对边区之"扫荡",仍在继续。因此,武装保卫秋收,在严重的反"扫荡"形势中胜利完成我们的秋收工作,粉碎敌寇破坏与掠夺我秋收的企图,就必须成为全边区党政军民当前的战斗任务。

要胜利的完成这一任务，必须进行下述几项工作：

第一，要广泛的开展群众游击战争，与主力军在反"扫荡"战争新阶段中的活动密切配合，广泛的袭扰与打击敌人，使敌人不敢分散活动，截击敌人对我粮食的掠夺与运输。特别要注意监视敌寇行动，加强村与村之间的通讯连络，以便随时利用敌寇"扫荡"的空隙，进行收割、打晒、收藏的工作。

第二，目前反"扫荡"战争已进入新阶段。各地被敌寇"扫荡"所扰乱的社会秩序，虽正在次第恢复，但还有许多地方，没有完全达到恢复与巩固的地步。目前边区的秋收，必须与恢复和巩固被敌寇"扫荡"所扰乱的社会秩序联系起来，只要全边区人民能够积极的参加秋收，广泛的开展群众游击战争，利用战争空隙，切实做到"敌来离村，敌去回村"。则社会秩序必能迅速恢复与巩固，敌寇用反复不断的骚扰合击以破坏我社会秩序之企图、必归失败。

第三，要切实做到快收、快晒、快打、快藏，这个口号在过去早经提出，但在目前严重的反"扫荡"战争时期，这一口号，尤具有异常重大的现实意义，只有切实做到快收、快晒、快打、快藏，才能缩短秋收时间，使我们辛勤终年换来的收获，不致在秋收中被敌人抢去。

要保证反"扫荡"战争的胜利，不仅要保证秋收任务的胜利完成，而且还必须保证部队与政权的给养。特别是战争更持久更残酷，保证战时粮食供给的工作也就更加重要。因此与今年秋收密切结合着的另一个战斗任务，就是征收今年的救国公粮，全部完成统一累进税。

今年的公粮征收，是有一些困难的，这就是战争对于秋收的破坏。某些地区的社会秩序尚未完全恢复，全区更在严重的反"扫荡"残酷斗争中，要及时完成预期的数目，的确有许多困难，但是这些困难是可以克服的。今年的公粮征收，有去年所不及的特殊有利条件。今年一般的可以说是丰年，只要秋收能顺利完成，群众多纳一些公粮还不至影响到生活，今年负担面已经扩大到百分之八十以上，每份的负担比起过去已经略略减轻；今年统一累进税的调查、统计、分配工作一共进行了好几个月，群众对于统一累进税已经有了相当的认识，而且对于统一累进税的公平合理一般的热烈拥护。加以由去年到今年一年之间，我们各方面的工作，又有了许多进步，由于我们这些新的有利条件，使今年的公粮征收，具有胜利完成的客观根据。

今年的公粮征收，就是全部完成统一累进税。在今年八月份已经征收过公粮的地区，现在只收粮、秣两种；今年尚未征收公粮的地区，粮、秣、钱三者一齐征收，但必须根据各地不同的情况而具体决定在各地不同的执行方案，我们要特别指出，今年的公粮征收不仅要求数量上是全部完成，而且还要要求粮秣在质量上的提高，我们坚决反对在交纳粮秣中的自私自利行为。反对一切破坏公粮的行为，深入广大人民的政治教育和加强巩固统一战线的工作。

在目前反"扫荡"的新阶段中，各级政权和群众团体，必须用最快的速度，争取这个艰巨工作的及时完成。数年来，边区在公粮战线上和财政工作上曾经有过优良的传统。必须把他在这个战斗工作月中，继续发扬起来。

（原载一九四一年九月三十日《晋察冀日报》第一版社论）

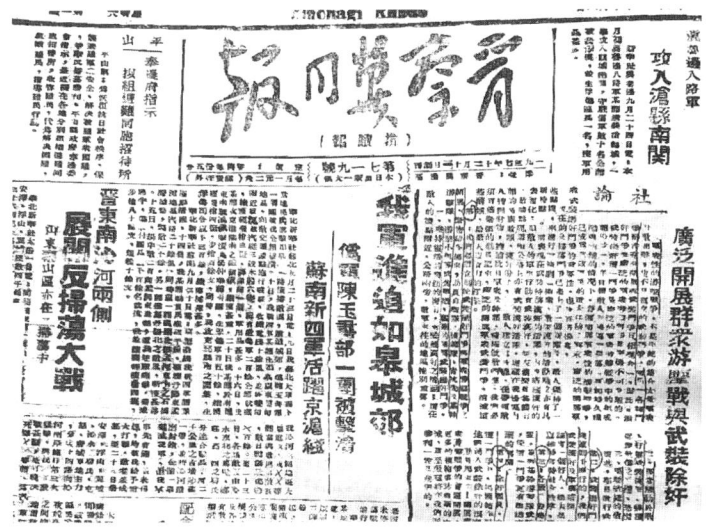

广泛开展群众游击战与武装除奸

群众性的游击战争，不是单纯的集合大量群众对敌出击，也不是孤立的武装斗争，□□"各种斗争形式充分开展与武装斗争互相配合"，因此，锄奸斗争与广泛的群众游击战争是密切不可分离的。武装锄奸这一斗争是广泛的群众游击战争中的组成部份之一。在目前敌人对边区"扫荡"更加持久残酷与复杂的情况下，普遍开展群众性的游击战争，已成为党政军民的重大任务，那末，广泛的开展群众武装锄奸斗争的重要性，也就百倍提高。

现在的反"扫荡"斗争已走上了一个新阶段，敌人保持了一些点线，来进行"清剿"搜索，敌寇汉奸的活动随之亦有其新特点。这表现在武装特务汉奸的活动，内地暗藏汉奸的表面化；如敌人的军事行动有武装汉奸，便衣侦探为其□有，敌据点周围和公路上亦有武装汉奸活跃，埋藏在我边区内部的民族败类、汉奸份子，□□敌人建立了政权，在带领敌人搜掘财物，搜捕抗日群众及干部，积极做敌内应。我们必须百倍紧张的动员起来，广泛的开展群众武装斗争，消灭这些丑类，给敌人以有力的打击。

第一，我们必须立刻使武装锄奸斗争与群众游击战争之开展，紧密结合起来，动员自卫队，模范队，青抗先及基干游击队，游击小组等武装组织，猛烈的□□武装锄奸斗争。

一、坚持灵活的□□的国有，来监视汉奸之活动；这在敌人的据点附近，公路两旁，敌军来往的地区特别重要。

二、经常活动于敌人据点周围，公路两旁，捕敌之特务、打击武装汉奸，袭扰与封锁敌人，使敌探汉奸不敢活动，□□敌伪之动摇、恐慌。

三、果敢敏捷的侦察敌人之行动企图，迅速回报。

这些，都是进行武装锄奸斗争中的重要课题。

第二，武装锄奸斗争，是在保障人权□巩固扩大统一战线原则下进行的，我们打的是真正的敌探汉奸份子，打的是武装汉奸及军事暗探，绝不要轻易的放松一个敌探，也不要诬害一个好人，过去是如此，现在仍应如此，非此，则不足以维持战时社会秩序，消灭敌探汉奸。

第三，各级公安局应抓紧这一斗争，进行周密的计划布置，并与基干游击队武委会取得密切联系，来指导这一斗争，使这一斗争更有组织有计划的进行，使这一斗争，普遍猛烈的展开。

第四，除奸团员，自卫队员应积极参加这一斗争，并在这一斗争中，起模范作用，站在群众的前面，领导他们，使他们涌入武装除奸的浪潮中去。

动员起来！开展广泛的群众武装除奸斗争！我们有群众游击战争的普遍开展，有过去宝贵的经验，我们将会创造更多的模范事迹与新的富贵经验；汉奸敌探将在我们面前消灭，万恶敌寇将在我们汹涌的斗争下滚出去！反"扫荡"的澈底胜利一定是我们的。

（原载一九四一年十月四日《晋察冀日报》第一版社论）

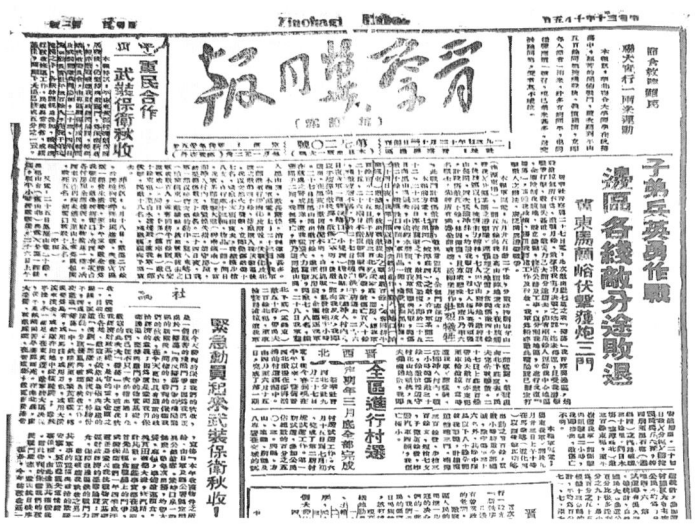

紧急动员起来武装保卫秋收!

在今天胜利的保卫我们的秋收,是一个艰苦的残酷斗争;因为我们正处于"扫荡"与反"扫荡"斗争的残酷紧张的新阶段,同样的,胜利的保卫我们的秋收,在今天更加具有严重的政治经济的意义;因为这是□固我们保卫边区、坚持与敌斗争的物质基础。

我们已经不只一次的指出过:在敌寇的此次大"扫荡"中,破坏我秋收,毁坏我经济财政基础,是它的重大企图之一,目前在各地,敌寇正依□其新占与新建的点□,派遣"清剿"部队,武装汉奸,特务份子,四处活动,分头扰乱与破坏□秋收工作。在敌寇"扫荡"中,铁蹄所至,繁茂庄稼,转眼变为乌有,或用马践,或用刀割,或用大滚滚来滚去，或结队在田地中纵横驰骋；毒辣手法，不一而足。在东黄□，敌军将大渠决□，使千万□稻田苦旱□□□□。在南北□，广大菜□，被敌蹂躏，在晋□□，敌更□□□告，宣布"本年收获物件之所得及对于所有者配给，由日军及□公署制定办法施行之"，实无异公然抢夺，繁峙口泉一带，田禾被毁，所余无几。□每次出扰，均带大批驮骡、民夫、口袋、麻包，准备抢运粮食。敌占点□周围，大块良田被挖大沟，修汽路，□□墙等破坏者不计其数。这些事实都在说明敌我经济战□上，首先是粮食□□上的斗争，空前紧张与严重，武装保卫我们一年四季血汗辛勤换来的收成，这正是巩固我抗战物质基础、击破敌寇摧毁边区财政经济的恶毒阴谋；这也正是保障军食民食，保障我边区铁的战斗力的巩固与壮健。

敌寇破坏我秋收之另一企图，还在于配合其军事的震慑与政治的欺骗，捣乱我抗日秩序安宁，制造悲观失望情绪，使人无斗志，百事俱废，由此达到其摧毁我抗日根据地的企□。因此胜利的保卫我们的秋收，也正是提高全民战斗意志，巩固抗日秩序之安宁。

但是，今年的秋收□一个大的□□的□口。武装保卫我们的秋收，全边区人民必须高度紧□的把劳动力和战斗力结合起来，团结□一个战斗意志之下，用血与汗争取这一斗争的澈底胜利。

第一，广泛开展群众游击战争，拿起武器来，一面战斗，一面秋收，配合我军主力，打击敌之小股部队，武装汉奸，特务份子。不断的□□□敌占据点，不懈的不分昼夜风雨予以打击扰乱，把敌之点线封锁起来。

第二，加紧□□工作，随时镇压与捕捉敌探奸细。击破汉奸特务民族叛徒之造谣惑众、□□人心。迅速□□与巩固抗日社会秩序。

第三，高度发扬民族友爱精神，互助互济，有计划的补充与调剂劳动力，把老幼男女，党政军民一切能够参加生产的力量，都组织到秋收战□上来。

武装保卫秋收！劳动力和战斗力结合起来。

澈底粉碎敌□破坏秋收、摧毁我经济财政基础的阴谋毒计！

和敌寇展开争夺粮食的斗争！不让鬼子抢夺和烧毁一粒粮食！

军民合作，一致动员起来，快收、快打、快晒、快藏！

（原载一九四一年十月五日《晋察冀日报》第一版社论）

严厉镇压敌探汉奸切实保障人权恢复和巩固抗日社会秩序

反"扫荡"第一阶段中，敌寇携其优势兵力进行反复"扫荡"，疯狂烧杀淫掠；同时又因我群众游击战争未能全面广泛开展，各方面工作准备不足之故，致使我边区某些地区的□会秩序遭受了相当严重的扰乱和损害。在反"扫荡"新阶段中，恢复和巩固抗日社会秩序，在战斗中推进我□政军民各方面的工作，实□争取反"扫荡"澈底胜利的先决条件。

为了恢复和巩固抗日社会秩序，必须全边区的党政军民总动员起来，在军事、政治、经济、文化各个战□上协同动作；尤须边区治安的主管机关——公安局，在这方面负起重大责任。对这一工作首先必须有明确的认识：

第一，为了争取反"扫荡"澈底胜利，必须在战斗中恢复和巩固起战时的社会秩序来。任何等待主义的思想，一切等待反"扫荡"结束后，慢慢地恢复起平日秩序的错误观点，必须立刻予以□正。今年的反"扫荡"是带有长期性、继续性，和空前残酷性的，社会秩序的变动较之以前任何时期为烈，老一套的过□常日子的做法必须抛掉，新的带有战斗姿态的、合乎战斗环境要求的社会秩序，必须迅速建立。另一方面，对于反"扫荡"初期某些地区的混乱现象，必须立即克服。反对惊惶失措，乱逃乱跑，不能坚持阵地打击敌人的现象。

第二，恢复和巩固社会秩序的工作，和当前三位一体的任务——广泛开展群众游击战争，保卫秋收，全体完成统一累进税——是不可分离的，必须在完成这一三位一体的战斗任务中建立起来。因此，脱离当□任务，企图孤立的恢复社会秩序，是不可能的。尤其是各级治安主管机□，必须在保证上述任务完成当中，推进当前的治安工作。

为了恢复和巩固社会秩序，目前必须进行下列工作：

第一，在群众中进行广泛的宣传解释工作，一方面要揭破敌伪欺骗宣传，（如什么"在边区内长期驻军"，"归顺证"，"不杀不出村的人"，"某某团□□"以及□造我军名义散发的荒□宣言"打倒周恩来"，等等无耻欺骗宣传），以便安定人心，粉碎汉奸的无耻造谣；并应严防被敌俘去后放回来的群众，受敌欺骗利用而散布不良影响，要将敌人一面□□烧杀，一面欺骗怀柔的毒计揭穿，更应制止乱造谣言，防止群众因惊惶失措或被汉奸份子乘机利用而散布失败情绪。另一方面要根据目前斗争形势，针对敌人的弱点，指出我必胜敌必败的有利条件。

第二，严厉镇压敌探汉奸罪魁，同时要确切保障人权，坚决打击敌之武装特务，随军侦探，要到处提□□的、□行的，引路的，搜山的敌探汉奸。但对于被迫胁从份子，□□□化争取，不可一律看待。在提□与处理

□□问题上，仍应依照法律规定；禁止乱捉乱杀，但同时应反□不敢捉拿汉奸或放松除奸工作的现象。对于□□有据之敌探汉奸，任何人皆有权捉□；但在一般情形下，□□后应送交县级以上的政府或附近武装部队处理，区村无处理权。在辨别可疑□子时，应分别□□确为汉奸，□者为普通破坏□子，□者为盲目胁从的落后□子，不能互相混淆。

第三，加强群众武装除奸斗争，使之成为群众游击战争的主要组成部分之一，活跃武装除奸团的工作，各级政府之治安□□应加强对武装除奸斗争的领导，□助政府维持社会治安，加紧巡逻、守望、调查行人，□非法行为，除奸团员须配合民兵组织□切实执行送情报、岗哨、侦察敌情、封锁据点、□□老□、联合作战、打击敌人、坚壁清野等工作。

为了完成以上工作，村级工作是有决定□义的一□。各级组织应□有力□□去□□和帮助村级干部、有计划的掌握全村群众，特别是民兵组织；□敌来时应有计划的分散全村老□居民，在村周围展开麻雀战，坚持斗争；当敌走后，要能迅速回村恢复秩序，配合我军作战，保证在物质上粮食上的充分供给与□□，□做到时时保持村与村、同区与区的联系。那种逃之夭夭、连干部也"坚壁"起来的现象，必须□正。

各□情□极不一致，要求有不同的工作方式，战□不论何□地区，不论何种环境，都必须以新的□□进行各种工作，战斗动员与秋收工作，惟有如此，才能恢复和巩固战时的社会秩序。

（原载一九四一年十月六日《晋察冀日报》第一版社论）

尖锐对敌斗争坚决反对资敌

目前敌寇正在我边区进行着重大的阴谋，企图配合其持久的军事"扫荡"，深入其特务奸细活动，从政治上解除我群众之思想武装，麻痹我同胞之抗日意识，胁迫与诱□群众入其圈套。敌寇的欺骗宣传正在各地加强着，大批汉奸组织的工作队正潜入各地活动着，欺骗怀柔政策正在各地加紧进行。诱惑群众搬回其新占据点。□积极利用其某些上层份子的动摇投降情绪，策应敌人，鼓动资敌。

斗争是持久的，残酷的，再加以我们某些地区的宣传解释群众动员工作异常薄弱；在部分群众中就难免发生对长期斗争感到厌倦，在高度紧张之后幻想苟安，在敌寇□胁镇□面前情绪低落，在五花八门的谣言攻势中□失信心，迷失方向，一旦为敌探内奸，民族叛徒所乘，某些群众便不免堕入圈套，大上其当，某些地区特务奸细得以煽惑蠢动，破坏抗日秩序安宁。

我们必须警告全边区同胞：搬回敌占据点去支应敌人，这是一个重大的危险！这将要使我同胞入日寇法西斯的魔手，任其玩弄与宰割，使我民族子子孙孙、万世沉沦于黑暗的人间地狱！

我们必须向全边区人民指明：粉碎敌寇这种□辣阴谋，坚决开展不支应敌人的斗争，这是反"扫荡"新阶段中严重的艰苦任务。这一斗争的胜利，是争取反"扫荡"澈底胜利的一个重要的组成部分。

我们知道！在冀中平原上曾经有好多村庄一时上当，与敌接头而开始支应敌人；满以为□做顺民，即可偷安于一时，享"王道乐土"的"清福"。但结果怎样？他们每一个人都痛悔前非，重新开展不资敌的生死斗争。为什么？就因为日寇奸细，民族叛徒的花言巧语完全是一套鬼话，一旦上钩就愈陷愈深，愈逼愈紧，绝不给你留一线生机。

我们知道：沦陷区的同胞是怎样在热油锅中受着熬煎！在那里苛捐杂税就有一百多种，养鸡吃水都得纳税，好多村子每年支应敌人，都在数十万元以上。望都一个不到一百二十户的村子，每天就要向敌寇供给二十个苦力，一百斤柴，十二斤菜，五斤香油，二十个鸡子，平山某村每天供敌一千多元，平均每人每天要资敌五十多元。望都北场子全村土地不过十几顷，被敌挖沟修路占去者□有十顷零九亩。□中□无一□被敌拔去的庄稼就有十二万二千四百零二亩，还有许多地方连农具器皿都被没收。这是什么世界？这就是日寇高唱的"东亚新秩序"！

我们还知道：五□耿镇高洪口一带，少数群众被驱回家，一进家门□要鸡、要猪、要白面、要大米、要现钱，男的挨打、女的被奸，日复一日，诛求无状；最后还不免人被杀，房被烧。祸从何来？就是由于他们中了日寇甘言蜜语的诡计。

日寇向天下扯谎，说"杀的是共产党八路军"，"烧的是八路军住过的房子",但是东黄泥一个村子即被杀一百〇六人,除几个共产党员以外,绝大多数是无党无派人士,兽军所至,逢人便杀,难道他碰见的就都是共产党八路军?七八十的老人,三五岁的小孩,都被其杀害,难道他们也都是共产党八路军?山口小道的僻村独舍,山上的石岩,地里的庄稼,八路军并没有在那里住过,也不免日寇兽蹄蹂躏。

所有这些都在说明:日寇杀的是中国人,烧的是中国人的房子,这个东方野蛮的法西斯是全中国人民的死敌,中国人民要生存——那就要坚持与敌斗争到底,生与死,光明与□暗,做边区的自由公民,还是当日寇的亡国奴隶,就决定于我们是在日寇面□屈膝投降支应敌人,还是团结在共产党、八路军、边区政府、群众团体的周围和敌人血战到底。我们中华民族是有伟大骨气和高尚气节的民族,我们边区人民□经和敌寇进行了四年的生死斗争,决不能走这条资敌投降的死路,全体人员必须一致起来,以最大的仇恨击溃那些特务奸细,民族叛徒的无耻活动。在此敌我斗争空前严重时期,全边区人民必须不分贫富、不分民族、不分党派、不分根据地、游击区和敌占区同生死共患难,千百倍的巩固团结,巩固和扩大我们的抗日民族统一战线,万众一心与敌周旋,□锐的展开敌我斗争,不资敌,不屈膝,不回敌占据点,不上敌人的当,不入敌人的圈套!

这是一个持久的艰苦的斗争,但我们有一切胜利条件,有高度的胜利信心,最后胜利一定是属于我们的。

(原载一九四一年十月七日《晋察冀日报》第一版社论)

建立周密系统经常的调查工作

"没有调查,就没有发言权"这个真理,是中国共产党和中国人民的伟大领袖毛泽东同志的历史客言,也是中国三十年来新民主主义革命所证实了的确切不移的规律。一切不注意调查工作,粗枝大叶,主观主义,自以为是的人们,随便发表意见,闭门造车,因而造成事业中的挫败者往往皆是。日本法西斯强盗是我们不共戴天的敌人,但这个敌人为了要达到他的掠夺奴役的目的,则不惮进行无微不至的调查工作,我们要澈底打击和消灭这个当前大敌,没有精密细致的调查工作,也会增加我们在斗争中的严重困难的。此次敌寇对边区举行空前严重的大"扫荡"与尚在继续进行中的"清剿"工作,事前都是经过长时期的调查研究，其合击计划与目标多以此为根据，敌探特务情报侦查等各种工作的深入边区，都是环绕着这种"有关大局"的调查工作。

在敌后紧张的战斗环境中，我们调查工作更加重要。今天摆在我们面前的问题，不仅要认真的重视这一工作，而且应在实际斗争中，雷厉风行的立即开始这一工作，进行这一工作的具体办法，除了中共中央关于调查研究工作的决定已有明确的指示外，各地区可根据不同的情况，作更具体的决定。为了便于立即开始建立这一工作，我们提出以下的几点意见，供给各方面参考。

（一）各级党政军民的领导机关应设立调查研究部门，专门研究社会经济政治情况，特别要着重研究敌我两方情况的具体变动，敌我力量相比与社会各阶级阶层力量的结合和变动，将这种变动与国际□内形势的变动联系起来，加以周密系统的研究。

（二）应有普遍的情报网的组织与统计工作，在每一村一区一县一个专区之内，以真正经过细心调查的情报工作去了解周围情况，在每一个瞬间及一瞬间之后可能发生的变动，才能具□生动灵活的处理一切可能到来的更加严重的局面。

（三）搜集反"扫荡"中一切可歌可泣的伟大战绩，和检查战斗生活中的弱点和缺点，考查这些问题发生的原因，及提出持久顽强对敌作战，坚持抗日革命阵地的具体办法。

（四）把调查研究理论方面的工作与实际的战斗生活有机的密切的互相互联系起来，使内容充实而又合乎科学的实际。

（原载一九四一年十月十二日《晋察冀日报》第一版社论）

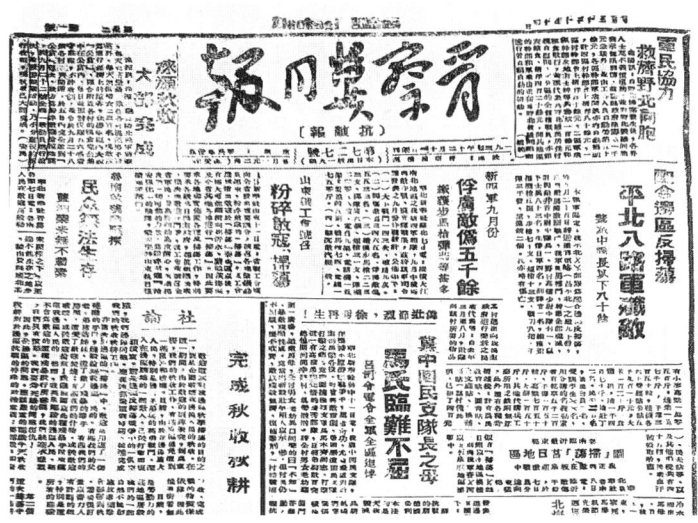

完成秋收秋耕

敌寇这次对我边区秋季"扫荡"的目的之一，便是企图破坏我边区人民的秋收。在这一其间，由于敌寇的狼奔豕突，到处窜扰，我们的秋收工作，有些地区难免遭到一些阻碍和破坏。目前，由于我边区广大人员，特别是边区子弟兵的英勇战斗，深入在边区腹地的一部敌人，已被打击而狼狈溃窜。这是边区反"扫荡"战争中的一个空隙，我们边区同胞，应从速抓紧这个时期，从速完成我们的秋收秋耕工作。

在这次对边区的"扫荡"中，敌寇是用尽了一切残酷的手段，烧杀抢劫我边区人民的。有些我们的父老兄弟诸姑姐妹，遭了敌人残暴的毒手，有些我们的房屋，遭受了敌寇焚烧；有些我们的什物，或被敌寇破坏，或被敌寇抢劫！敌寇原图以此种残暴手段来镇压我边区人民的。然而，我英勇坚毅的边区人民，绝不会为敌寇的这种残暴兽性所吓到，我们丝毫不悲观，我们只有愤怒。我们要为死难的同胞复仇！

因此，全边区的问题，应该严重的认识到今天秋收秋耕对于边区抗战的特殊的政治意义；要认识：加紧秋收，完成秋收是粉碎敌寇"扫荡"、巩固边区、坚持抗战的物质保证，而秋耕则是明年边区军食民食的重要依靠。因此，我们要坚持抗战，为死难的同胞复仇，唯有怀着无穷的悲愤，加紧完成我们的秋收秋耕！

目前，在秋收秋耕中的第一个应当注意的问题，是劳动力的问题。敌寇在这次对边区的"扫荡"中，在有些地区屠杀与抓捕了我们的一部份青年壮丁，抢劫了我们的一部份耕畜。这对我们某些地区的秋收秋耕，自然不无影响；同时有些地区，由于敌寇杀人放火，施放毒药毒菌，以致时疫流行，患病的人较多，这也会影响到秋收中的部份劳动力。因此，各地的劳动力，需要很好的调剂。各机关部队，在这一时期，应尽量以畜力人力帮助秋收秋耕；而各村更应把人力畜力有计划的组织起来，互助合作，帮助缺乏劳动力之家，特别是这次被灾被难的家属与抗战军人家属，务使所有的庄稼，悉数收割；所有能种麦之地，悉数耕播。

第二个应当注意的问题，是耕具和器皿问题。在这次"扫荡"中，敌寇见房即烧，见器皿什物即破坏。我们的一些耕具和存放粮食的器物，难免遭受一些损失。在此情况下，某些地区的耕具和藏放粮食的器物，亦难免发生困难。对于这个问题，我们除可能添置者急速添置外，亦应发扬我们的民族友爱，互助合作以有济无！

第三个应当注意的问题是种子的问题。在敌寇到处滥烧和破坏之下，我们有些地方的麦种，难免遭受损失。在秋耕时，这一问题，亦应注意。农民合作社应在调剂种子的问题上起积极的作用，麦种，贷与农民。而在秋收中，对种子的选择，更应高注意，藏放时应觉得妥适地方。这是明年春耕所必需的准备工作。

第四个更应当注意的问题，是澈底坚壁清野和武装保卫秋收秋耕的问题。现在边区腹地的大部敌人；是被我们英勇的子弟兵派出去了，但有些点线上的敌人，尚盘踞未去；而且敌人对于边区的冬季"扫荡"，大有可能。所以我们的坚壁清野的工作，丝毫不能放松，而更应接受这次敌寇"扫荡"中各地埋藏与挖掘的经验教训，把这次秋收所获，很好的"坚壁"起来；这是非常重要的一着。我们特别要以积极的群众武装的活动来保卫秋收秋耕，在靠近敌点线与其临时据点的地方，更应百倍活跃起来。组织侦察，设置岗哨；拿起武器，开展群众游击战争，不断的予敌人以袭扰和攻击。这是保卫秋收秋耕的重要工作！

全边区的同胞们，起来，从速为完成秋收秋耕而斗争。

（原载一九四一年十月十四日《晋察冀日报》第一版社论）

建立欧陆第二条战线

希特勒企图用"闪击战"迅速击溃苏联，然后爬上英伦和渡重洋远征北美，以图达到各个击破和征服世界的目的。三个半月以前，他们所以发动反苏战争，其目的在此；三个半月来，在东战场拼命实行三次进攻之目的亦在此；最近所发动之第四次新攻势之目的，亦不外乎此。难道英美让希特勒实现自己的阴谋诡计么？英美当然不能这样做，他们也没有这样做。证诸过去事实，英美援苏是非常积极的，尤其是英美苏三国会议后，更为积极迅速，更有计划性和组织性；然而应当指出：目前形势之严重，只凭英美军火与资源之援助，还是不够的。目前最有效之办法，莫如在欧陆建立第二条反德战线。许多英国报纸要求政府欧陆作战，迅速在西欧造成第二条战线，实其适目前形势之要求与英美本身之利益。

英美目前在欧陆建立第二条战线之条件：第一，德国陆军和空军几乎全部调至苏德前线，且皆为德国最精锐师团。德国在本国和西欧各被占领国家所留下之部队，却多衰老病弱，而少战斗力者，德国后方空虚，为英美登陆，战之有利条件和难逢的时机。第二，英国已有两百万民防部队，□亦有百二十万现代陆军，而英美陆军驾凌德国之上，如从英美自治领殖民地抽出两百万军队是不成问题的。第三，英美具□着登陆作战的经济和政治条件，英美资源、人力、军火之雄厚，决非德国所能比拟，两国登陆作战之呼声甚高，故在国会内自易通过。此外，英国为苏联同盟国，苏联首都处于德军直接威胁之下，英军自应效第一次世界大战时俄军援助法国首都巴黎之故策，自应实行条约，乃属义不容辞者。

但是，在英美统治阶级内部有少数不识情势之反苏人士，反□□□，英□□美大□□里法克斯和美国共和□议□□契，就是惧战的代表，他们正如英人所言"□没有因德国对苏联实行背信弃义的进攻，而完全□□其反布维克的□向"，利契反对使用□借法案，援助苏联，哈里法克斯则以□□缺乏，为□□作战条件未成熟为借口，这□然是不合乎□实的，因为，"英国运输船只，目前较一年或十八个月前，大大增加"（邱吉尔语）相反的，现在正是英美在□陆造成第二条战线的最好时机。英国及美国政府应该当即立断，免失良机，使纳粹各个破击之阴谋不得逞！

（原载一九四一年十月十八日《晋察冀日报》第一版社论）

晋察冀边区永远是我们的

在苏德战争极度紧张，国际反法西斯的斗争空前尖锐的情况下，在中国，特别是敌后，四年来坚持团结抗战陷敌寇泥足于难以拔出的苦况下，日寇国际地位更加孤立，国内困难日益增长，于是冒险南进北进，成为日寇垂死挣扎的新出路。但伟大的不可屈服与不可战争的中华民族与华北一万万的人民，不仅是捍卫自己民族的干城，而且是以火与血的斗争，坚决打击东方法西斯这种狼奔豕突□括东亚的狂妄企图。因之，我中华民族和华北一万万人民已成为太平洋上反法西斯坚强的战士，成为华北敌寇的心腹大患与眼中钉。因之，敌寇妄想以"解决中国事件"与"华北明朗化"，以达到其扫除□进北进道路上的障碍，巩固其华北后防根据地的目的；于是日本法西斯强盗的血手，便首先伸入我晋察冀边区的腹地，进行空前残酷的秋季大"扫荡"，企图一举毁灭我抗日民主革命的根据地，将我军民斩尽杀绝，逼死，困死，饿死，冻死，杀人盈野，房屋变成灰烬，对于粮食衣服及民间一切物品，大施抢夺，极尽野蛮残暴破坏之能事，而犹以未足；到处指示其特务机关汉奸□组织的活动，施行其欺骗麻醉怀柔分化的阴谋诡计，妄想使我晋察冀边区人民俯首帖耳，为其宰割，日本法西斯的宣传机关每日每时向其国内国际各方面放送晋察冀边区已经毁灭的无耻的谣言，并以此自慰，梦想晋察冀边区是可以被下贱的法西斯匪徒毁灭的；然而他们的妄想和迷梦，终于被我们久经锻炼的晋察冀边区广大军民的铁拳打碎了，气势汹汹闯进边区的敌人，终于不得不狼狈退窜。从八月十三日进攻二分区开始至十月中旬洪子店温塘陈庄□头王□称问管头岭西敌人败退为止，整整两个月的苦斗，基本上我们是取得了反"扫荡"的伟大胜利。这是又一次的证明了晋察冀边区是永远不可被摧毁与不可被战胜的铁的长城，晋察冀边区永远是我们的。

我们反"扫荡"的伟大胜利的意义，不仅是因为它巩固了，与加强了晋察冀边区在华北战略上的重要地位，而且也是因为它提高了晋察冀边区在全国战略上的重大意义，增强了全国人民对坚持抗战胜利的信心，当我们与敌寇进行空前严重的"扫荡"与反"扫荡"的激烈战争的时候，正是敌寇疯狂的进攻新四军之后，发动对我"扫荡"于进攻长沙之前与连续"清剿"于围攻郑州之际，但我□□□边区人民在巨大的流血牺牲中获得了对配合正面作战的伟大战果，钳制着敌人的手足，阻□了敌人的行动，□示着边区战略地位无比的重要性与边区广大军民无上的□荣。香港中外人士之称赞与全国人民积极的取法，这都不是偶然的。

我们为什么能胜利呢？

首先，是因为我们有英勇善战的子弟兵团，——八路军及其领导者聂司令员的高度□术指导："保存有生力量，避免无益牺牲，然后乘敌之疲困而予以有决定意义的打击；同时实行澈底的坚壁清野，然后击其一路而溃其全军"；敌人的"扫荡"，在我们这种巧妙的战略战术指导之下，基本上宣告失败了。

其次，我们有不屈不挠，久经锻炼，团结如钢铁一样的广大人民，坚持苦斗，陷敌寇于完全孤立之境，□与子弟兵团保持着血肉一般的连系。

再其次，有四年来各种成功的政治经济文化建设及边区新民主主义政权的坚强领导，给广大军民以各种有效的帮助和支持。

再其次，有华北各抗日根据地有力的争斗配合：在晋察冀边区展开反"扫荡"战争以后，全华北各抗日根据地的军民，如潮水一般的涌□了反"扫荡"战争的□□，这就是又一次的证明了我们的斗争，不是孤立的，华北抗日根据地是整个而不可分割的。

再其次，是由□列主义武装起来的，英□□绝的中国共产党的□□领导，保证了党政军□精神上政治上和行动上的一致性，形成边区内部坚强的团结，掌握着□知斗争坚定不移的方针。

最后，则是敌人内部存在着不可克服的矛盾和困难的日益增长，在某种意义上讲，也成为敌寇"扫荡"失败的一个原因。

敌人在进行疯狂的"扫荡"时忘记了我们这些有利条件，妄想在我军民面前跨越其"铁壁包围阵"的威风，结果是失败了；某些少数□失□心的民族败类与动摇妥协投降份子，容易为敌人一时的威风和我们暂时的困难所吓倒，而忘记了我们的困难是暂时的，是发展中的困难，是有限度的，而我们的胜利是永远的，胜利的条件是多方面的，结果他们也是失败了，胜利仍属于我们。

那么，我们是否能满足于这种胜利呢？不！□□。这是因为敌寇"毁灭边区"的野心未化，分割与各个击破我抗日根据地的阴谋愈急，在晋东北及某些与新建点□连接的地区加紧封锁，扩大其"治安区"，妄想以非常残暴和狡诈的手段毁灭"无人区"，□□"无人区"的人民进入所谓"治安区"，深沟高而囚禁之，奴役之，掠夺之，鞭挞之，奸淫杀戮，任其所意，人民属于之下，求得挣脱其奴隶的枷锁，而牺牲，而屈死不两者所在皆是。在根据地与游击区之间，在山地与平原之间，路西与路东之间，北岳区与平西之间，敌人重重封锁，处处分割。敌我尖锐的斗争形势愈益加紧。因之，我们的反"扫荡"斗争，虽然在基本上已获得伟大的胜利，但非最后的澈底的胜利。我们对于强暴的敌寇能轻视，不能因这种胜利而麻痹起来，这仍有赖于我们的继续努力，为进一步的澈底粉碎敌寇的各种进攻而斗争。

我们的反"扫荡"在基本上已获得胜利之后，必须立即加紧进行下列的善后工作，才能进一步澈底粉碎敌寇"扫荡"。

第一，完成秋收，加紧秋耕：在根据地内一切产粮地区尚未完成秋收者，应即动员一切有劳动力的青壮年及妇女一齐下手，党政军民各机关团体全体人员转入生产战线，积极参加秋收工作，将滹沱河岸的秋收热潮普及到其他区域中去，在短期内完成这一工作。离敌点线附近所谓"无人区"地带，应实行有组织的抢收、偷收、夜收，在武装秋的斗争中，实行轮流秋收，将武力与劳动力密切结合起来。在根据地内，今天基本上是加紧秋耕，切实解决劳动力肥料□问题：首先，要造成秋耕生产热潮，提高生产热忱，农业工人不得在此时期抬高工资，应根据一般生活水平，规定之工资解决之，灾贫苦之家缺乏劳动力者，应采取互助或代耕方法予以调剂。其次，部队机关团体之牲口借给农民秋耕使用，村中有牲口及牲口较多之户，亦应本着互助精神，对没有牲口及牲口少之家予以适当的帮助，或以人力与牲口力互相调剂。再其次，利用烧坏了的水料灰土和人粪制造肥料，一切为了秋耕的胜利，成为当前农业生产中的中心任务。

第二，敌寇大烧大杀之后，瘟疫流行，广大人民惧于疾病之苦，影响动力之缺乏，应由各专署建立医务所，从各方面动员医务人才涌上医务战线，尤其是要广泛动员中医中药，普遍医治人民疾病，同时展开群众卫生运动，从积极方面保持人民身体的健康持久性，在部队机关团体的医务所中，应划出一定时间替老百姓治病，以帮助广大人民解决疾病之苦。

第三，敌寇到处烧房，甚至全村烧到只剩一片瓦砾，没有房住，应由边区政府拨出一笔经费作贷款修补房屋，使民间有房的住，广大群众与开明士绅，应用互济互助方法调剂木料与劳动力，共同解决这一困难问题。

第四，发扬互助友爱精神，慰问与救济被灾区域之灾民，各级政民机关团体，应即组织慰问团深入被害区域，慰问与救济被宰同胞，提高他们抗战胜利信心及对日寇深刻仇恨，适当解决他们的切身困难，除了政府有适当救济外，全体同胞要高度发扬民族友爱，有无相助，疾病相扶持；尤其是当敌人正在加紧进行分割二分区阴谋活动之际，已引起广大群众的愤恨，正在积极展开对敌斗争；邻近五台盂县的平山灵寿及阜平地区人民，应站在边区整个不可分割的立场，竭力帮助那些从敌寇"治安区"逃出之同胞，解决住房及衣食诸问题。切实帮助晋东北人民把进根据地的敌人打出去。任何轻视这些同胞或忽视这一任务的观点，都必须立即完全纠正。

第五，澈底镇压汉奸敌探汉奸特务机关的组织及其活动，加强各级公安局的工作，展开群众的除奸工作，健全各地岗哨，把敌探汉奸特务机关的活动完全从根据地肃清出去，澈底打击其在游击区的活动，同时要注义将不自觉与一时□欺骗的份子与真正汉奸严格区别出来，坚持保障人权的既定方针。

全体军民更加高度紧张的团结起来，再接再厉的战斗下去！我们有一切条件可以争取反"扫荡"的最后澈底胜利。任何悲观失望情绪都是没根据的。任何从日寇汉奸方面来的，或是从边区内部某些不肖之徒方面来的谣言攻势，都必须无情的给以痛击。

（原载一九四一年十月二十二日《晋察冀日报》第一版社论）

广泛开展互助运动

　　每次敌寇对我边区"扫荡"以后，必然要给我们边区人民带来许多新的困难，首先是我们的房屋，因为它不粮食用具那样容易"坚壁"，所以在敌人方面的破坏也就更加严重，以致每当敌寇"扫荡"过后，我们边区人民首先感到的困难就是住宿问题。烧、杀、淫、掠是日本四新及其洲的伙伴们的一贯政策，尤其这的我边区的所谓"毁灭'扫荡'"中，日本法西斯暴徒们借其黑暗的"三光政策"下，更充分发泄了他们与人类极端敌对的兽性。正因为如此，所以这次敌寇"扫荡"后，给予我们边区人民住宿上的困难特别严重。目前气候日渐寒冷，严冬行将到来，但我边区无数爱国同胞，因房屋被敌焚烧，致无所安生，流落在外，加之时疫普遍流行，一感风寒，即易患疾疫，因此为了迅速解决这些受灾同胞的急不容缓的切身困难，目前边区行政委员已决定拨款三十万元帮助此次受灾同胞修筑房屋。但这是不够的，为了给予我们广大受灾同胞以温暖，我们全边区军民必须全体动员起来，积极援助救济他们，不仅给予他们以深切的关爱，而且应该予他们实际的帮助，这是我全边区抗日军民对我们广大受灾的骨肉可听不可推却的神圣责任和义务。在今天民族敌人的迫下，我们全体同胞的利益是一致的，受灾同胞的痛苦，也是我们自己的痛苦，因此对于此次受灾同胞的不幸遭遇，我们绝不视，我们应该高度发扬我们"患难相助"的传统的民族友爱精神，尽所能地给予受灾同胞以一切精神上与物质上的必要的帮助。

首先，我们未受灾的同胞，应该从自己的房屋中出一定的每间收容无房可住的受灾同胞居住，一切日常生活中必所需的衣服用具和粮食，应尽可能地给他们借用，特别是干部和共产党员，更群众和爱护群众的精神去积极帮助他们，并以自己的模范作用去推动群众之间积热烈意识的互助运动。

其次在各机关团体所住的村庄，则应设法帮助受灾同胞修补被烧房屋，并根据地各家受灾的具体情况，分别给以资财上和人力上的帮助。同时各机关团体应尽可能地减少自己的住屋，以使更多地受灾同胞居住。

此外解决受灾同胞住宿问题的更好办法是修造补漏，在适合于修造土质窑洞的地方，则应大量挖掘这种窑洞居住，至于不适于挖掘土质窑洞的地方，可用石砌造地洞。这些窑洞，不仅简便易行，适于居住，而且可以避免敌寇的焚烧和敌寇的轰炸。因此广泛地在受灾同胞之间开展这种挖窑运动，在今天是非常切合实际需要的。但是为使我广大受灾同胞能迅速解决其住宿问题，我们还必须动员所有军民去帮助他们解决人力上的困难，特别是在疾疫流行，体力缺乏的目前，全体军民以团体的力量去有计划地帮助受灾同胞修造房屋窑洞是更为重要的。

（原载一九四一年十月二十三日《晋察冀日报》第一版社论）

解决锄奸政策的出发点

决定敌后抗日根据地的锄奸政策,其出发点应根据下面三个主要问题:

首先,要认清抗日根据地是处在敌后长期抗日战争的环境,在残酷战争中,正是敌探、汉奸向我们积极进攻的时机,敌探、奸细的各种破坏行动,曾予我国抗战团结事业以重大的损害,而且共产党、八路军、新四军在敌后所建立的抗日根据地,更是他们进行破坏的中心目标;同时,我们根据地是处在敌人包围的环境,不免有奸细混入,□乏反奸细斗争还未深入,敌探奸细的危害,曾使我们遭受许多损失。因此,我们锄奸政策的出发点,必须根据这些客观环境,清楚认识敌人的特务工作之危害作用,对于一切的可能阴谋破坏须早加警惕；不然会轻视敌人，麻木不仁，遭受敌探奸细的破坏与□□。

其次，应正确估计敌后根据地是经过长期战争和无数胜利建立起来的，在这些区域里，有八路军、新四军，有觉悟的抗日军队，有地方的抗日的民众武装，有广大民众的抗日团体，有强大的共产党的组织及其正确领导，有忠于国家民族忠于党与阶级的优秀干部，因此，我们锄奸政策的出发点，必须正确估计这些主观条件，相信自己的干部和广大群众，认识敌探、奸细只是少数的民族败类。没有这种认识，便会夸大敌人力量；不相信自己组织，惊慌失措，便会中了小人借刀杀人之计。

第三，应承认目前党的政策，是统一战线的政策：是联合各党派、各阶层及一切不愿投降的人共同抗日的政策，各根据地的政权形式是新民主主义的形式，统一战线的形式，因此，我们锄奸政策的出发点，必须根据党的路线，适合政权新形式，认识保障全体抗日的民主权利和身体自由，便是减少敌探奸细的社会基础。没有这种认识，我们就会造成到处是敌人到处是敌探，把某些中间份子、动摇份子驱逐到敌人营垒中去。

依据上述三方面的说明，就应该认识敌后抗日根据地的锄奸政策，必须是适合于统一战线的方针，同时又是适合于巩固抗日根据地的任务；必须是镇压敌探奸细与保障人权的统一，这就是说：一方面要不放过一个敌探，不漏过一个奸细；另方面不错办一个好人，不冤枉一个好人。总之，把镇压少数敌探汉奸的活动，和保障全体抗日人民的民主权利统一起来，是我们决定敌后抗日根据地锄奸政策的基本原则，二者是不可分离的。任何一方面的偏差，都会使锄奸任务到极大的错误。

（原载一九四一年十月二十四日《晋察冀日报》第一版社论）

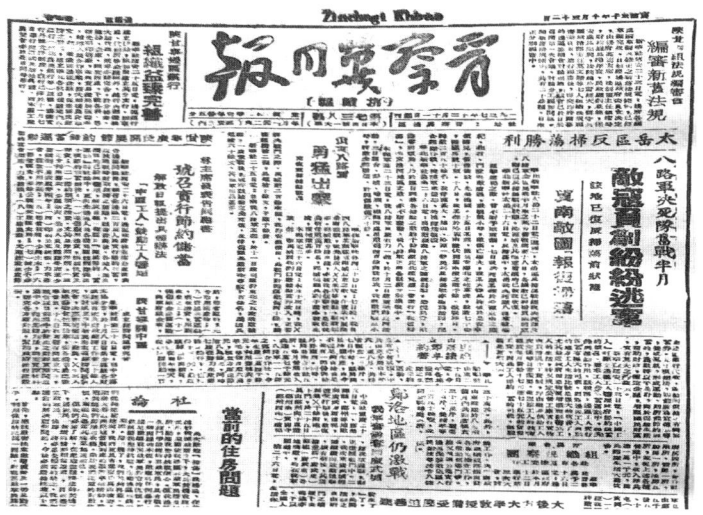

当前的住房问题

　　此次敌寇"扫荡"我边区，在其总的毁灭政策之下，大肆焚烧我腹地民族，意图使我边区党政军民栖身无所，动摇我坚持抗战信心。但我边区久经斗争锻炼的党政军民，具有战胜一切困难的本领，敌寇的任何暴行，适足激起我党政军民对它的仇恨，不能阻扰我坚持抗战，保卫边区的铁的意志。房子烧了，我们能够再盖，我们能够挖窑挖洞，我们更具有露宿的高山旷野，深沟大谷以与敌寇奋战到底的艰苦卓绝精神，敌寇焚烧我们房屋的收获，除却我们深重的对敌仇恨，只是暴露其残忍无边而已。

　　但我们必须了解，在敌寇这种残虐的焚烧之下，边区民众被杀的情形相当严重，目前边区党政军民的住房□将必感觉相当的缺乏，我们要适当的解决这个问题，今后必须严格注意以下几点：

首先，应该严密注意敌寇汉奸及一切反动份子，利用住房缺乏这一困难，对我党政民居施行挑拨离间，企图在争执住房的问题上，引起纠纷，以破坏我之团结。同时，各地驻军机关团体学校及居民，今后都须本着"推己及人"，"克己利人"，"自己方便，与人方便"的精神，以让和谐的解决住房问题，居民应顾及驻军机关团体学校的办公便利，让与住屋；驻军机关团体学校亦顾及房东之人口多寡，有无夫妇为其留有必需之住室。

其次，应趁此严冬未至，容易动工之际。部队机关团体学校与居民迅速协商办法，合力修理被焚房屋。

第三，在可能修挖□□地洞的地方，党政军民应一致动员大量修挖。在某些地区，这是解决住房缺乏的最好的办法。

第四，发扬群众同舟共济互助友爱的精神，被焚无房可住的难胞，有广大群众自动让房让屋，自动迎接到自己家里去住，对于无力修理被焚房屋的难胞，有广大群众自动捐草捐木出力出钱帮助修筑。

第五，今后房屋既少，部队机关团体学校对于民族应特别提高爱护之热忱，还有污损之处，应尽可能的随时予以修理，不可坐视不管。同时非有特殊必要，不应任意改造民□，如必须改造其某一部分如：拆炕、拆墙、□窗□门等，亦先取得房东之同意。

（原载一九四一年十月三十一日《晋察冀日报》第一版社论）

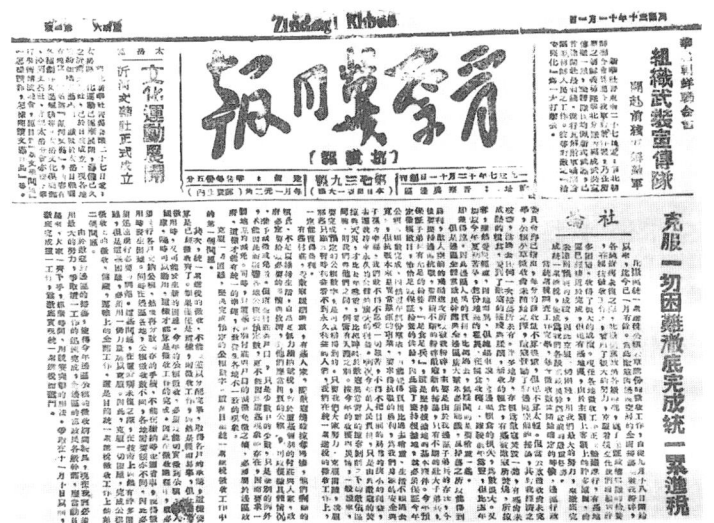

克服一切困难澈底完成统一累进税

北岳区统一累进税公粮公草部份的征收工作，自从九月十八日开始以来，迄今已一月有余。当此敌寇对边区空前的全面"扫荡"被我粉碎，各地瘠未复之际，北岳区党政军民各级干部，为了保证政权部队的给养，在粮秣征收工作上，曾了很大的努力，克服着在我们面前的许多困难，收得了很大的成绩。现在各地征收工作正在热烈进行，有些地区已经接近于完成，但也有些地区，由于主观上客观上的许多原因，尚未达到预期的成绩，因此克服一切困难，用我们最大的努力，来澈底完成统一累进税，便成为我们各级党政民干部当前的严重任务。

当统累税调查工作完毕，每分征收数量开始确定的时候,边区行政委员会即已指出,每分的征收量不算很重,但也不算太轻。但当公征收尚未完毕,公粮公草征收尚未开始之际,敌寇发动了对边区空前的"扫荡",其对我经济之破坏,为过去任何一次"扫荡"所未有。许多地方,存粮为敌寇焚毁一部,有些尚未成熟的粮食,受到了敌寇的摧残与蹂躏,新收的粮食,有些被敌寇所焚烧,所掠夺,虽然受灾轻重,因地而异,但总起来说,全边区粮食的损失,为数很大。又加以今年夏初苦旱,部份地区的□□,在粮食收获上,虽较前年为丰,但比去年却差得远,因此边区人民的负担,比起过去,无疑问的是要稍重一些。

但是边区全体党政民干部与全边区广大群众必须认识,反"扫荡"之所以能得到胜利,敌人空前的残酷进攻所以被我粉碎,主要是由于我边区子弟兵的存在,今后要坚持边区抗战,要继续不断的粉碎敌寇新的"扫荡",只有不断的壮大子弟兵,保证子弟兵有充足的给养,"足食足兵",这是坚持根据地的基本条件。今年预定征粮数目,恰恰足以保证给养的供给,因此为了坚持根据地,就必须保证今年公粮的如数完成,固然在部份群众,可能觉得负担比过去稍重、生活不如过去宽裕,但抗战本来是异常艰巨的事业,要求得抗战的胜利,为我们身家的安全与子孙的幸福,我们就不得不忍受一切艰苦,不得不把目前的局部的狭小的利益,去迁就将来永久的全体的广大的利益。何况今年的人民负担,只是由于敌寇的焚掠与天灾,才比去年较重,要比起呻吟于敌寇异常苛重的掠夺剥削之下的敌占区同胞,则我们与他们之间,何有天壤之别。按今年的收获与灾情,一般说来,要完成预定的公粮数字,是可以办得到的。只要我们大家努力,克服困难,说服那些只顾到暂时利益看不到永久利益的人们,我们在统一累进税的征收工作上,一定能获得胜利。

有些村庄,受敌寇蹂躏□重,有些人家,受敌寇烧杀掠夺过惨,他们剩余的粮食,不足以维持生活,自然更无力缴纳赋税,对于这些个别的村庄与人家,政府必定要给以必要的关怀与救济,对他们应当担负的公粮,可以根据具体情况，准予减征或免征。但这些村庄与户口，只是少数中的少数，只是个别的例外，不能因此而影响各地公粮的预定数，更不能因为这些现象的存在，因而要求一个地区的减免。同时，对这些个别村庄与户口的减征免征之权，必须属于边区政府，这样才能有统一的标准，不致发生各地不一致的现象。

克服一切困难，坚决完成预定的公粮数字，这是目前统一累进税征收工作中的第一个问题。

其次，统一累进税的征收，不能仅以分配完毕，取得各户的承认，这样便算是已经征收齐了。如果仅仅是这样，则征收工作，固然是轻而易举，但在党委征用时，又可能发生新的困难。今年的公粮征收，必须以能切实征到公粮，□入国库，随时可以动用，这样才能算是征收工作的完成。因此在征收过程中，就必须行各户缴纳公粮，然后再分散存的手续，不能在缴纳时企图省事，使得征用时发生困难。同时在边区各地，公粮征收数不同，各地需要额亦不同，因此必须迅速进行必要的调剂。这些问题，在这疮未复之际，在技术上固然有许多困难，但是这些困难，必须用一切力量加以克服。因此，克服一切困难，完成公粮征收的征收，储藏，运输上的全部工作，这是目前统一累进税征收工作上的第二个问题。

由于敌寇对边区的"扫荡"，使得今年边区公粮的征收期间较长，现在我们必须用最大的努力，争取这一工作的迅速完成，全边区的党政民各级干部，应当动员起来，大家一齐下手，抓紧时间，用竞赛突击的办法，争取在十一月十日以前，澈底完成这一工作，为澈底实现统一累进税而奋斗。

（原载一九四一年十一月一日《晋察冀日报》第一版社论）

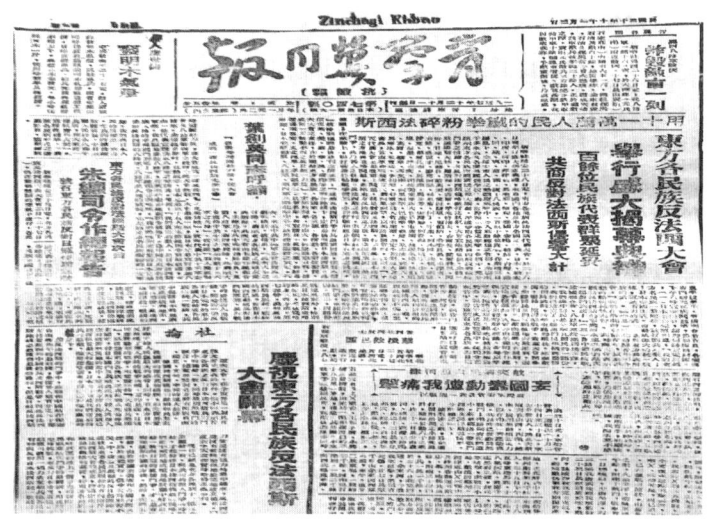

庆祝东方各民族反法西斯大会开幕

这次大会，在全世界是一个具有伟大历史意义的事件。他不仅表示着东方各民族之反对日本法西斯共同斗争中的团结一致，同时最初用战斗的号召，描绘出整个东方所有民族自由、独立、光明、幸福的远大前途。

德国法西斯强盗对苏联和民主主义国家的进攻更加猖獗，给全世界爱好和平的人民以最大的威胁；同时，在东方日本又出现了军人独裁的战争内阁，这即是说，日寇将要发动新的战争，来建设他的"大东亚共荣团"，奴役整个东方各民族，进攻苏联及英美等民主国家，将日本国内及其殖民地的全体人民推入空前痛苦与灾难的当中。整个东方所有各民族已经面临着最大的危机，日本法西斯是我们当前的共同恶敌，他要把整个东方都居卷于他的血腥的统治之下。

在反法西斯的斗争中，苏联和中国站在保卫自由与和平的最前线，全世界人类百分之九十都支持着苏联和中国的反法西斯战争，因此反法西斯阵线必然获得最后的胜利。但是目前反法西斯力量还没有强力的集中起来，反法西斯统一战线还没有能够坚强地广泛地建立起来。以致法西斯直到今天还能暂时取得某些胜利。

现在已经是东方各民族十一亿□□□□□必须团结一致，向共同的敌人斗争的时候。只有团结，才能粉碎日本法西斯强盗的侵略，才能使我们从半殖民地或殖民地状态中解放出来；只有团结一致向日寇的直接斗争，才是最有效的援助苏联和援助中国的方法。然而，在过去各民族间的团结，由于帝国主义者和各国内部反动份子的破坏，终于未能实行。但今天的形势不同了，英、美、中、荷以及苏联的反日包围阵营已经形成，这就是东方各民族团结的有利条件。东方各民族反法西斯大会的成立，将奠定东方各民族团结的政治的组织的基础，将东方各民族的反侵略斗争和解放运动推上一个历史的新阶段。我们中国人民愿意站在斗争的最前线，用我们的统一团结和坚持抗战，来反对日本法西斯强盗的侵略；我们愿尽可能用一切力量帮助其他各民族，大家□臂膀向反对日本法西斯统一战□□□□□□。

（原载一九四一年十一月二日《晋察冀日报》第一版社论）

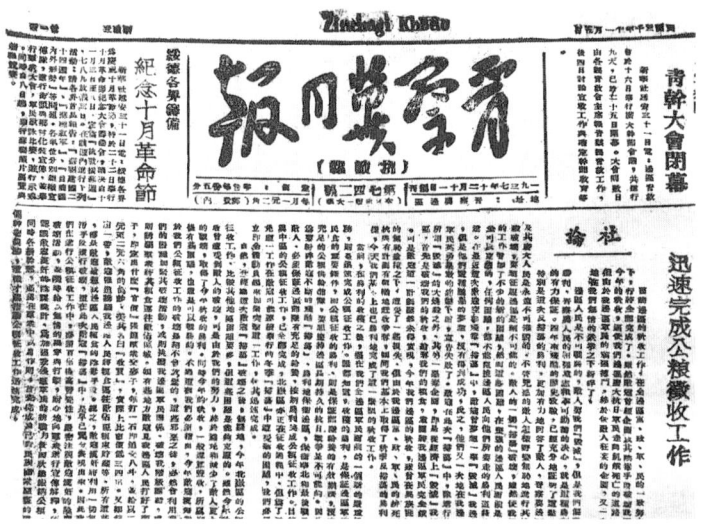

迅速完成公粮征收工作

目前边区的秋收工作，在全边区党、政、军、民的一致努力下，行将全部完成了。虽然敌寇曾经企图以其阴毒手段破坏我们今年的秋收，逼使我们边区广大抗日军民走向饥饿死亡的道路，但由于我边区军民的顽强搏斗，终于使敌人狂妄的企图，又一次地在我们无情的铁拳之下粉碎了。

边区人民是不可战胜的，敌人要我们"毁灭"，但是我们偏要胜利，晋察冀人民的屈强意志和不可动摇的决心，就是这种胜利的有力保证。四年来残酷的历史考验，已经充分地证明了这点，特别是这次反"扫荡"的胜利，更加有力地回答了敌人，晋察冀边区及其广大人民是永远不可摧毁的。不管凶恶的敌人怎样野蛮无耻地进行其烧杀破坏，要想征服边区是绝不可能的。敌人的一切"扫荡"破坏，虽然使我们的工作增加了不少的新的困难，然而这些困难，在坚强的边区人民面前是完全可以克服的，任何困难，都不能阻挠边区人民向他们所要走的胜利道路前进。在最近这次敌寇空前残毒"扫荡"中，敌寇曾梦想一举"毁灭"我边区，但是他们这种丑恶的梦想，没有得到成功，反之，他们又一次地在我边区军民英勇果敢的痛击下面，宣告失败了。敌寇在此次"扫荡"中，除进行其所谓"毁灭"的大烧杀之外，其另一恶毒企图，即是从经济上"毁灭"我边区，首先是破坏我们的秋收，抢夺我们的粮食，意图将我边区军民完全饿死，可是敌寇这一计划显然未得实现，今年我们边区的秋收，虽曾在民族匪盗的无耻抢掠之下，遭受了一些损失，但由于我边区党、政、军、民的拼死顽抗与有计划有组织地赶收争夺，如同我们基本上取得了秋季反"扫荡"的胜利一样，今天我们基本上也已胜利地完成了这一紧张的秋收工作。

当前，在胜利的收获之后，摆在我们全边区军民面前的一个新的严重任务，则是迅速完成公粮征收工作。谁都知道，收获的胜利，是保证边区军粮民食的重要条件，而公粮征收的胜利，则是保证部队给养的有效办法，没有充足的供粮供给部队，要想坚持边区长期持久的抗日战争是不可能的。因此为要粉碎敌寇不断的残酷"扫荡"，胜利地保卫边区，保证华北和最后战胜敌人，必须保证边区部队有充足的给养，按期胜利完成公粮征收工作。目前，冀中区的公粮征收工作，已全部完成，北岳区亦正在征收过程中，但为了避免这一工作在敌寇可能连续举行的冬季"扫荡"中遭受新的困难，我们必须立即全体动员起来加紧突击这一工作，□使其迅速完成。

自然，在经过这次敌寇"扫荡"破坏之后，无疑地，今年北岳区的公粮征收工作，比较其他地区困难要多，但这些困难是能够克服的。虽然今年秋收曾遭受到敌人的破坏，可是由于我们的努力，终于避免和减少了敌人重大的破坏，取得了今年秋收的胜利。同时今年的秋收，一般还算丰收，所以即使有些困难，也还是可以战胜的。不过这里我们必须指出，今年敌寇汉奸对于我们公粮征收工作的破坏是绝不会放松的，这些邪恶之徒，必然会利用我们的困难加紧其破坏活动，或则挑拨我边区军民关系，破坏我阶级团结，或则诱骗群众将其粮食运往敌占区域。如有些地方敌寇见我边区人民打好了麦子，既定出什么"官价"强迫群众交麦子，每打一石即迫交八斗，并给以二元至二元六角的伪钞，美其名曰"收买"，实际上比市价低三四倍。又如行唐一带，敌寇强迫诱骗我边区人民将粮食运往敌占区粮库贮□等。所有这些，都是敌寇掠夺我边区人民粮食的阴毒手段。总之，敌寇汉奸将利用一切卑污手段进行破坏，这在此次敌寇"扫荡"中，是早已充分表现出来。因此我们在进行公粮征收工作中，必须百倍极高警觉性，严密注视敌寇汉奸的阴谋破坏活动，并随时给以无情的揭穿与打击，耐心地向群众进行宣传解释，使认识敌寇汉奸的阴谋诡计，为加强我边区军民的抗战力量而欣然缴纳公粮。同时各级干部，必须在群众中以身作则，首先完成自己对民族国家的□□这个□□□□，这样才能推动公粮在此工作迅速完成。

（原载一九四一年十一月五日《晋察冀日报》第一版社论）

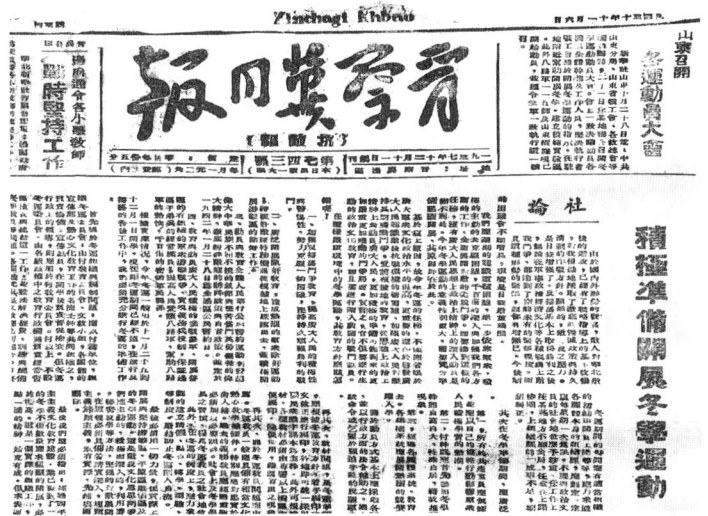

积极准备开展冬学运动

由于国内外形势的发展,敌人对华北敌后的进攻,已经有了战略指导上的基本改变,对我根据地采取了澈底的毁灭政策与持久清剿的作战方针。显然的,敌□我之压力,是日益增强了。反"扫荡"基本上取得胜利之后,无论在军事政治经济文化等各种战线上敌我斗争,都达到了空前未有的紧张程度。而且这种形势的紧张,还会有增无已。今后新的困难会不断增长,环境是日益严重残酷。

我们应深刻的认识这种困难,进一步依靠群众,积极的主动的去克服困难,千百倍的深入与加强我们各方面的工作,全面展开对敌的尖锐斗争。而要达到这样的任务,没有广大人民思想上政治上精神上的深入动员是办不到的。

今年冬学运动的意义特别重大,需要充分准备猛烈开展,其原因即在于此。

基于以上原因,故今年冬运的任务,不仅应着眼于广大群众文化政治水平的提高,更重要的还在于启发广大人民认识敌后抗战环境的新困难,加强广大人民对坚持长期残酷斗争,爱护根据地的教育,从思想上政治上精神上去动员广大人民,更加积极的准备可能到来的更加严重更加残酷的斗争局面。□言之,它不但要进行生动的政治文化教育,而且要进行深入广阔的战斗动员。

在这样严重环境中的冬学运动,其教育方针应该怎样呢?

一、加强反"扫荡"斗争教育,提高广大人民的积极性与警惕性,努力克服一切困难,坚持持久顽强胜利的战斗。

二、广泛开展除奸教育,造成热烈的群众除奸运动;将汉奸敌探特务机关从根据地上驱逐出去,并积极开展游击区的除奸工作。

三、动员与教育全体人民举行公民誓约运动,发扬伟大中华民族不屈不挠的气节与坚苦奋斗英勇牺牲的伟大精神,澈底粉碎敌寇的诱降政策与自首政策。并定于一九四二年一月二十八日为全边区公民誓约日。

四、教育与动员广大人民积极的参战参军,开展普遍的有组织的群众游击战争,实现义务兵役制,保证边区子弟兵的经常满员;提高人民爱护八路军,帮助八路军的热忱,千百倍的密切军民关系。

根据实际情况,今年冬运一般可于十一月二十五到十二月一日开学。现在距冬运期间已经不远,在推行反"扫荡"的善后工作中,我们必须充分进行冬运的准备工作:

首先关于冬运组织与编制问题;应以村为单位,组织冬运委员会:由村教育委员会、文救小组,各团体的宣传部及热心文化教育工作的名流士绅等共同组织之,负责筹备□宣传动员,在开学后负责督促检查。但冬运行政上的领导,则应属于村教育委员会。村以上□不设冬运委员会,由各级政权中之教育行政机关负责经常督促检查与总结这一工作。并设法解决经费，训练与配备冬学教员等问题。各团体尤其是文救应协同配合。在冬运进行中，各团体应统一步调，集中力量，纠正过去某些地方各组织系统之间的纠纷和混乱现象。

冬学的组织应力求统一与简单化，坚决反对种类繁杂，标新立异，强调特殊，影响全局的恶劣风气。各地可依具体情况根据性别及文化水准而分班，班下设小组，男女班上课时间应加以区分。青年在班中可单独编组，以发扬其积极的模范作用。

冬运期间的时间应有适当组织与分配。各团体本身的活动□会上操等等，应力求避免与上课时间冲突，各团体本身的组织课，应划定一定时间各自分别进行，以每星期一次为限，不应与政治文化教育冲突。冬学教员的社会地位应予尊重，在工作上各方面应予方便。以往某些地方不顾全局，任意在上课事件开会上操，准备检阅，上组织课的"成事不足，坏事有余"的现象，必须纠正。

其次在冬学准备期间，应广泛进行冬学的动员工作。

第一，所有的共产党员应无条件的一律到冬学中去，并应以自己的模范行动影响群众广泛参加，造成广大人民积极学习的热潮。

第二，村干部应首先参加冬学，应严格纠正某些村干部自高自大，特殊自居，借故推脱，不上冬学的□后现象。

第三，经过各团体系，教育自己的会员到冬学中去。各组织系统应展开热烈的竞赛，动员自己的会员踊跃入学。

关于动员方式基本上应采取各种群众动员方式进行，并以行政方面的法令辅助之。过去某些地方，依靠一纸命令或乞灵于强迫手段的脱离群众的办法，必须纠正。

再其次，教材问题，是冬运准备工作中的重要问题，应根据冬运教育方针，着手编印政治教材。（现北岳文救正进行编印，各地即可统一采用）。识字课本，应以民众识字课本为主干，此外可根据实际情况编卫生教材，各种教材必须由专署以上机关盘查后使用,过去随便编印,随便使用,错误百出之现象应加克服。

再其次,关于冬运教员问题应由村中各团体互相推荐。冬运教员一般应具备有相当文化水平和政治认识及热心教学等条件,特别应绝对忠实于民族事业,具有高尚人格。过去的义务教员应经过重新盘查;无论新旧,必须加以必要训练。社会上及冬学学生,应养成尊重师长之习惯,提高冬运教员之社会地位。

此外,在冬运的制度上,应力求正规化,必须有计划的建立请假、点□、转学、测验、自治、竞赛、毕业等制度,严格防止冬运陷入自流。

最后必须用一切力量,在实际上而不是在口头上,开展与坚持游击区,平原区敌占区及敌人新□点线附近的冬学运动。这是敌我文化思想斗争白刃相接地带,我们应主动的,积极而深入的,利用□击教学,分散教学,秘密教学等方法,坚强的对敌展开猛烈的文化思想战。在这里必须具备着踏实深入,埋头苦干的精神。形式主义锋头主义,未有实际,先铺场面的作风,必须连根拔除。

最后我们还必须指出:经过四年的斗争,边区新民主主义文化教育建设,业已经到了一个新的阶段。今年的冬学不但数量应求猛烈的开展,必须在质量上有必要的提高。这是一个实际的组织工作,必以实事求是,一点一滴的精神,始克有成。但求表面,不顾实际,追逐或沉迷于庞大的数目字,这不是我们的办法。在教学的精神上,必须废除那种和尚念经式的条文主义而代之以贯澈理论和实际的一致。在教学的作风上,必须停止那种散漫松弛,太平观念的办法,而代之以紧张的战斗化的姿态。只有这样,才能使今年的冬运负担起历史的伟大使命,进行深动的战斗动员与战时教育,避免空架子,收得实际效果,不但在□时,并且在严重的战斗环境中,亦能坚持。

(原载一九四一年十一月六日《晋察冀日报》第一版社论)

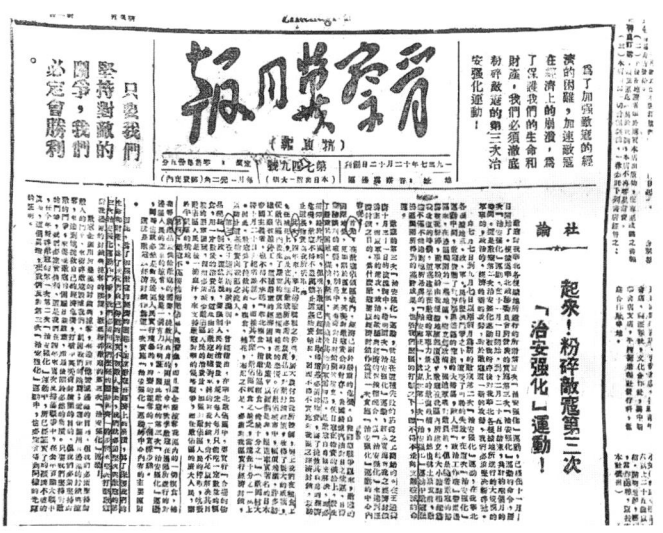

起来！粉碎敌寇第三次"治安强化"运动！

敌寇对我华北各根据地所进行的所谓第三次"治安强化"运动，已经在十一月十日开始了。根据伪华北政务委员会所发表的实施第三次"治安强化"运动的命令，□次"治安强化"运动，在十一月一日开始，到十二月二十五日结束，共计约两个月的时间。这是敌寇第二次治安强化运动被我粉碎后对我华北各根据地所进行的大规模的军事的，政治的，经济的新的攻势，对于敌寇这一新的攻势，我们必须坚决粉碎他。

自七月七日到九月七日以两个月为期的敌寇第二次"治安强化"运动，在我华北各根据地党、政、军、民的坚决斗争之下，遭受了可耻的失败。在这次"治安强化"运动中间，敌寇发动了对晋察冀边区的空前的大"扫荡"，敌人把"政治工作班"带进边区来，在边区周围的一些地区，树立伪政权，强迫群众对敌负担，但是随着敌寇的"扫荡"被我粉碎，敌军纷纷由我根据地腹部溃退，敌寇在我区内所建立的大小据点相继为我收复的时候，这些建筑在敌寇的军事力量之上的敌伪政权，自然也就土崩瓦解，敌寇不仅不能达到他所希冀的"治安肃正"，就是在第二次"治安强化"运动中敌寇在边区周围所得到的些许成果，也在我们坚强的打击之下，而不得不走向支离破灭的命运。

敌寇的第三次"治安强化"运动，就是在这种失败的基础之上开动的。在王逆揖唐十月三十一日的演说词中，指明这次"治安强化"运动，将以实施对我之经济封锁为主，而以军事的进攻，政治的欺骗与经济的封锁相配合，以"治安强化"来达到经济封锁之目的。为什么敌寇要以经济封锁作为这一次实施"治安强化"运动的中心内容呢？

首先，在敌寇占领区域内，经济已濒于严重的危机。自从苏德战争以来，敌寇的国际地位，更加陷于孤立，英美对敌寇资金的封存，美国精炼汽油对日之禁运，日荷商务谈判的破裂，特别是中英美荷对日封锁圈的建立，使日寇在物资上的供给上，发生了严重的困难。煤油，纸张，汽油以及其他的军需物品，是敌寇自身无法解决，而必须仰给于外国的，但现在敌寇已经无法取得这些必须的物资，为了挽救其自身的经济危机，敌寇不得不禁止这些物资输出，因而不得不实施对我我区之经济封锁，以防止这些物资为我所吸取。

其次，四年来，华北游击战争之发展，广大农村为我所控制，加上我们在粮食上，在棉花上，以及在其他敌寇所必需的农产品上对敌封锁政策，收得了很大的成绩，使敌占区内发生了严重的粮食恐慌与棉花的恐慌。在敌占城市中，粮价飞涨，许多纺织工厂被迫停工，这种严重的经济困难，就是素来以颠倒是非，捏造事实著名的日本帝国主义者，也不得不承认"华北粮食（指敌占区粮食）尚缺十分之一"（敌冈村大将十月二十日对记者谈话），而按其实际，敌占区粮食之缺乏，当远在十分之一以上。因此，敌寇为了挽救其自身粮食，棉花，布匹之不足，必须对我区实行经济封锁，以防止这些物资向我区之流入。

第三，在王逆揖唐的演说词中，曾经指出，在华北敌占区中，要实行"合理的物品配给"制度。这就是说，要限制人民的消费量，规定每人每月只能吃一定数量的粮食，用一定数量的消费品，这是由于敌寇组织到单纯的对我封锁，尚不足以解决其目前的严重困难，因而必须减少敌占区人民的消费量，加强对敌占区人民的榨取，吮吸敌占区人民最后一滴血汗，来支持敌寇对华的侵略战争，而使敌占区的广大人民，陷于半饥饿的境地。

第四，敌寇不仅要吮吸敌占区人民膏血，而且还企图掠夺我区内的一切粮食，棉花等农产品以供给敌寇的需要，挽救其自身的困难，今年秋季敌寇在边区所进行的对边区人民的空前的掠夺，便是一个有力的明证。因此敌寇的第三次"治安强化"运动，同时也就必然是对我边区人民实行残暴的，野蛮的掠夺的一个实际步骤。

这就是敌寇以经济封锁作为这一次实施"治安强化"运动的中心内容的主要原因。

因此，为了加强敌寇的经济的困难，加速敌寇在经济上的崩溃，为了保护我们的生命和财产，为了使我们自己劳动的果实不被敌人抢去，我们就必须坚决与敌寇的第三次治安强化运动的斗争，我们必须用我们坚强的团结和齐一的步调来坚决打击敌寇对我边区的封锁与掠夺的阴谋，澈底粉碎敌寇的第三次"治安强化"运动！

敌寇企图用对边区的封锁与掠夺，来达到他毁灭边区的目的。但我们必须坚持对敌人的斗争，来粉碎敌寇毁灭我们，饥困我们的阴谋；敌寇企图用对边区的封锁与掠夺，来达到他挽救自己的经济危机，打破中英美荷封锁圈的目的，但我们必须坚持对敌的斗争，来促使敌寇的困难日益严重，而最后陷于必然的崩溃。只要我们坚持对敌的斗争，我们必定会胜利，这是我们在四年来屡次反"扫荡"战争中，在去年百团大战中，在今年粉碎敌寇的第一次第二次"治安强化"运动中，所已经证实了的颠扑不破的真理，这个真理，在我们反对第三次"治安强化"运动中，也必定会得到同样的光辉的证明。

（原载一九四一年十一月十四日《晋察冀日报》第一版社论）

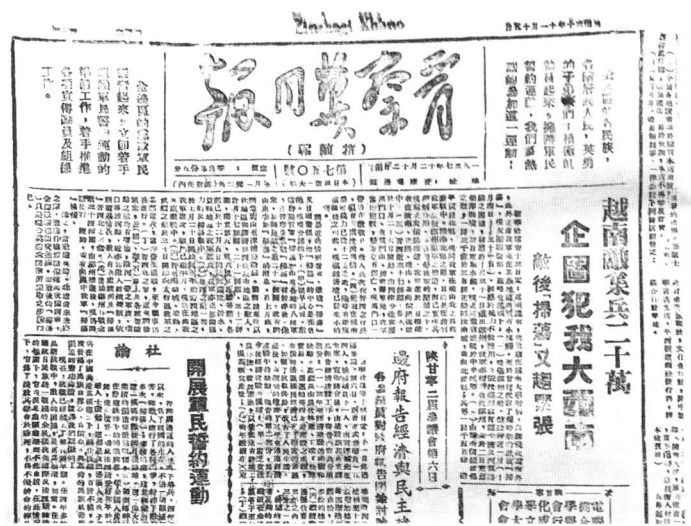

开展军民誓约运动

　　晋察冀边区的人民与子弟兵，四年多以来，为了祖国的生存，不怕一切艰难困苦，和敌人进行了各种斗争，粉碎了敌寇多次"扫荡"；竭精竭虑，建立和巩固了这一模范的敌后抗日根据地。这一伟大的业绩的创造使敌伪战慄，使一切辗转呻吟在敌寇铁蹄下的同胞兴奋，使全国人民鼓舞，使全世界一切反法西斯爱好和平的前进人士共勉！这都是我们边区人民与子弟兵在中国共产党领导之下，前仆后继，百折不挠，高度发扬了民族自尊心，自信心，与高尚的民族气节所创造的丰功伟绩，值得我们骄傲的！

　　现在，抗战已经踏上了第五个年头。在四年多的长期抗战中，敌人的困难，是更为加深，加重。在中国抗日民族统一战线的全民抵抗和国际反法西斯阵线的包围下，它的泥足愈陷愈深而不能自拔，在此情况下，它为了挽救其兽命于垂死，不得不做拼命的挣扎。因此，从今年开始，它接二连三的实行着所谓"治安强化"运动，进行了对敌后抗日根据地的疯狂的"毁灭'扫荡'"。无疑的，在我们边区，敌后与敌的斗争，也将更加残酷了。然而我们有坚定的信心："胜利是属于我们的"。敌人无论玩弄什么阴谋诡计，只会一次又一次的失败下去。这是我们四年多以来，在战斗的实践中得到的真理，毫无置疑的余地的！

目前我边区正处于"扫荡"的战后；敌人对我们的各种破坏的余痕尚在，但我们全边区的人民和子弟兵是不会因此而伤心落泪的。我们一定更为蓬勃□□，与敌人展开酷烈的斗争。因为我们边区人民都有着高尚的民族气节，有着光荣的斗争传统，此外我们有民主的抗日政府，更有着共产党与英勇无比的八路军！我们的人民，同仇敌忾，团结一心，我们的人力物力愈战愈强，困难都只是暂时的。我们要下定决心，要保卫我们每一寸土地；保卫我们的父母妻子，田园屋舍，生命财产；巩固和扩大我们的边区；用尽一切心血，不辞一切艰难困苦，与凶残的敌寇抗战到底！这样就需要我们全边区人民与子弟兵在政治上，思想上，始终一致，提高民族意识，发扬民族气节，万众一心，团结如铁！因此，中共中央北方局，八路军野战治部向全华北的军民所提出的开展军民誓约运动的号召。我边区人民和子弟兵对此必然要予以响亮的回答。

全边区的各民族各阶层的人民，英勇的子弟兵们！积极的动员起来，拥护军民誓约运动，我们要热烈的参加这一运动，以前我们已有数不尽的可歌可泣的光荣事迹：像这次反"扫荡"中在狼牙山的五战士，像多少□□同胞被敌百般毒打利诱而至死不屈，这是我们边区人民和边区子弟兵的光荣，我们要发扬这种光荣的传统。每个边区人民，抗战军人，都要熟诵军民誓约，澈底深刻的了解军民誓约的意义，我们要掀起广大的宣传热潮，与敌作的斗争，打击敌人阴毒的军事、政治、经济、文化、特务一切阴谋，反对敌人对我边区"扫荡"，掠夺、破坏、烧杀，抓捕我壮丁，破坏我团结，诱迫投降等一切暴行与毒计，肃清一切敌探、汉奸的活动，扫除一切悲观失望的心理！这样，我们才能最后战胜日寇，把边区建设得更加灿烂！

全边区的党政军民振奋起来，立即着手组织军民誓约运动的准备工作，着手推进各项宣传动员及组织工作，把当前的一切战后恢复工作，建设工作及对敌的各种斗争与这一伟大而热烈的军民誓约运动结合在一起，提高对敌战斗信□，坚定抗战胜利信心与决心！

（原载一九四一年十一月十五日《晋察冀日报》第一版社论）

国内经济大势与改革之必要

经济问题对于争取抗战胜利有血肉相关的联系，四年多敌我间的残酷斗争，不仅是在军事战场上，而且是在经济战场上。最近，敌人在云南边境蠢动，就是要在国防和经济上给我们以打击。为了迎接这种新的形势，必须在经济上有所改进，至于准备反攻，尤其需要在经济和国防工业上有很好的布置。最近，英国倪米亚尔土，美国柯克朗先生等不远千里惠临我国，都是要在经济上对我有所协助。友人如此热心相助，在我更要自力更生，这是义不容辞的。

经济问题，千头万绪，至为复杂，而对抗战影响最大的要算粮食、物价、外汇、工业和财政诸问题。从这些事实中，可以看出国内经济大势和经济改革的方针。

粮食是这一两年来国内经济中最严重的问题，粮价高涨，威胁着军粮和民食，而且促推着一般物价的上涨。最近中□决定实行田赋征收，并以粮食□券购粮，总算得到了一种解决粮食问题的方案，但方案远不能等于问题的解决。这两种办法实行得远不久。而四川各地的经验已足引起吾人严重注意。粮户为纳田赋就把粮食储存起来，因此市上粮少，粮价自然上涨。贫穷农民多□购粮生活，故不能不大受其苦。各处征粮人员对于米质苛求，往往多辗一次多筛一次，以致一担变成了八斗，这自然无形增加了大人员的负担。照政府规定粮食应向地主及典主征购，但这些重担大多是压在佃户及出典土地的农民身上，这种自然要发生纠纷，但中国官吏多有"不得罪于巨室"的传统，所以吃亏的还是中下之家，我国农村富户较少，中下者占绝大多数；增加他们的负担，就要引起农业生产的减少。今年川北天旱，就有佃农不顾车水，而坐视田土地龟裂。这些现象，如任其发展，则将引起严重结果，殆无疑义。

平抑一般物价上涨，是当局苦焦虑的另一问题。关于平价和取缔囤集居奇的法令已经公布了许久，但当此新米上市，粮价趋平之际，一般物价又复轮次上涨，涨得最厉害的九月初是副食物，接着是纱、布，到十月初则为工业日用品，彼□此□，促成百货上涨不已。蒋委员长曾下令行政院经济会议议主：拟具平抑物货的具体办法。有人说这里主要原因是由于日寇的南进，影响从港粤和滇缅路输入的货物，因而涨价，还只有一部分的理由，而主要的还是游贾的囤集，采取了化整为零的方式，官僚资本兴波作浪，使庄严的法令为之失灵。显然，不解除官僚资本的压力，则一切平价办法都会落空的。

物价是法币对内力量的表现，其对外表现，则为外汇，外汇市场是敌我经济战争重要战场之一，敌伪□□都在用尽心机套取外汇，以削弱我国法币。今年初，英美对我贷款，成立平准基金委员会，其后，上□十四家外商银行停止黑市，并且最近香港政府助我管理法币，对于巩固我国法币，都有很大帮助。十月下旬，法币与美元比率又从二十三比一降到三十比一，可见在防止敌伪套取外汇和充实外汇基金两方面都还有漏洞。我政府始终支持着上海市场，而上海进口的若干货物（如烟叶）除外商买办有利外，对国计民生均无裨益。但因此黑市时起，给敌伪开了方便之门，至于充实外汇基金，则更未能做到。今年上半年，我国对英、美、荷印输出每月仅六百万美元，而上海输入的主要项目即达一千二百万美元，每月还要从外汇基金中贴补六百万美元，至于出口之外汇，虽政府明令要卖给中国或交通银行，但事实上很难完全做到，因为今年八月下旬，政府规定以新汇率三便士三十二分出卖外汇，但政府购买出口外汇，则不依此价；反照去年八月，中、交两行的挂牌，即四便士半。政府贵卖贱买，与民争利，加以出口困难重重，故走私之风终未能息，可见不改变外汇政策，要想稳定外汇是不可能的。

为了稳定国民经济的基础，尤其是要准备反攻，首先应当发展工业。政府四迁以后，大后方的工业已较前发展；但工业生产问题，还未引起各方充分的兴趣和注意。大后方有句流行的话："工不如商，商不如囤"，游资视工业为畏途，富有者宁愿把钱存入银行，拿二三分的利息，不愿到生产中去冒险。的确，今天工业生产的困难是太多了，资金困难无法解决，政府举办工业贷款只有六十万元，以今日物价之高，区区此数，能够何用。此外动力缺乏，运输不便，以及其他阻碍和限制，在在都使热血的民族资本家心灰意冷，这就是大后方工业十之八九的民营产业的遭遇。至于占十分之一二的国营产业，往往因制度上、人事上种种问题，难于推进，以致工具、原料，浪费殊多。所以，造成工业，特别是国防工业发展之良好条件，实为今日当务之急。

整个经济的困难，给予财政不利的影响，支出超过收入数十倍，加以与军军无国之政费不断膨胀，于是法币的发行就不得不大量增加，而法币购买能力的降低，又影响了整个经济机构的恶化，是则财政政策亦有改善的必要。

　　总之，要坚持抗战，迎击日寇对我新的进攻，准备我之战略反攻，在经济上实行改革是必需的。但不是枝枝节节的头痛医头，脚痛医脚；而是要以远大的眼光，以民族至上的精神，将□□经济政策加以刷新。不□少数人或某些□□的利益，危害大多数人的利益，危害抗战的利益。要使计划和实行不至脱节，要使好的命令和方案实行起来，不至变质，不至变成相反的东西。因此，肃清贪污，就应成为经济改革的□□；健全人事机构，就成为执行正确决议的先决条件。而这一切，都要经过治上的民主改革才行。只有民主政治，才能给经济机构增加新的血液，给经济建设造成□□□□的气象！

　　　　　　　　　　（新华社延安十一日广播《解放日报》社论）

　　　　　　（原载一九四一年十一月十六日《晋察冀日报》第一版社论）

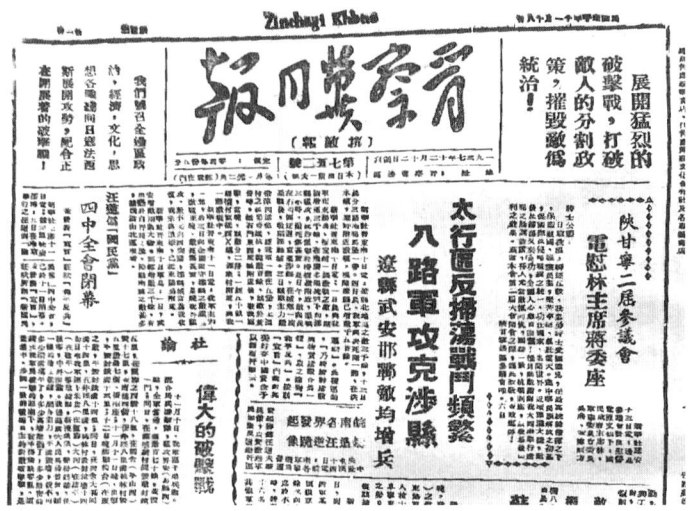

伟大的破击战

十一月十日，我军区子弟兵团。一部配合民兵游击队，猛攻界安（易县四）敌据点，全军奋勇，歼敌百七十余，并毁山炮一门；同日，在满城姚村间毁敌封锁沟十五里，在灵寿之西毁十八里，在回舍（平山西）西北毁十七里，并岗楼四个，在陉八里沟桃林村毁沟十五里堡垒七个、桥两座；十一月十一日晚，出击完唐，平毁封锁沟十三里；十二日晚痛击构台（在灵寿）之敌，平毁封锁沟十四里；同日，在回舍大吾间，平沟十四里，在井陉八里沟，桃林村毁封锁墙十四里。旬日来我军连下朱食（在灵寿）大河（在建平）蒲吾（在建平）等敌据点，斩获累累，声势赫赫，使敌寇胆寒，中外振奋。我边区广大人民英勇□□，如潮水一样的涌上

□□，配合主力，平沟毁墙，锐不可当。多少深沟填平了，多少高墙挖倒了，多少严密的封锁线在我军民破击的怒潮下，被冲得残缺零乱，这一力量集中，步调一致的积极自主的对敌破击战，是对敌寇封锁分割政策与第三次"治安强化运动"最有力的还击！这又一次告诉我们：晋察冀是不可被毁灭的！在全边区党政军民坚固团结，统一行动面前，日本法西斯的毒辣阴谋，将要再一次的遭受凄惨的失败。

这一伟大的破击战，已经给敌寇以痛重的打击，我们还必须付出更大的持久不懈的努力，展开全面的反封锁反分割的斗争。日寇在国际国内形势对它愈益不利、困难重重、力□突围的情况下，一方面积极布置对我新进攻，一方面在敌后华北则展开所谓"第三次治安强化运动"。敌寇"第三次治安强化运动"的重心是经济封锁；而经济封锁目标，则在于：（一）杜绝一切必须物资流入我境，（二）"用合理方法实行配给"——即严密统制消费，在使沦陷区人民生活愈益恶化的条件下，大量吸收农产物，尤其粮食，（三）大量掠夺与破坏我根据地经济。日寇达到这一狂妄企图的手段则是军事封锁，政治进攻和经济战的密切配合。日寇对我如此恶毒的进攻，并不是表示他力量的增涨，正是反映其在难关面前的焦急情绪。特别是日寇对我的经济封锁，不仅是它凭借大城市施行其经济压力，而且首先是敌寇在 ABCD 及我广大抗日根据地对敌经济封锁之下，企图挽救其粮食、棉花、军事原料及日用品的严重恐慌。但是日寇的这些严重困难丝毫不能使我们松弛大意，自己麻痹起来。他正在策动□奸。张开□□爪牙，在"总力战"与"斗争一元化"的口号下，齐一步调，集中力量（特别集中力量于□）从城市到乡村，对我展开以经济封锁为中心，军事政治进攻为骨干的全体的进攻；他的野心正炽，力量还有。全边区党政军员必须再接再厉，统一意志，集中力量，以政治对政治，以经济对经济，以军事对军事，以封锁对封锁，给日寇法西斯的恶毒阴谋以澈底的毁灭。

现在全边区人民政掀起强大的反封锁，反分割的群众斗争的怒火：填平封锁沟,拆毁封锁墙,打垮封锁线,破坏交通,袭扰据点,打破敌人的分割,摧毁敌伪统治;以保卫自己的生命财产,保卫家庭,保卫边区,我们的地方武装和民兵,在这个斗争中,曾经配合着钢铁的子弟兵团,建树了□伟的赫赫战功,我们冀中平原的兄弟们也创造了□惊中外的奇迹。我们在这个生死的斗争中,在这一次伟大的破击中,必须建立更大的功绩。我们必须把群众游击战争的纵深性与计划性再提高一步,达到普遍顽强与持久。

我们号召全边区政治经济文化思想各种战线向万恶的日寇法西斯展开攻势,配合正在展开着的破击战,拿全面对敌尖锐斗争的胜利,回答日寇"一元化"的"总力战",我们的斗争是艰苦的,但胜利在望,全边区人民起来,配合伟大的破击战!

(原载一九四一年十一月十八日《晋察冀日报》第一版社论)

远东大局

敌东条内阁派遣少壮军人所信任之来栖三郎赴美,对日美谈判作"最后之努力",敌寇当局原期来栖能于敌临时议会开幕前赶到华盛顿,折□□□变动听闻,与临时议会支持政府煽动人民战争情绪之活动互相配合;可是由于香港马尼拉美国官方之"款待"和飞前号机件的"发生障碍",来栖的行程拖延了好几天,未能照原定计划达到目的地。在来栖三郎首途的时候,太平洋上的战云正在密集,敌寇陈兵越南,并在台湾举行军事演习,张牙舞爪,跃跃欲试;在日本国内备战狂热,不特见诸"举国一致"之御用舆论,而且在短短的几天内设立"产业设备经营团,征用以前未用之旧设备,以增加战时生产。"筹备"新妇女团体运动以动员妇女参加战争工作"。日寇这些措施,不仅仅是为了作来栖赴美谈判的后盾,不仅仅为了对美示威恫吓,企图取得某些让步;而且是准备在恫吓不□时采取冒险行动的步骤。

美国方面,在来栖赴美消息传到时,罗斯福总统立即召集海军首脑商讨应付办法,接着便撤退□岛、中途岛妇孺和宣传将撤退驻扎上海、平、津的少数美军,空军司令格力厦抵马尼拉举行了百余架新式战斗机的检阅;在美国国内更积极储藏橡皮和节省石油,以防备太平洋战争时来源万一被阻。英国方面,除了魏菲尔与波普翰会晤,古柏□坎伯拉参加重要战略会议以外,马来亚防军再次增加,澳洲武装商船以防轴心海盗之袭击;而最使全世界人士扬眉吐气者,乃为英首相邱吉尔对日□哀的美敦书式的警告:"美日间如发生战事,英国当在一小时内,对日宣战"。英美当局以上这些措施和表示,不仅仅是对日方示威恫吓的有力回答,不仅是以优越的力量镇慑日本,以图使其不敢轻举妄动;而且也是准备在日寇冒险蠢动时以武力对付武力之必要步骤。

在今天,日寇与英美之间存在着日益加深不可调和的鸿沟,日寇迫切要求解决"中国事变",要求美国停止援华,可是美国援华活动有增无已、目前罗斯福总统在劳工会议中的演辞,特别赞扬中国抗战和强调援华;日寇要求取得南洋物资,特别是橡皮、石油和各种矿产,可是今天美国为了武装自己和充当"民主国家的兵工厂",更需要这些资源,副国务卿□格拉第的周游远东足为明证。在日本不保证放弃侵略政策的状况下,美、英不特很难对日开放南洋资源,而且只有可能加紧对日经济封锁。至于今天日寇的铁蹄已经深入印度支那半岛,其对英美属地的严重的武装威胁更为人所共知,无庸多述。

远东时局与欧洲战事是息息相关的,德军攻势之受挫,苏联前线之稳定,以及在美国援助下英国武装力量的增强,使英美更有余力兼顾远东,使邱吉尔可以有把握地警告日本:"吾人自认力量已达到如是强大,一旦于必要时可以调重型舰及必需之补助舰前往印度洋及太平洋服役,与美国主要舰队配合行动"。不仅如此,近日来美苏关系更进一步的改善——美国对苏空前的十万万金元贷款,两国领袖切地互通书函,和美国警告芬兰停止对苏战争等——,使全世界反法西斯反侵略阵线愈加强大,这不特是对希特勒的重大打击,而且也使日寇愈陷于四面被围进退维谷的困境。

由于日寇与英、美要求之□毫不相容,由于国际形势的发展日益不利于日寇而有利于英美及其他反侵略国家,今天英美不特很少可能而且也不需要给日寇以它所要求的让步,正因为如此,同盟社说:"打开日美间之危险局面,是难事中之难事",甚至来栖本人也承认"此行成功希望甚微"。日本报纸称:来栖"掌握着和战的关键"。东条向下议员痛陈"日本正处在生死存亡的十字路口"。和既有所不能,战亦难以取胜。以先天不足,物资奇穷,消耗力量于中国战场上已四年有余的日寇,对敌英美富强的联合力量,抗衡"ABCD"与苏联等太平洋上的反侵略阵容,近代化大战一开始,胜负之数不待龟卜而后知,正如邱吉尔所说:日本"将发现在太平洋方面与其对敌者,乃为代表全球人口四分之三之若干国家……。日本每年仅能生产七百万吨钢铁,以此对抗每年九千万吨之美国,自属不可能"。

日寇对于大规模冒险行动之欲进又频频试探而未发,殆即由此;可是时乎时乎不再来,日寇的劣势正在与日俱增,与其坐待反侵略国家步步完成包围,以至于被迫吐出历年来掠夺的果实,不若趁这一包围尚有罅隙之际,铤而走险,以求侥幸于万一。对于日寇维持现状可暂而不可久,进一步之侵略行为乃如箭在弦上,不得不发;而其新的发难之处,容或即在滇越边上,首先求得切断滇缅路以围困中国,以达其解决"中国事变"之目的。

日寇征服东亚、征服世界的野心计划,是以征服中国为起点。今天,日寇对我进行新进攻,以切断滇缅路即是为了打破"ABCD"阵线和争取在太平洋大战中更有利于它的战略地位。在此千钧一发之际,英、美友邦不应满足于暂时限制日寇侵略他们属地的图谋,而应当百尺竿头更进一步,予中国以更积极的援助，配合行动，打击日寇，以期驱逐它出中国和奠定远东真正和平基础！

（新华社十五日广播《解放日报》社论）

（原载一九四一年十一月十九日《晋察冀日报》第一版社论）

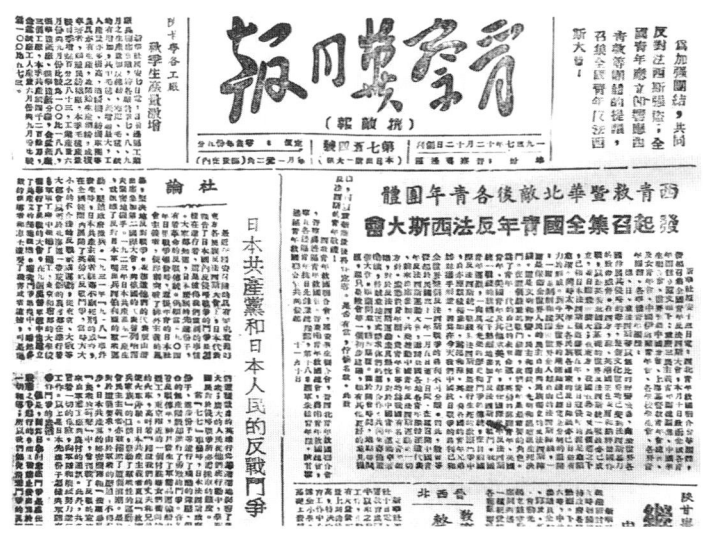

日本共产党和日本人民的反战斗争

最近在延安召开的具有历史意义的东方各民族反法西斯大会上，日本代表报告了日本国内反侵略战争的斗争是怎样在进行着，这是值得我们重视的事情。大家都知道，日本民族的先进分子，有着革命的反战传统。例如当一九〇四年日俄战争爆发时，还很年青的日本社会主义者，便即刻突破了排外主义的风□，坚决地反对战争，并派遣他们的代表版山洁出席参加第二国际大会，与俄国的代表普列哈诺夫紧密地握手。一九二三年日本共产党□一产生，就组织了反对日本军阀出兵西伯利亚的群众运动，压迫政府撤兵。一九三一年"九一八"事件发生时，日本共产主义者丝毫不顾死刑的威胁，在全国范围内展开了英勇的反战斗争,当时大大小小的不合法的反战□□运动,从东京、大阪等大都会以至于北海道一带荒僻的农村都在进行着□军事工厂中组织了罢工,东京和□都的大学校□举行了反战的大会,在九个□□□□中也建立了共产党的□□组织。□□斗争过程中,虽然参战的领导者和志士遭受了杀害或者逮捕,可是他们这种献身的英雄行为却深深地影响了日本人民大众;广大的人民从他们底行动中,学到了日本国民对于侵略战争所必需采取的态度。

当"七七"事变时,日本法西斯政府对反战分子、进步分子等进行了残酷的弹压,但日本革命的无产阶级却进行了勇敢的斗争。在各地散发着反战传单,神户发生了军需品运输船中海员的罢工,东京附近的一个村庄妇女们冲向输送军队的火车,高呼着"归还我们的丈夫和兄弟",迫使火车停驶。日本共产主义者更以"救济出征士兵家族"的口号,发动了群众性的运动,当时社会民主主义者亦被卷进了这个浪潮。最后,政府对于这个要求,由于群众的压迫,不得不表示让步。日本共产的秘密机关报"冲过暴风雨"、"民众的呼声"中,曾刊载了反战的宣传和许多来自军需工厂与农村的通讯。此外,共产主义者冒着一切的危险,向军队和前线努力进行了宣传工作。以上是日本先进分子怎样与军部反侵华战争作斗争的□□。

但是,因为日□□□□斗争是处在极端秘密战□之□□行的,而□□禁止发出关于这方面的一切报道;所以我们无从清楚斗争的真实情况。最近却从八路军缴获的敌军文件中,发现了关于这方面的记录。在这个记录中,××宪兵大尉对于"七七"以后至一九三九年九月末的日本反战事件(为宪兵警察厅破获的事件)作了如下的统计:□□□□事件二三〇件。反对军队事件□一三件,诽谤军队事件一二〇件,合计七六三件。根据以上统计,两年两个月之间,是发生了七六三次事件。亦即"七七"以来,日本几乎每天都发生反战事件。然而,这些不过是当局所破获的一部分。若将其未被揭发的巧妙地进行着的反战斗争计算在内，恐将达到相当的数字罢，以上仅为日本国内的反战斗争。

日本共产主义者，同时在中国战场上的日本军队内部也有着活动。上述宪兵大尉的记录中，对华北宪兵监视下的军人作这样的分类："思想系统"：共产主义一二三人，社会民主主义八人，其他五人，共计一三六人；（将校抑或士兵：将校三人，上士五人，士兵一二八人，共计一三六人。现役抑或预备役：现役军人十三人，预备役军人一二三人，共计一三六人。这些人数亦仅为兵所知道的而已，不难推想到：日本军队内部尚有不少为他们所不知道的反战分子。□到最□日本军队内部厌战、反战的情绪不断扩大，自动投到八路军的人数增加的事实，不用说，日本共产主义者的活动是起了促进的作用，"最近已有日本共产党员一人投入了新四军"，上列的两种数字，正说明着日本□革命□无产阶级实行难以言语形容的法西斯政府恐怖，□举起反侵略的旗帜站在民众的最□□，这种力量正在增长着。

在今天新的大规模侵略战争之□，这对于日本统治阶级正是一个最大的威胁。所以，数月之□，日政府设立了"思想对策委员会"，并决定凡"造谣生事"者处以五年徒刑或者五千元罚金的新法律。最近法西斯□东条大将□兼任内相，亦就为了对反战势力□以无情的弹压。

然而我们亦不能过度夸大日本革命势力的增长，日本共产党是处在极度困难的状态之下，应该承认它的力量与它所负的任务之大比起来，还是薄弱的。因此，用所有方法来援助日本的党，亦是中国革命家应有的责任。

总结起来，我们可以说，目前日本正处于战争与法西斯主义的飓风正在猖狂的时候；同时，另一方面，反战与革命的力量正以坚定的步调，准备冲过这个反动的风□，我们抗日的战士应该计算到日本革命的势力，"中国必定战胜日本帝国主义"这个坚强的信心底根据之一，就在于日本的反帝势力□存在与增强。今天法西斯东条内阁企图作新的侵略的冒险，我们中国人民以及东方全体被侵略的人民（包含苏联），将与日本的人民肩并肩的为永远消灭共同的敌人日本法西斯强盗及其帮凶德国法西斯而战；而且一定能□将它消灭。

（原载一九四一年十一月二十日《晋察冀日报》第一版社论）

反侵略的力量增长着

　　苏德战争，根□改变了和改变着全世界侵略国与反侵略国之间及其内部的力量的发展。将近五个月的空前残酷的苏德战争中，苏联一方面直接消耗了和消耗着暂占优势的德国经济和军事力量；另一方面间接增了和增长着苏联本身及英美等国家反侵略力量，而双方力量之对比逐渐走向平衡，并将超过德国。由于苏联的伟大牺牲一身阻住和牵制着德国陆空海军之注意，英美得以动员和改进自己的经济，□整自己的军备。

　　自苏德开战后，英国轮船的损失大大减小了，邱吉尔在本月十二日英国国□内说："到六月为止之四个月中，英国轮船损失为二百□□；而由六月至十月底为止之四个月中，则仅为七十五□□。"苏德开战后，英轮损失之激减底，德□之忙于对苏作战而未能轰炸英国，英国因此得以有积极建造自己的商轮的机会。由于英国造舰激增，英国海军和商轮队足以维持大西洋的航运，美国舰队因此也才能自大西洋调回太平洋，英国太平洋舰队□才能自地中海开向远东。由于这种力量对比之变化，美国□长诺克斯才能声称："美国对日不能再让一步"，"为自卫起见，□人在太平洋上之行动不弱于大西洋上"，敢于进行两洋作战；罗斯福才敢于声称："不惜任何牺牲和任何代价为人类自由与和平而战。"苏联阻止住了德国，英伦三岛受德侵犯危险减少，邱吉尔□美才敢□出保证："当美国卷入对日战争，则英国将于一小时内对日宣战"，并把大西洋一部分最优秀的舰队，于最近调至太平洋。英美在太平洋和地中海力量之增强，乃牵制住德国同盟国日本和意大利，使日本若北进攻苏不得不有所顾及；使意大利海军也不敢侵犯，驶入苏联之黑海配合德国陆军□□。这就是说，苏联的对德作战，孤立了日本和意大利，直接和间接援助了英、美；反之英、美对日本和意大利之经济的和军事的压力也孤立了德国，并直接和间接援助了苏联。

五个月来的苏德战争，不仅改变了和改变着反侵略各国之间的力量对比，并且改变了和改变着各国内部民主力量与反动力量之间的力量对比。英、美内部反苏亲德派之孤立，民主势力之增长，实为最明显之证明。那怕美国孤立派份子之搞乱，美国中立法修正案终在参、众两院通过了，罗斯福所提以六十万万租贷法案新拨款案，在国会内也得到了绝对大多数议员之拥护，而十万万元对苏贷款也已实现了。张伯伦余孽里法克斯之流在英国，遭到社会舆论严厉制裁，要求把他们从政府中驱逐出去的呼声遍于全国，英国□陆军大臣立曼，英国工党、英国共产党和全英人民一致要求建立欧陆第二条战线，积极援助苏联。侵略国内部之反法西斯运动，欧洲各被占领国内反德之民族运动，也正在生长着。德国人民看不见战争结束，他们的厌战和反战的情绪日益增长着，正在发展成为反战的行动。法国爱国志士暗杀□□干涉者和卖国贼之案件层出不穷，南斯拉夫和希腊反德游击战争之活跃，挪威、捷克等国工人怠工和罢工之发展等等，都是说明这个运动日益发展。

时间对于侵略国是不利的，过去是如此，现在和将来更是这样。希特勒所宣传的一九四一年最大的和最后的对苏攻势已经失败了，苏联的冬季已到来，莫斯科和列宁格勒前线的气候已为零下十五度，从现时起到明年四月半，整整五个月都是冷冻时期，德国攻苏战争的顶点已经过去了。今年冬天，德国难于发动更大的攻势，德国陆军尤其是德国的坦克，目前在数量上虽比苏联暂占优势；但德国空军□始终未能获制空权。今年十月革命□莫斯科红场红军检阅时，德机不能侵入莫斯科上空，以及最近苏空军之轰炸柏林和英空军之不断空□德国工业区，证明苏联和英国的空军在某些地方□□□□占优势。苏联在黑海和波罗的海之海军是比德国占优势的，英、美海军强于德意日是自不待言的。在□□□个月中，苏联已训练出三十个新式机械化师，且已开赴莫斯科和罗□□□前线。今年冬季，苏联在英、美军火和物资援助之下，将训练出更多的新式机械化师团。苏联在军事上、经济上和外交上正在积极准备最近将来的战略反攻，把德国侵略者驱逐出去。

过去侵略国所以能够耀武扬威于一时，乃因反侵略的各民主国未能联合起来团结一致。现在苏、英、美三国莫斯科会议已经开过，反希特勒各民族之统一战线已经在政治上和组织上形成起来了，钢铁和人力为现代战时之基础，美、苏、英三国钢之生产在去年就三倍于德、意、日（去年英、美、苏三国产钢一万万二百万吨，德、日、意、卢、比等国产钢三千二百万吨），铁的生产两倍于德、日、意（去年美、苏、英三国产七千四百万吨，德、日、意、卢、比等国产三千一百万吨），这还是去年的数字，今年的生产更加大了，英、美、苏三国人口亦三倍于德、日、意（英、美、苏三国人口为八万万四千万，德、日、意及德占领各国人口共约三万六千万），若加上我国、荷印和其他反侵略国家的人口，则全球四分之三的人口是反对侵略国的。苏联、英、美和其他反侵略各国的经济和军事力量尚未发挥到顶点，而德国在过去战争中特别在将近五个月的苏德战争中，已有巨大消耗。正如斯大林所言："德国侵略者在竭其最后力量，德国不能支持如此紧张状况至长久时间是无庸置疑的。再几个月，再半年，也许一年，希特勒德国势必葬身于自己重重罪恶之下"！

（《解放日报》社论）

（原载一九四一年十一月二十二日《晋察冀日报》第一版社论）

粉碎敌寇抓捕一百一十万壮丁的计划

最近我军在平汉线作战中缴获敌寇在华北抓捕劳动者的秘密文件，这文件中暴露了敌寇目前的严重困难和它企图解救其困难的卑劣阴谋。

这份秘密文件包含着本年四月六日敌华北方面□关于"入满劳动者"的"征募"问题所发出的"方军参密第四四二号"的"调令"，以及本年四月□日敌□东军和华北军间"满洲华北劳务会议"关于"入满劳动者的□□"定□文。该决定首先说明本面度伪满方面"劳动者"数目急剧减少，以致战时生产计划□到极大的障碍，为了打开此种困难，敌寇东军与华北进行协议，定出了一个"紧急政策"来解决伪满方面"劳动力的供给问题"。接着它们决定了在敌昭和十六年度（即一九四一年本年度）在华北要设法抓捕一百一十万人到伪满去当"劳动者"，并且它们还指出所谓"征募劳动者"的方法要不拘手段，采取一切办法，更不局限于一定地区和数额，特别要□"讨伐作战"中来"征募"，但在敌寇占领的城市和港湾如北平、天津、唐山、保定、石家庄、开封、青岛、秦皇岛、塘沽、连云港等有□外人□□和敌寇统治秩序的地方，在其周围十公里范围内要禁止"募集"。

这个文件，最明白不过地表示了下面的几个问题：

第一，敌寇为了支持其长期侵略战争，为了补救其人力不足与战时生产不足的严重困难，除了压榨其本国的劳动者与人民大众之外，数年来在伪满方面，它更用尽了最毒辣的办法，奴役满洲的人民，驱逐他们到敌寇控制与经营的矿山、工厂，特别是煤窑炭坑里担当最剧烈的劳动，在非人的生活和不□的危险与疾病中，死者众众，以致劳动力感到极大的恐慌，影响到敌寇侵略□□的战争中必不可少的煤铁的生产计划，使敌寇遭受到重大的困难，特别是敌寇在长期战争的消耗中，兵力不足，大量强迫改调满洲的人民，编制成为伪军，不断送到线上来充当炮灰，以致在伪满后方的一切战时生产与各种所谓"国防建设"中，普遍都感到劳动力的严重恐慌，这种恐慌与困难随着战争的发展，正在急剧地增加着。

第二，敌寇为了解救它的严重困难，为了捕充劳动者大量死亡与劳动力的严重不足，它正在加紧诱骗和强迫华北的劳动者大量"出□"，继续不断去填满那些煤窑炭坑和"国防工事"里的缺额。近年以来，敌伪所组织的"华北□工协□"等"征□机关"，每年都在输送着□十万以至几百万人到□外去。但是这种"征收"也还是不能满足敌人的要求，不够去填满那些煤窑炭坑和"国防工事"假的缺额的。特别是被强征出的所谓"劳动者"的境遇，远比那牛马不如的奴隶与猪仔还要恶劣万分，他们不但要受着敌寇的鞭□与监禁，过着人间地狱的生活，而且在伪满的许多所谓"国防工事"的建□中，经常有成千成万的"劳动者"被屠杀了，因为敌人害怕这些参加建□的"劳动者"知道了"国防工事"的内部情形，泄露了它的军事秘密，所以要下最毒辣的手段，把那些"劳动者"全数处死。这样一批又一批被屠杀之后，劳动力都需要随时大量的补充，而这种不断的补充，绝不是那些"征募机关"所能供应的。因此，敌寇就不得不采取一种抓捕的方法，企图以此来实现它的"征募"计划。

第三，敌寇这种抓捕的方法，已经实行很久了，近年来敌人不知道已经抓去了多少我们青年壮年的同胞，特别在华北，敌寇曾经用了各种方法，强抓壮丁，甚至就在它占领的城市中，过去也已经因为抓捕壮丁，做了许多"有失□□"的事情。在许多地方，挂着"劳工教习所"之类的招牌，里边□□了那些预备着远远地送到满洲的黑洞里和所谓"国防工事"里去的不幸的人民。但是这些抓捕的□民，敌寇仍然不能满足，因此，它还要组织更大规模的抓捕。

第四，目前敌人正大规模实行它的抓捕"劳动者"的政策，在相当的时期以来，敌人就已不断用了"围村"洗劫等办法，在敌战点附近，抓捕了许多壮丁与青年，敌人还正在计划众众更大规模地采取这种办法来实行抓捕，它不但要用"围村"洗劫的办法，而且照它的计划所决定的来看，敌人将要特别为着抓捕壮丁而组织许多"讨伐"。从"讨伐作战"中抓捕大量的壮丁。同时，敌人的计划中还规定了"在治安及其他联系上，有强制住之必要时，应优先移住于满洲"，这就是说，敌人企图在今后借口"治安关系"等等名义，强制华北敌占区或敌占点线附近村庄的居民，全部"移住"到满洲去，都到黑洞里和"国防工事"里去当苦工，送死在煤窑炭坑和"国防工事"里。这种大规模的抓捕"劳动者"的计划，在今年首先就来一个一百一十万的巨大数目，甚至还"不局限于一定地区和一定数额"。

这样一个抓捕"劳工"的计划，完全暴露了日本强盗最野蛮人的兽性，它要叫我们无数的同胞背乡离井，到远远地额满洲黑暗矿洞和"国防工事"里去送死，而且起码一下就得一百一十万人的生命。今天在敌占区和敌占点线附近我们的同胞，家家户户就都要提防自己骨肉的父兄子弟要成为这起码的一百一十万个被的不幸的一人！我们在敌占区和敌占点线附近的同胞，近年来已经不断经验到了无数血的教训，我们已经看到过自己骨肉的父兄子弟被敌人一批又一批的诱骗和抓捕去了，他们都里去了呢？他们一直是杳无音信，谁知道他们现在不是已经成了那些黑暗的矿洞和所谓"国防工事"的地下枯骨了呢！

现在已经到了决死斗争的时候了，敌人为了挽救它的强盗狗命，要我们同胞去当它的死鬼，我们就一定要为自己骨肉的生存，坚决粉碎敌寇抓捕一百一十万壮丁的吃人计划，我们要做自由的中国人，不能到敌人的煤窑炭坑和所谓"国防工事"里去，我们不能敌人把我们送去死在黑暗的地狱里，我们要打死来抓捕我们的敌人！

（原载一九四一年十一月二十七日《晋察冀日报》第一版社论）

总结日本的临时议会

日本临时议会十二十一日闭幕了，首先，必须认识这次临时议会是在法西军人独裁的东条内阁成立之后，日美谈判达到紧张阶段的新形势之下召开的，□□先还经过日皇勒令"协助政府通过所有□案"，所以正如我们所料的一样，这次议会进行得特别"顺利"。仅以五天"十六日开幕，二十一日闭幕"短短的时间便告结束，而一切□案也都在"不加讨论"的情形下面无条件地通过了。每届议会照例有的"质问战"，这次确成了"变质"的"扮演"。"□赞议员同盟"的□员宫泽仅因一时"失言"，自然也反应了他们内部的若干矛盾，竟被牵涉到二十名议员"引咎辞职"，可见这次议会更露骨地发挥了"御用"的功效，而所谓"民意"遭到了空前的蹂躏。这是此次议会所表现的一般情形，也是它底重要特点。

这次议会中心课题之一的外□问题，在东条首相和东乡外相的演说中曾作明白的表示。东条公开提出："政府现在仍在外交方面尽一切努力，以图拥护帝国生存与权威以及确立大东亚新秩序。日本所祈求者：第一，第三国不妨碍日本解决'中国事务'；第二，威胁日本之各国不但不能在军事上威胁日本，且应取消经济封锁之类的敌性行为，恢复正常的经济□系；第三，极力防止欺骗扩大至东亚"。东乡则补充说："日政府努力求取□美谈话之有好结束，但□人之和好态度自亦有限度，尚有威胁日本生存或危及日本大国声之情形发生时，则日本□取坚决之态度应付之。"而对于日苏关系，东乡称□□维持日苏中立条约，他说："□苏虽已发生战事，然日本仍坚持其维持'北方安全'之政策，日本决心以任何方式阻止一切足以扰害北方和平之因素，以及一切足□形成威胁日本权益之情势之因素"。这说明着：由于目前太平洋反法西斯阵线的加强，日寇在对外政策上采取着更加谨慎的态度。尤其是因为苏联战局的好转，与美借给苏□十亿元贷款的成功，迫使日寇对苏态度不得不比较谨慎，东条提出的三项条件，是日本对美国的基本要求。在数千言的演词中，大部分谈的是□□□美外交的问题，足见日美□系已经极度紧张，而同时也显示出东条企图借此孤立人员对美国的敌意，以作将来掀起战争的借口和动员的准备。

其次，这次议会的另一个中心课题是财政经济问题。贺屋藏相出席报告，特别要求"全国人民更加努力地劳动，增进生产效能；同时，其消费应减至最低限度"。接着，便提出了总额四十三亿一千五百九十四万元的本年度追加预算案，立刻被议会一声不□地通过了。显然这次通过的预算追加案，如□再加上原来的预算总额，合计达二百零一亿，是日本财政史上空前的数字。它底主要来源的百分之八十三□赖于公债，到本年度末（明年三月底）的公债发行额，将要超过四百亿元，每人最小要负五百四十元，这对于早已濒于饥饿线上的日本人民大众，实在是一个□惊的重担，而这次同时通过的六亿三千万元之庞大增税案（以间接税为中心），大藏省公布施行的细目中，主要是对大众有直接□□的物品税之免税点与起居饮食税的提高，这对于贫困的日本人民大众，又加深了一层剥削。实际上，目前日本公债的发行已经直接等于通货膨胀。因此，这次在临时议会中又通过将国民□□目标提高三十五亿元的议案，用这种强制吸收人民购买力的办法企图来□补公债，正暴露了日本财政的窘态。为着加强经济企业的统治，又通过了由此相岸信托提出的设立"产业设备经营□"案，这完全是在大资本家占统治地位的情况之下，进行改善各工厂技术设备，和合并中小工业等工作的政府机关。吃亏的是中等企业家，而大资本家反转有利。

此外，在军事设备与动员方面，在这次议会中通过了修改防空法案和陆军省修改的兵役法案，修改后的防空法案，规定普遍设立防空洞，并直接隶属于军部，更便利于军部□民众的控制与干涉。新的兵役法规定：一九三七年以来，政府认为健康条件不够格的应征者，居于香港、南洋、中国各地的侨民，以及已达退休年龄的现役军人等，政府都有权动员他们作战，这样可能增加一百万到一百五十□新的兵员。

总计在这次临时议会中，通过了政府所提的议案在十三件以上，一切都是为着战争，为着更进一步动员全国人力物力，来为侵略战争服务的手段。

（新华社广播《解放日报》二十三日社论）

（原载一九四一年十一月二十九日《晋察冀日报》第一版社论）

加拿大军增防香港

近数日来,英美与荷印□远东方面采取了一连串的军事措施,如美总统罗斯福下令撤退在华陆战队,大队加拿大军开抵香港,又一批印度军增防新加坡荷印,完成足以容纳英美军舰飞机之各种设备。这些措施,证□英美与荷印等反侵略国已了然。太□洋上的严重局面,并且在尽心竭力准备应付日寇的新□险行动。尤其值得注意的,是英国派遣加拿大军队增防香港之举,表示英国保卫这一在远东□□的香港,表示丘吉尔的"美□间如发生战争,英国当在一小时对日宣战"的演说,不是徒托空言,而是有实际的行动和力量为后盾的。在目前敌寇陈兵越南,扬言拟不顾一切斩断汉缅路的时候,英国增防香港显有更大的作用。正如英美观察家所说"一千二百加拿大军队之抵港，乃表明英国欲保卫香港，而香港与菲律宾直接箝制日本南方供给线，此供给线为日本向云南、泰国、马来亚、北荷属东印度举行大规模进攻时所必须保持者。换言之，英军决心保卫香港，是为了控制日寇向南太平洋活动所必须之供给线，这实在是对敌寇的一个有力示威。大批英军增防香港，是在年来未有之创举，特别是自从广州失守、□□岛、斯巴拉脱莱群岛坠入日寇掌握以后，香港即为弥漫南海的寇氛所包围，而有"孤岛"之称。

为什么今天英国竟派加拿大军赴香港，而不惧怕一旦太平洋战争爆发，他们会有陷入重围的危险呢？首先，由于英、美、荷印在太平洋上合作的加紧，今天香港的战略地位和以前已有不同之处，假若以前香港只是和英国根据地新加坡、达尔文港构成了辽阔的三角形的防线，那末，今天香港已是英、美、荷印紧密联系着的三角形防线的前哨根据地之一，它不只仍和新加坡、达尔文港互相呼应，并且和马尼拉泗水打成一气。香港距新加坡一千四百五十四海里，而距马尼拉则仅六百一十海里。一旦有事，增援的路程缩短了一半，而香港的独立程度亦减少了若干；其次，英国最近允许美海军使用新加坡，是足见英美远东海军不特有互助的谅解，而且在马尼拉会议中可能已拟定了共同作战的计划。英、美、荷印的海军力量足以与日本海军相抗衡，这是毫无疑义的。假若英国将地中海舰队调一部份到远东，如丘吉尔演讲所说，则日本舰队且不免有相形见绌之概。至于空军方面，日方更处于劣势。英国之敢于在香港驻大军，正是由于他相信反侵略阵线的联合海空军占有优势，能够打破日寇□香港封锁和增援的缘故。

从英国增防香港的事实中可以看出，反侵略国家在太平洋上的力量日益增加着；而日寇则日益陷于不利的地位。日寇□华战争的结束既渺茫无期，而民主国家包围它的天罗地网正在完成着。正因为如此，敌寇东条对临时□□直接讲话，不得不这样的哀鸣："日本已处于过去建设六十年悠久历史上所未见的国家存亡的歧途上"。正因为如此，日寇正在□"最后谈□"

的方式，企图使美国让步，以达到其分裂"ABCD"阵线，以达各个击破，进行新的冒险的行动的目的。

日本法西斯军队决不会放弃其侵略政策，东条所提□美谈判条件，有所谓"第三国不妨碍日本解决中国□变"与"各国不但不能在军事上威胁日本，而且应取消经济封锁之类的敌性行为"，正是为解除日本进行远东大战时后顾之忧，与解除各国家反侵略的□□。美国当局能洞悉日寇此种阴谋毒计，更加与英国一致，坚持强硬立场，加强援□，加强太平洋反侵略阵线，准备以实力制裁日寇"困兽之斗"罢！

(《解放日报》社论)

(原载一九四一年十一月三十日《晋察冀日报》第一版社论)

旬日来的美日谈判

自从来□到华盛顿参加美日谈判以来，倏忽已逾旬日，美日间紧张而又微妙的关系，引起了各方人士的纷纷揣测。

在太平洋上，侵略与反侵略□□的对立日益剑拔弩张，日寇向民主国家张牙舞爪之势仍未有已，特别是陈□泰国边境，跃跃欲试；而英美荷印紧急备战的措施，亦方兴未艾，如英军增防香港，□岛首次实行灯火管制，英澳荷印相继保证一旦美日□□□为美方后盾等等，皆使远东大局有山雨欲来风满楼之概。可是在这样紧张的情势下，美日"和□"谈判却继续进行着。在日本各报虽继续叫□□指摘美国对谈判"□□□"，但同时透露了一些缓和的语调，如影响巨大之敌□"中外商业新闻"称："东条首相宣布其三原则，但还无意□持日本之要求，因相互让步为外交谈判之一部份"，在美国虽然舆论界一致评刺来□，主张对日采取强硬态度，可是美国务卿赫尔依然会见来□与野村，与彼等作数次长谈。双方在会谈中提出什么条件，以及二十六日赫尔致日方公文的内容如何，由于双方拒绝宣布，无从探悉；可是从各方电讯传闻中，大致可以看出双方确曾提出具体条件，而对于这些条件故昂其□；如美国所急需者，为日本不作进一步的军事扩张行动，可是在谈判中，则提出日军愿从中国及越南撤退之要求。其次，美国急需日本对德苏战争□中立，可是在谈判中则提出日本退出轴心□的要求。（见国际社华盛顿二十二日电）至于日本所急需者为美国□□对它的经济封锁，可是在谈判中提出了东条三原则。美日双方各自□出对方所不能全部接受的条件，其用意还不□于马上被谈判破□，而是□于□□对方局部让步或拖延时间，这真有"满天讨价着地还"的情□，也就是各□所谓"神经战"。正由于这些"神经战"不仅有□于外交家的□□□□，而且还有两国对立营垒的紧急□□步骤为后盾，所以美日谈判的微妙状态也正开展着远东大战的□□。

可是在这里我们必须指出：今天美日间紧张而又微妙的关系，不□表现太平洋上的□□，而且赤裸裸地□□民主国家与轴心□□，特别是美德间的一幕剧烈外交战。德寇在□□战场上愈受阻碍，则策动日本在远东发难之心愈急，□于美日谈判之焦点亦愈切。德寇最近一次大举进攻莫斯科，这在来□在美谈□之第二天，这并不是偶然的事情。配合这个在欧洲的军事攻势，纳粹在远东发动了它在远东的远东攻势，在东京的德外交人员正在加紧活动，力促日本与英美决裂，在越南、泰国一带之纳粹特务份子亦正在推波助澜，挑动冲突，以为远东大战的导火线，最后德外长□□特洛甫在柏林召集十二国代表开"反共产国际□□"五周年纪念会，声称"日本为远东之主人"。纳粹暴力惩□日寇在远东□动于此可见。美国当局的对策是在太平洋上采取紧急军事布置以防万一，显示AB□D的联合力量以震慑日寇，针对着柏林十二轴心国会议，美当局两次召集英澳□荷使节会议，并分头和他们会谈；同时美当局对日谈判尽量采取延岩的办法，在赫尔以公文送交日方代表之时，美国务院□表示赞成三个月"休息"计划以□予谈判以更多的时间，显而易见的，美当局盘算着渡过今冬，欧洲战势当转入有利于同盟国的境地，届时英美将更有余□来应付远东的局面。

在这种情况下，日寇一方面受其轴心□伴急如星火的□促，另方面又遭遇反侵略国家日益紧密的包围。□□纳粹之后□求一□□？则德军攻势难猛，胜利毫无把握。屈服于民主国家的压力下以求局部妥协□？则复有损"大国尊严"，进退两难，和战皆□，只得悉□□赋，秣马厉兵，以期伺隙而动侥幸于万一。

更□这个时候，我国民参政会第二次大会再次郑重决议，重申抗战到底收复失地的决心。这一适合时宜的决议，内足□打击任何投降妥协份子的阴谋，外足以明正国际视听，而影响太平洋彼岸的友邦不必对日寇作无谓的让步，从延岩对日谈判，进一步积极制裁日寇，国参会这样一个有重大意义的决议，值得海内外同胞的热烈拥护。

（新华社延安三十日广播《解放日报》社论）

（原载一九四一年十二月四日《晋察冀日报》第一版社论）

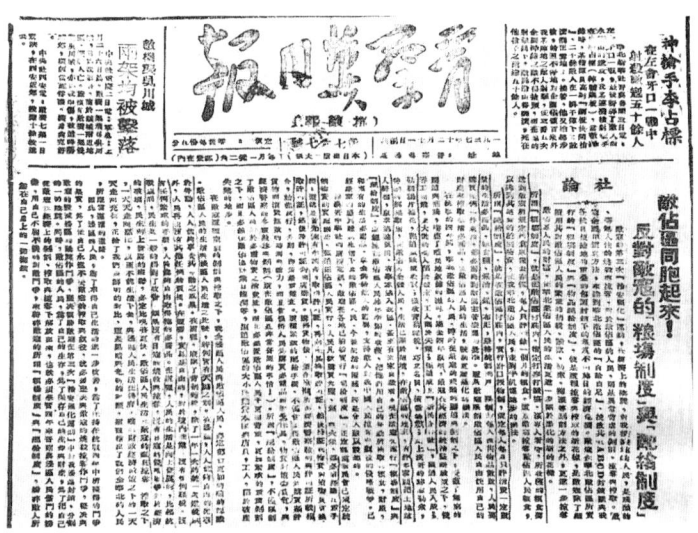

敌占区同胞起来！反对敌寇的"粮场制度"与"配给制度"

敌寇的第三次"治安强化"运动，在经济上的阴谋，对我根据地的人民，是残酷的、毫无人性的烧杀与掠夺，对于敌占区的人民，则是异常苛虐的剥削、掠夺与榨取。敌寇企图用这种方法，来达到华北敌占区的"自给自足"，挽救其中 ABCD 封锁□与我各抗日根据地的重迭的包围封锁下的岌岌不可终日的经济危机。敌寇对华北敌占区所实行的"粮场制度"与"物品配给制度"，便是这种掠夺与榨取的新花样，是敌寇除了继续用其对敌占区人民的繁□的捐税、罚款、勒索、摊派等剥削方法之外，更进一步掠夺敌占区人民的财富，使华北敌占区人民的生活更进一步陷于恶化的新的花样。

所谓"粮场制度"，就是在敌占区村庄内，指定打□打穀场，派专人看守，所收获的粮食要送到敌寇所规定的仓库里去存储，每人只许剩余一个月的□食。这是敌寇掠夺敌占区人民粮食，以□到其绝对的统制物资，使我华北敌占区人民，走到半饥饿地步的办法。

所谓"配给制度"，就是在敌占区村庄内，实行计口授物制，规定每人每月只许消费一定数量的生活必需品，如食盐、煤油、煤、布□，严格统制商户，限制对每人出售物品数量，人民要购买任何一件东西，都必需得到敌伪主管机关的批准。这是敌寇限制敌占区人民自由使用自己的财产来榨取生活必需品，使敌占区人民的生活，统制更加恶化的办法。

在抗敌的四年间，华北敌占区的人民，呻吟在敌寇的残酷的压迫与剥削之下。受尽了无穷的压迫与摧残，尝尽了殖民地奴隶的滋味。过去四年以来，敌寇在其经济的统治垄断政策之下，侵吞工商□，□大批的商人陷于破产，工人陷于失业；强迫成立"新民合作社"，强迫人民入股；勒种鸦片棉花，强迫□贱价收买；征收苛捐杂税，巧立名目，横征暴敛；□上汉奸的肆意勒索，特务的绑架取□，使敌占区全体人民，生活已濒于绝境，在敌占区的地主，有许多宁愿把土地送人耕种，以求逃避负担，有举家逃入我区，甚至有□家自杀者。现在敌寇又施行"粮场制度"与"配给制度"，以□□我敌占区人民终年辛勤的收获，把他们用自己的劳动所换取的粮食，财产，和□有的生活必需品，拿去供给敌人的□要，支持敌人对我中国人民掠夺与奴役的侵略战争。已经严重的感到□□生活□□的敌占区人民，今后生活的困难，将是令人难以设想的。

除汉奸中华社的广播电讯，敌寇在各地已纷纷实行"配给制度"□正□县□□民会已决定统制物资的实施办法，强迫敌占区人民实行。人民凡欲购买食盐、煤□与火柴，都必须经过几重手续，这就是首先□□□□□，取得许可证，再向□长换取许可证，然后持证□物资到策委员会换取许可证,然后持许可证到商店购货。购得货物后,须在□□所□经济警察验明与许可证所载相合,始能□,否则,即须□□盘查。这种□□的配给手续,不仅□□得敌占区人民□购买些许货物而浪费无效的时间与精力,而且会□得人民为购买必需品而□受保长,物资对策委员会,与经济警察的多重敲诈与剥削(这在敌占区是非常普遍的事情!)。所谓"配给制度",不仅限制了敌占区人民□于必需物资之消费量,而且必然置敌占区人民于更加苛重,更加繁琐的重重剥削之下,而且必然□敌占区□□日趋凋零,逼迫敌占区的大小商业资本家与店员,工人,陷于破产失业的地步。

在敌寇这种空前的剥削与榨取之下,我全边区人民与敌占区人民,必定都会更加明确的□□,敌占区人民的生活与边区人民生活之比较,将何□有天壤之别。在边区,人人能够自由的□□于劳动,人人能够享受其劳动之成果。在这里,废除了苛捐杂税,除了一年一次的统一□税以外,人民再□没有其他任何的负担。在这里,贸易是自由的,对于境内商业,没有任何课税,没有任何繁琐的手续,人民能够自由取得他的必需品。在这里,人民的生活是向上□□的,比起抗战以前,民生是一般的得到了改善,如果没有日寇的烧杀与掠夺,没有日寇的侵略战争对于经济的破坏,民生向上发展的趋势,必定比现在更快。敌占区人民生活在敌寇的疯狂掠夺□榨取之下,一天天走向恶化,以至不能生活下去,与边区人民生活在□府正确的财政经济政策之下的一天天走向充□,正给了我们以鲜明的对比,这是黑暗与光明的对照,这里指出了我们全华北的人民,所应当遵循的道路。

因此,边区的人民,为了求得自己生活的进一步改善,为了保持在抗战四年中所获得的斗争的果实,为了使自己永远不受敌寇的榨取与奴役,就必须坚决与敌寇的烧杀掠夺作斗争,坚决与敌寇的毁灭边区的阴谋作斗争,坚决获胜敌寇在第三次"治安强化运动"中对我边区封锁、分割的一切阴谋。同时,敌占区的人□,为了自己的生存,为了保存自己的生命与财产,为了把自己从敌寇在经济上的剥削、榨取与掠夺下解放出来,也就必须学习四年来晋察冀边区人民奋斗的榜样,用自己不屈不挠的对敌斗争,来粉碎敌寇的所谓"粮场制度"与"配给制度",粉碎敌人所加在自己身上的一切枷锁。

(原载一九四一年十二月五日《晋察冀日报》第一版社论)

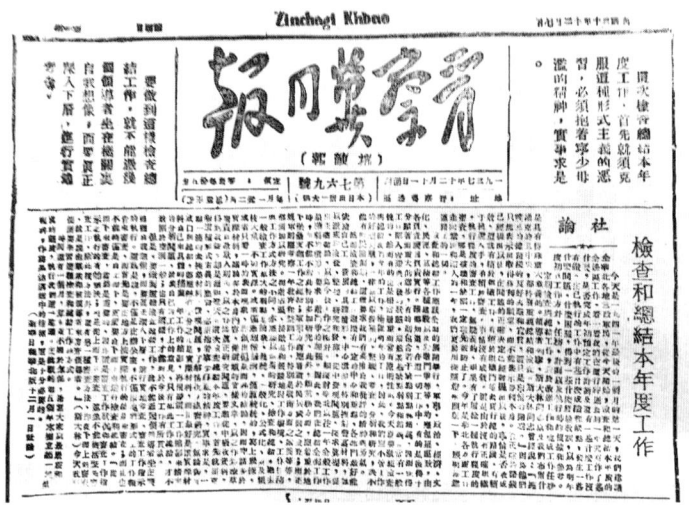

检查和总结年度工作

今天是一九四一年最后的一个月的第一天,我们建议全华北各地党政军民,从今天开始,检查和总结本年度的全边区工作,看一看我们在这行将逝去的一年究竟作了些什么,是否完成年初预定工作计划及还有一些什么工作没有做。在已执行的工作中有些什么成绩和缺点,发生一些什么问题,什么困难,得到一些什么经验教训,以为明年度初□工作方针、任务、计划以及执行时的根据和参考。

定期检查与总结工作,对于改进工作和完成工作任务是具有特殊重大意义的。领导者列宁、斯大林同志以及我们布尔什维克的党中央,都特别重视总结和检查。斯大林同志曾经说:"拥护党的总路线的良好决议和宣言,这只是事情的开端。"因为他们只能表示出取得胜利的愿望,而不能表示胜利本身。在正确的路线已经提出以后,在问题的正确决定已经被提出以后,事情是否收成效,这就有赖于组织工作,有赖于组织斗争去□行总的路线,有赖于挑选人手,有赖于审查,事情没有成效,这是由于没有正确组织,招待程度的审查工作,无疑义的,如果有了这样一种执行程度的审查,那是破坏和缺陷一定事先被防止了。今年是华北各方面工作走向□□和深入的一年,我们更须用探照灯来照射一下,照明前进道路□的一切。

检查和总结工作应该全面的展开举行,军事、政治、经济、文化、民运、党务等各种建设以及对敌斗争等等,均应包罗尽致,由各负责机关负责实行。谁都知道,在这一切工作中,有的是获得十分显著而重大的进步,有的则包含若干缺点弱点和错误,因而使得工作陷入停滞与退后的状态。虽然某些缺点弱点和错误□常有一般性的,然而有的也是相当严重而常有原则性的。今天为要彻底检查□总结我们今年的工作,布置明年的工作,因此,我们应不管工作的好坏美丑,一律加以□发□□、整理、考查、分析和研究,决不能有所畏缩偏颇,这里要求我们有高□自我批评的精神与勇气。

然而检查和总结工作还应有一定的中心和重点,各部门最好能依据自己工□发展的具体情形、中心环节,特别搜集丰富材料,加以彻底的检查、整理、研究和发挥。从中发现问题,探求真理,提出正确结论,以为今后工作之□针,如探讨华北以往一年全般工作最薄弱的环节、要求□敌斗争的加强。因此,我们在总结全部工作时,却不能不对此特别多加研究。此外,如党务方面,应着重于地下堡垒支部工作之总结;军事方面应着重于民兵武装之检查;而正规军则应考察一年教育和整□工作,特别是战术方面之□养等等,都须加以研究。而敌占区,接敌区和根据地因工作环境、工作任务与工作方式方法之不同,亦应加以特别的研究、检查和总结。过去一般检查工作最大的弱点是抽象、笼统、一般化、公式化、□及粗枝大叶,不切实际。或者仅凭想象推测,笼笼统统的,写上几条,或者只看一时的表面现象，即做出似是而非的结论，因而空话多于实际材料，议论多于本身内容，像这类的官样文章，以之作为潦草塞责自欺欺人则可，以之作为真正研究问题，要想从中吸收资料，得到收益，却是难如登天。这次检查总结本年度工作，首先就须克服这种形式主义的态度，必须抱着宁少□□的精神，实事求是，一点一滴的去搜集材料，发现问题，了解情况，缜密研究，无论□□或口头总结，都应该有十分之几是实际材料，而且最好是让实际材料自己来具体的描□□年工作的缩影，再根据这一工作缩影来精□的分析问题，发表自己对工作上的意见，只有如此工作总结，才不致陷于空洞一般；也只有这样，才能对于今后工作有所贡献。

但是，要做到这样检查总结工作，就不能凭几个领导者坐在机关里自我想象，而要真正深入下层，进行实地考查，审查工作指示的执行。这就是说，不仅是在办公室，不仅按他们形式上的工作报告来审查，而首先是要在地方上按实际执行的结果来审查；而且也不能够仅是自上而下，更须要自下而上来进行检查和总结。"从上而下来审查，当然是需要的，因为这是审查工作状况和审查工作指示之执行的有效办法；可是从上而下的审查，远远不能概括整个审查工作，除此种方法外，还有另一种审查方法，即从下而上的审查，就是说由□众和被领导者来审查领导者。"（斯大林）今天我□便须要学习这种检查和总结工作的方式。

时间还有一个月，算来并不过于仓促，希望大家以最严肃郑重认真的态度，执行我们这一建议，在抗战的第五个年末树立起一块里程碑，作为长途迈进中的指标，这是十分必要的。

（《新华日报》华北版十二月一日社论）

（原载一九四一年十二月七日《晋察冀日报》第一版社论）

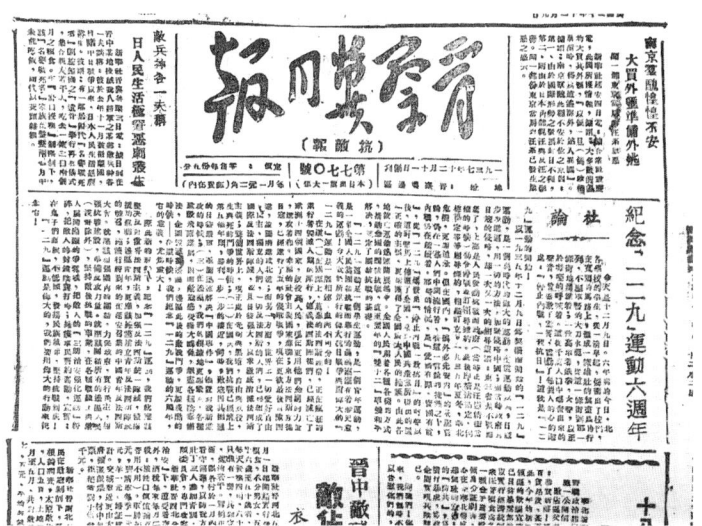

纪念"一二九"运动六周年

今天是十二月九日。六年前的今日,北□各学校的学生,从一清早起,便冲出了校门,在宽阔的马路上,汇成一条雄壮的无尽长的行列,不顾军警的大□水龙,从这一条街到那一条街地涌进着;一致高举着铁拳,大声,以至于嘶哑的呼喊着。这从千万人口中爆发出来的声音,曾响澈了□□,震动了每个人的心的深处:"停止内战,一致抗日"!这就是"一二九"运动的开始!

以一九三五年十二月九日为契机而开始的"一二九"运动,是一个划时代的伟大的运动。在这运动以□,日寇步步进逼,用一切的方法,加紧侵略中国;而当时政府对日寇的侵略,却一次又一次的屈辱退让;东三省是不战而弃了，上海是人民发动抗战而政府（当时正是汪逆精卫当权的时候）勒令停战并订屈辱条约。此后即塘沽协定，何梅协定等等屈辱条约，相继订立。一九三五年夏冬，华北危机，更加迫急。但在国内，"攘外必先安内"的荒诞言论，仍在一些人们中间流行着，在这一言论的掩护之下，内战仍在继续着。那时的情况，是"爱国有罪，资国有赏"，从"一二九"爆发出"停止内战一致抗日"的呼声以后，这呼声马上传遍了全国，□□中国共产党所提出的这一正确的主张，更加获得了全国广大人民的拥护。由此各地救亡运动迅速开展起来。全国人民用着各种各样的方式，推动全国的团结抗战，直至翌年的"双十二"事变和平解决，奠定了团结抗战的基础。

"一二九"运动是一个学生运动，是一个青年运动，是一个全国人民为团结抗战而举行的轰轰烈烈有着历史意义的运动！今天我们所进行的伟大抗日战争与这伟大的"一二九"运动是一脉相连，血肉不可分的！

在这（一）在国际上，万恶的法西斯匪帮，正在疯狂的进行着毁灭人类的罪行，德义法西斯匪徒们，已经灭亡了欧洲十四个国家，奴役其人民，现在更用他们全副的力量，进攻着和平幸福的社会主义国家苏联；东方法西斯匪徒日寇，已经进行了五年的侵华战争，现在更欲最后冒险西进，并图南进或北进；而另一方面，世界上一切爱好自由、民主、独立的人们，一切反法西斯的人们，已经组成了国际反法西斯阵线，并且日益强大，以求彻底消灭法西斯主义；整个世界上，现正处于光明与黑暗，自由与奴役，生与死的斗争的时候；（二）在国内，我们抗战已经踏上第五个年头，胜利一步一步的接近，同时，敌寇因其困难的日益严重，亟图迅速解决"中国事件"，布置对我新进攻的时候；（三）在边区，我们的根据地更加巩固，各种建设飞跃进展，因而敌寇感受极大威胁，想尽各种阴毒办法，企图毁灭我边区，边区此后的敌我斗争，更加残酷的时候——在这时候，我们纪念"一二九"运动的六周年，它的意义，尤为重大！

际此新的形势下，纪念"一二九"运动，我们就应该坚决反对世界法西斯主义，加强反法西斯统一阵线，积极援助苏联；边区青年，更应该拥护建立青年反法西斯阵线的号召，拥护行将到来的在延安召集的中国青年反法西斯大会。就应该加强国内的团结，力促政府，实行民主，加强抗战建设，准备反攻力量。就应该团结所有的边区人民（汉奸除外），坚持敌后抗战的事业，在各种战线上与敌人展开酷艰的争夺战，把敌人的"三期治安强化运动"粉碎，把敌人的封锁阴谋打垮；拥护军民誓约运动，宣誓：在鬼子们面前，不低头，发扬民族气节，坚持抗战到底！

"一二九"运动是伟大的，我们要用伟大的行动来纪念它！

（原载一九四一年十二月九日《晋察冀日报》第一版社论）

破击战的伟大胜利

边区铁的子弟兵,在广大人民武装的配合之下,自十一月十一日起,展开了全线的对敌出击。在这次全线出击中,平毁了山地与平原间长达数百里的封锁沟,拆毁了许多封锁墙,攻克了一些据点和数十个堡垒,毙伤了近千名敌伪官兵,解放了数千在敌寇驱策下来从事挖沟、筑墙的人民。这一次伟大的破击战的光辉胜利,对于今后敌我斗争形势上,具有极重大的意义。

目前各地的破击运动,正在继续:平沟与挖沟,拆墙与修墙的斗争,正在空前尖锐地进行着。敌寇不断的企图挽回他这一次的惨败,企图修复已经平毁了的封锁沟、封锁墙和碉堡。但是我们的破□斗争,在广大人民的拥护与参加之下，□如火如荼的开□着，我们破击的速度，正在数倍超越于敌寇修建的速度。因此，虽然我们今天还要以更大的努力，继续不断地顽强地对敌破击，以彻底粉碎敌寇修复的阴谋，但今天这一破击战的形势则已可判断：我们已经取得了决定的胜利，敌寇已经遭受了□耻的惨败。

这一次破击战的胜利，使敌寇分割我边区的阴谋，又一次地归于失败，这个封锁沟，□在今秋大"扫荡"中挖成的，敌寇在报纸上，□□上，曾经不止一次□□让他用封锁沟来分割边区的成绩。但是我边区子弟兵与边区人民的英勇斗争，粉碎了敌寇这一阴谋，使我山地与平原间的交通联系，能够同过□一样地□□起来。

这一次破击战的胜利，□敌寇第三次"治安强化"运动，遭受了严重的打击。敌寇曾企图利用封锁沟与封锁墙来阻遏我平□与山地间的物资交流，以求"困乏山地"，这是敌寇在第三次"治安强化"运动中的重要措施之一。但是我边区子弟兵与边区人民的英勇斗争，使敌寇利用封锁沟来封锁我平原物资的企图归于惨败。

这一次破击战的胜利，大大的激荡了和鼓舞了封锁沟两旁和四周游击区广大人民反日斗争的情绪。他们用他们自己的斗争，击破了敌寇的分割阴谋，严厉的打击了敌寇企图□制游击□，奴役游击区人民的梦想。在这一道封锁沟消灭之后，游击区的人民，将会感到他们的斗争。是更加紧密的和巩固根据地的人民的斗争结合在一起。他们反对敌寇的压迫、掠夺、榨□、奴役的斗争力量，是更加雄厚了。

这一次破击战的胜利，正严重地告诉了我们：只要坚持对敌斗争，我们是必然□利的。这一次破击战的胜利是伟大的，今后的问题，是我们将如何来巩固这一胜利的成果！为了把这一胜利继续的发扬下去，我们就必须更加广泛的开展广大群众性的游击战争，更加广泛的团结与鼓舞广大□人民，投入到武装斗争里面来。我们要坚□反对敌寇在经济上的榨取，掠夺行为，反对敌寇在政治上残酷的压迫与屠杀，反对敌寇的屯粮制度□配给制度以及在游击区内建立伪组织的一切企图,只有坚决反□敌人的一切阴谋,坚决与敌人斗争,坚决依靠我们自己的武装力量把敌人逼□堡垒里,□□□去,我们在游击区的对敌斗争中,才能够取得胜利。在破击封锁沟的战争中,我们是胜利了,我们正在争取着与期待着更大的胜利的□□。

(原载一九四一年十二月十日《晋察冀日报》第一版社论)

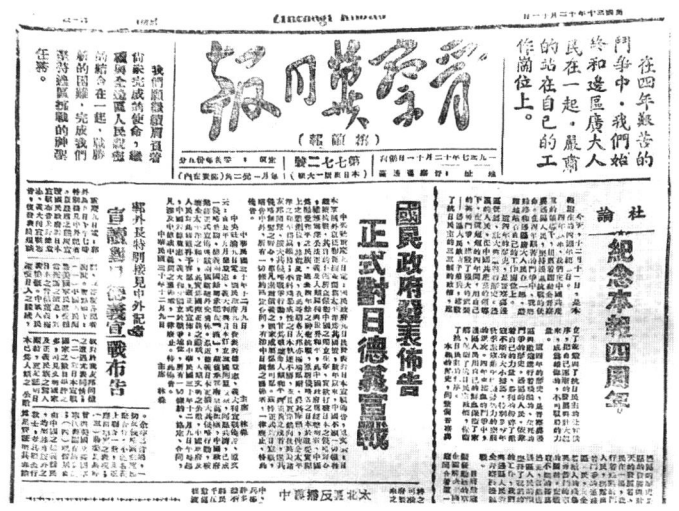

纪念本报四周年

今天,十二月十一日,是本报诞生的四周年纪念日。

四年□来,我们在中国共产党的领导下,担负着团结全晋察冀边区人民,坚持边区抗战的使命。在四年艰苦的斗争中,我们始终和边区广大人民在一起,严□地站□自己的工作岗位上。

这四年的历史,是晋察冀边区发展、壮大与□□□历史。边区的人民,在中国共产党的领导下,在这短短的四年间,用自己的英勇斗争,建设了强大的武装——边区人民铁的子弟兵,建设了抗日民主的三三制的政权,建立了并巩固了抗日民主的社会秩序,把自己逐渐的发展与壮大起来,成为雄伟的,不可战胜的力量。

这四年的历史，是晋察冀边区与敌寇进行着残酷的、生死的斗争的历史。边区的人民，依靠着自己的力量，胜利的粉碎了敌寇不断的大小"扫荡"，特别是今年秋季敌寇集中□□优势兵力的空前的进攻。四年来浴血的斗争中，边区人□用自己的鲜血保卫了家乡，保卫了抗日民主政权，保卫了抗日民主的秩序。

本报的历史，同整个晋察冀边区的历史是分不开的。随着边区的发展与壮大，我们也在一天天的发展着、壮大着。同边区人民在一起，我们四年来与敌人进行着□□的斗争，我们向全边区人民，揭露出敌人的阴谋，指引着斗争的道路。我□代表着全边区人民，向全国、向全世界诉说着敌人的残□，报导着边区人民英勇奋斗的事迹，号召着全民族的团结。在炽烈的战火中，在敌寇不断的"扫荡"中，敌寇企图摧毁边□，当然也企图摧毁我们——边区人民的□舌。但是我们始终坚持了我们的阵地，继续着我们的工作，我们没有一天辜负了党□边区人民对我们的付托：团结全晋察冀边区人民，坚持边区抗战。

目前敌寇在全国范围内，正拟发动□的军事□□的进攻，以企图解决中国问题；在敌后，敌寇配合着这一总的方针，亦必加紧□敌后的"扫荡"与进攻，以企图确保敌后占领地。这是敌寇在国际反法西斯阵线的包围封锁之下，为了挽救其自身之危机□不得不采取的冒险行动。目□□□人民的任务，是阻止敌之新的战略进攻；敌后的任务，是粉碎敌寇新的进攻与"扫荡"，而我全边区人民的任务，就是坚持自己阵地，坚持边区抗战。今后敌寇对我之进攻，必然更加加紧，敌我斗争必然更加残酷，这是我们在进入反攻□□，取得最后胜利以前的不□避免的阶段与必须□□的过程。□这种新的形势下，我们愿继续肩负着尚未完成的使命，继续与全边区人民亲密的结合在一起，来迎接新的困难，战胜新的困难，在残酷的□我斗争中，完成我们坚持自己阵地，坚持边区抗战的神圣任务。这就是在本报诞生四周年纪念的时候，我们的决心和希望。

（原载一九四一年十二月十一日《晋察冀日报》第一版社论）

敌后游击战争的新任务

敌后游击战争已经进入了一个新的阶段。

日寇鉴于以往"扫荡"的失败,已经改变了他进攻我敌后军民的办法。这套新的办法比过去是更复杂更残酷了。在军事上,由短期的"扫荡"进到长期的"扫荡",由分散的"扫荡"进到集中的"扫荡",由长线直入进到步步为营,他实行筑堡修路政策,逐渐向我推进,企图把我压迫到一个极小的地区,或将我根据地分割为各不相连的小块,然后□压倒的□力集中"扫荡"。对于被"扫荡"的地区,则严密封锁交□,占领一切道路山隘,然后以篦梳式进行纵横交错的搜索,反复辗转的"扫荡"□与军事行动相配合的,是经济的掠夺与摧毁。日寇□□物资,限制人民消费,并且实行其所谓"三光政策",使兽蹄所至□处,屋舍为垆,人烟绝迹。日寇妄图以这些□法摧毁我抗日根据地的经济基础,断绝我□后军民的供给来源,以图陷我于饥寒交困的死地。在人力方面,则大批抓捕壮丁,使我敌后部队得不到补充,生产不能维持;同时散布民族失败情绪,利用汉奸□徒,发展特务活动,并且实行严密挨户搜查,使我□政军民工作人员无法活动。

敌人把军事、政治、经济、文化各种进攻联系起来,把"扫荡"和"强化治安"运动与清乡运动配合起来,这就是这几个月来敌寇进攻的新办法的轮廓。

在这种新的情况之下,我敌后军民的困难是空□的增加了。抗日根据地处在连续不断的战争环境中,一寸一尺的土地,都要进行流血的争夺,父老流徒不安,民力屡遭摧毁,而敌人所□□路沟,护路墙则到处皆是。因此,集中大的□敌进行消灭战的可能性是减少了,运动战的可能性也减少了,而游击战的□用则大大提高了。

新的情况要求我们采取□的方针,过去的办法是不适用了。前一阶段的任务是扩大抗日根据地,现在的任务则在于巩固这些根据地,发挥革命的顽强性,克服一切困难,把每一区每一地的□斗坚持下去。

由于敌后战争空前的残酷和困难,我们的新的方针更要适合如下的要求:第一,实行真正的全民武装,□抗日的武装力量和地方居民有血肉相□根深蒂固的关系,这样才可作到□□的□民统一,使军队的每个行动都得到居民的援助和支持;第二,武装分散的地方的战斗形式,减少正规的集中的战斗形式,这样使预防敌人的□击,免除无谓的牺牲;第三,节省民力,□人民有休养生息的机会,减少脱离生产的军□数量,增加不脱离生产的民□,以减轻人民的负担;第四,发挥原始武器的□用,我们没有飞机、大炮,我们借武器装备,不如敌人,但民间的原始武器长枪大刀是随处都有的,要使战斗组织和战斗方式适合于这些原始武器的使用,便可将抗战力量大大的提高了。

实现这些要求的主要环节,就是发展地方军和不脱离生产的人民武装,面对正规军则实行精兵主义。敌后各根据地有山地,和平原之分,敌人有紧张和弛松之别,按照各地的具体条件,使正规军和地方军的发展有一适当之比例。地方条件愈困难,则地方军的比重愈要增加。至于不脱离生产的人民武装,则应当包括全体人民的大部份,除了老年和儿童之外,不分种族、阶级、性别与宗教信仰,都应在保卫家乡的口号之下动员起来!

正规军的精兵主义,就是在数量上□汰老弱,同时则改善其装备,加强其训练,提高其战斗能力,正规军应当是全部武装力量的核心,地方军和人民武装发展中的积极推动者。在作战中,他应当成为主导的部份。地方军是保卫地方的军队,其成份□□治工作和战斗方式都要充分的地方化。正规□的办法是不能□□□到这里来的。只有充分的地方化,才能创造特有的战斗方式。把一□一地的战斗坚持下去,在不脱离生产的人民武装中,其广泛的□□是自卫队,其精干的部份则为民兵。在这里一切工作的基础是政治动员,民主集中制的原则应当发挥其最大的作用。这些武装力量基本上都带着民众团体的性质。所以,愈是发挥民众团体的民主集中原则,这些武装力量愈能活泼有力。

坚持敌后游击战争的任务□和争取□军的工作密切联系起来。最近敌人压迫加剧,敌伪军矛盾加深,敌寇迫使伪军以妻女抵押,这更增加了我们争取伪军的可能。许多人供日寇□策都是被迫,而非出于自愿。只有我们的策略正确,这些人都有可能重返祖国之怀抱的。敌在推行强化治安运动和清乡运动中,借重于伪军者甚多,所以这个工作的顺利开展,□于坚持敌后游击战争当有重大作用。

敌人在敌后不断的疯狂"扫荡"和掠夺搜括,已经引起不少人民的苦闷和愤怒,而多数人是感觉难以照旧生活下去了,有□逃亡的,有全家自杀的,有自动破路的,而且他们要来参加武装斗争的情绪更是日益高涨。

日寇愈加强其民族压迫和蹂躏，则广大民众对于敌寇的仇恨亦必日益加深，而我们发展民众武装的工作亦愈加有利。

地方武装和民兵的开展，要求党的组织加强对这个工作的领导。敌后的党员都要参加军事工作，学习战争艺术，学习组织武装力量和领导武装斗争。几年来，我们在敌后的游击战争中已经有了丰富的经验，这些经验都可作为今日发展地方武装及民兵的参□，我们有一切条件可以粉碎日寇的阴谋诡计，把敌后游击战争坚持下去，在将来配合全国反攻的战斗中□具光荣的任务。

（新华社延安七日广播《解放日报》社论）

（原载一九四一年九十二月十六日《晋察冀日报》第一版社论）

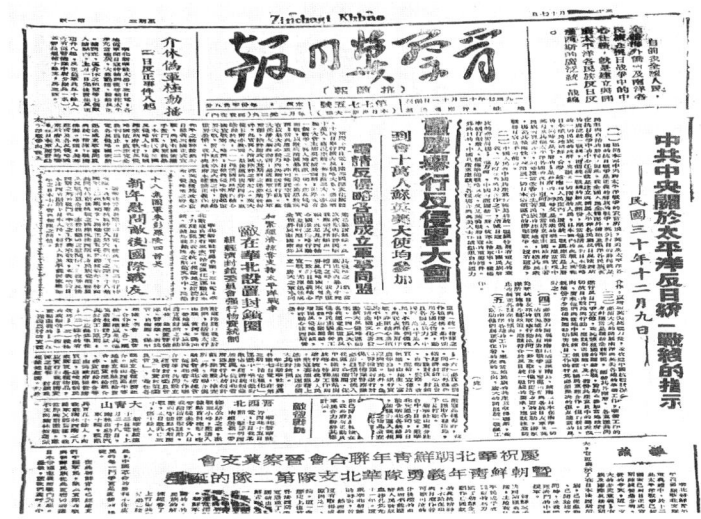

庆祝华北朝鲜青年联合会晋察冀支会暨朝鲜青年义勇队华北支队第二队的诞生

　　华北朝鲜青年联合会晋察冀支会与□□□年义勇队华北支队第二队，在简朴而严肃的隆重典礼中，于十二月十日正式宣布成立了。当此太平洋战争已经爆发，中英美何等二十多个国家已对日正式宣战，全世界法西斯与反法西斯阵线营垒分明，人类历史上空前大战已经爆发的今天，这一支会与支队的成立，实有着伟大的历史意义；它不仅一般的表示了东方各民族及国际反法西斯统一战线力量的更加巩固强大，它更表示了在日本法西斯所奴役下已三十余年的朝鲜民族，已从血和肉的生死搏斗中站立起来了，已开始建立起消灭日本法西斯的武装。同时，使我们——

正在与日本法西斯的生死决斗的中国人民，更获得了一支有力的援军。

朝鲜三千万人民，三十一年来在日本法西斯强盗统治和压迫下，过着非人的生活：土地被日寇没收了百分之八十，无辜平民成千成万的被日寇屠杀，日本法西斯强盗的刺刀、监狱、皮鞭、恐怖的枪声充满了朝鲜全国；但是朝鲜人民——一切不愿作亡国奴而有崇高民族气节与坚如铁石的反抗精神的朝鲜人民，始终没有被屈服，不论在如何艰苦环境下，都不屈不挠的与日寇作着斗争，惊天动地的反日运动□可歌可泣的英雄政事，正在继续不断，前仆后继的出现着，任何的恐怖和摧残是□然而不能压制住朝鲜人民的反抗运动□□鲜人民被奴役的三十一年，同时也就□□血挣扎为光复战士、重现光明而斗争□□三十一年。这一伟大的斗争精神，在□□□祝华北朝鲜青联会边区支□□其武装□□的时候，首先应该向朝苏□□□□□。

然而朝鲜革命至□□□□□□□□没有取得成功，□□□□□□□□□原因之一，则是由于□□□人民本身团结不够。这一血的□□□□□在我们中国革命历史上也会经□□□□地有过；现在全世界法西斯与□□□□的生死斗争是更激烈更严重了□，因此，全世界法西斯力量的团结也□□□□□要。在今天我们□□朝鲜青□□□□□其武装诞生的时候，对这□□□□□更加深刻研究和认识，是□□□□□。

□□人民和朝鲜人民革命分不开，中国人民不仅不能对朝鲜革命漠不关心，而且应当把帮助朝鲜革命认成是自己的责任。朝鲜革命、中国革命、世界革命是分不开的。的确，中华民族的抗日战争与朝鲜民族的解放运动，今天已经完全凝结为一条绳带了，我们彼此不仅是在不同的战线上打击共同的敌人，而且广大的英勇朝鲜兄弟已经直接参加了中国抗日的前线。因此，中国革命的胜利不仅直接帮助了朝鲜革命，而且朝鲜人民的每一斗争更是直接的捣毁着日本法西斯对外侵略的基础。

在此朝鲜青年已经建立起自己的组织和武装的时候，我们中国军民，除以实际的战斗行动援助外,更□□中华民族与朝鲜民族从此更密切的携起手来,为消灭东方法西斯强盗日本帝国主义而战斗到底。

最后,让我们高呼:中朝两大民族永远的团结万岁!

(原载一九四一年十二月十七日《晋察冀日报》第一版社论)

世界政治的新转变

环顾于太平洋战争之爆发，整个国际形势发生了新的巨大变化。这种新的变化有三：第一，世界各国、各民族划分为法西斯的侵略阵线与反法西斯的反侵略阵线，已经最后明朗化了；第二，苏德战争之□□苏有利和对德不利；第三，我国国际地位之最后□□确定及其对我国内政之影响。在日美英太平洋战争爆发□□，世界上两大阵线间之对立，在政治上和组织上虽已形成，但日美两国却置身于欧非战争之外，两国间关系亦混沌不明。日本战乎和平□日本□进乎北进乎，议论纷纷，万衷一是，太平洋战争爆发以后。日美间关系和两国在世界上的地位立形明朗化了，□□世界上两大阵线的划分，亦已最后确定了。日本与德义同惠共济。最后形成□□进行侵略战争的法西斯阵线。美国已经明确的加入反法西斯的反侵略的正义的解放战争。国际反侵略反法西斯阵线正在迅速扩大着，仅在太平洋战争爆发以后三天之内，即有二十二个国家对日宣战。这种带全世界性的反侵略行动之一致和迅速，曾出乎日德义侵略国意料之外。

由于德在苏德作战的初期坦克和飞机的数量比苏军曾占绝对的暂时优势，德军乃能获得一些战术上的一时胜利，但是由于德军对苏京十月最大攻势之失败，希特勒德国在军事上和政治上乃处于□□不利的地位。从军□的眼光来看，德国屯兵于莫斯科坚城之下，乃兵家之所最忌。从政治的眼光来看，希特勒向全世界所宣布的最大攻势失败之结果，增加了德国内部和外部的诸多困难。因此，德国为了挽救外交上的危局，解除自己的许多内外部困难，曾不惜用各种方法策动太平洋上的日美战争。

而希特勒策动太平洋战争的目的达到以后，立即宣布："东线大规模战□□结束，德军在今年冬季将不再向莫斯科进攻"（见本月九日德统帅部声明），希特勒之这一声明，乃是它的闪击计划完全破产之自供。德军两次对苏京攻势之失败，红军之收复罗斯多大，以及最近莫斯科前线苏军之胜利出击，都是说明德军两次对苏军攻势之顶点已经过去，苏军已开始进行对德反攻。尤其是自太平洋战争爆发以后；英美对苏援助虽然可能一时减少一些，但由于英美把日本箝制在太平洋的深大泥潭之中，苏联东西□面受敌之危险却因此而减少了。反之，德义虽与日本处于军事政治同盟，但既不能获得日本经济上和军事上之直接援助，并且因为日本卷入太平洋战争，日失去对苏联牵制之作用，德国因此益陷于外交上的孤立。苏必胜德必败之局面因此也更加明□地被确定了。

目前世界政治形势中第三个巨大变化，乃我们中国国际地位之最后明白确定。我国抗战虽已五年于兹，但对日始终尚未宣战，德义虽承认伪满和汪逆，但我国对德义亦尚处于非交战国状态。自武汉失守以后，我国抗战进入敌我相持的艰难困苦阶段，而妥协投降之暗影，分裂倒退之危险，时起时落，总不能完全消除。现在国际上两大阵线之对立既最后确定，苏必胜和德必败之局势已昭然若□，在日本发动对美英侵略战争之次日，我国国民政府即对日德□发表宣战之布告，我国决与英美苏三大民主国联合一致，对法西斯的德义日作战到底，扫除中英美苏四大民主国的共同之仇敌，为国际□义和世界和平而共同奋战。我国□坚决站在国际反法西斯阵□方面，以反对德义日法西斯阵线，同时亦更使国内团结之增进及对反攻有了更好的客观条件。因之，国内少数民族败类企图走德义日路线，企图作中国贝当之阴谋，因此也就受到了致命的打击，以真正"实行民主政治，使全中国各党各派及无党无派人士的代表都能在政治组织上担负抗战建国的责任。"（见中共宣言），以便在军事上和政治上积极准备对日的大规模的战略反攻，配合英美的对日作战，争取反侵略反法西斯阵线之最后胜利，实为刻不容缓之任务！

（新华社十三日延安广播《解放日报》社论）

（原载一九四一年十二月十八日《晋察冀日报》第一版社论）

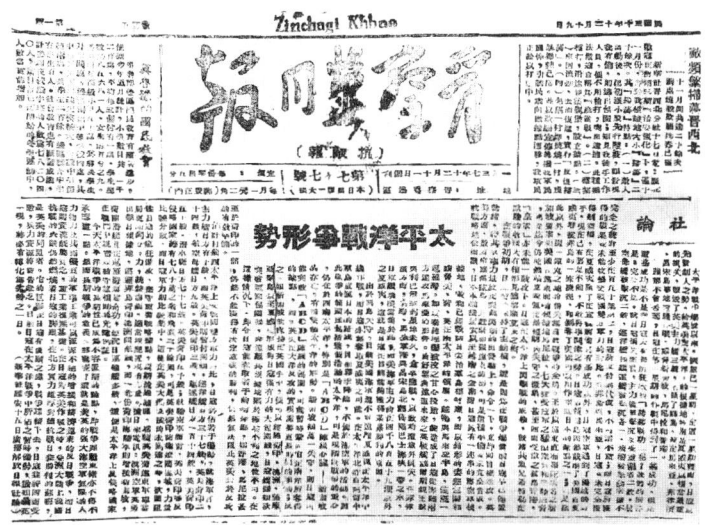

太平洋战争形势

　　太平洋战争爆发以来，倏忽已一星期，在这一星期里面，日寇以先发制人之势，给英美在太平洋□的根据地特别是夏威夷以相当严重的损失，击毁了英美主力舰三艘，占领了关岛，并在马来亚、菲律宾、吕宋岛等地登陆作战，威胁新加坡、马尼拉和香港。

　　谁都不会否认，日寇在第一星期的作战中得到了一些成功，但是这些成功是不是□日寇大本营所狂欢的"赫赫战功"呢？我们的回答是：完全不是。就日寇扩大而言，主力舰被击沉及受重创者二艘，航空母舰被击沉二艘，巡洋舰和驱逐舰被击沉各一，飞机被击落者据不完全之统计至少在百五十架以上，日寇所支付的代价，不可谓不重；

而日寇所获得的战果并未能改变交战国双方军力的对比。在菲岛与马来亚，日寇并未完全获得制空权，在夏威夷除了在宣战前偷□有些成功以外，日寇空军遇到了□越的对手，现在已有裹足不前，不敢再事问津之势。日寇占领关岛固然截断了美国自夏威夷增援菲岛的一条捷径，和剥夺了美国可以用作空□日本的据点之一；可是除此以外，这一弹丸之地的得失无异于战争的全局。至于以远东直布罗陀著名之新加坡要塞和美国□远东前哨根据地马尼拉，七天虽受寇军之猛烈空袭和登陆威胁，可是迄今仍屹然站立并无在最短期内失守之征象，甚至四面受敌之孤岛香港，"皇军"亦未能一鼓攻下。日寇在太平洋上闪击战的成绩，较诸其盟兄希特勒在欧陆的收获大有相形见绌望□□□之概。

在战争初期，日本暂时保持了主动权，这是因为在战争爆发前日寇早已布置就绪，将其军事力量放在突然闪击的出发点上，命令一下，立即向目标进攻。英美方面，数月来虽然秣马□兵赶紧加强远东防务，可是这种准备并未完全告成。就战略地位而观，日本本部横须贺以至越南之金兰湾日寇拥有一连串的海空军根据地，并和已经设防日委治群岛相呼应，而以钳形的姿态包围和威胁美、荷、英在南太平洋的领属。越南与马来亚半岛，仅隔一暹罗湾，加以泰总理□披汶之甘心投敌，便造成了日寇从海陆两方进攻马来亚的形势。自好望角远道东来之英战舰韦尔斯亲王号奥利巴尔斯到星埠未久，仓卒应战，以致均遭意外损失。在菲律宾方面，台湾、马公军港与吕宋岛北部仅隔巴士海峡一带之水，日军舰飞机云集于此，而美海军主力尚在四千八百五十九里以外之夏威夷，这就是日寇在目前能够获得某些胜利的原因。

由于关岛失守，目前美国海军还不会远离夏威夷在太平洋中线作战，而日寇亦无夺取夏威夷之可能。在太平洋北部自阿留申群岛直窥日本的路线，目前雾季降临，不便于海空军的活动。因此战争的范围虽包括整个浩瀚的太平洋，可是现阶段战争的重心，仍在于西南太平洋，特别是"ABCD"

阵线心脏——新加坡的存亡,有关整个太平洋的形势。新加坡如万一失守,则日寇可能突破"ABCD"阵线的包围,可能暂时巩固它在南洋所夺得的据点,而□英美在大洋反攻的实现需要更长时间的准备;反之。如新加坡能保持在英国手中,便可以经过荷印、澳洲、藤摩亚群岛以至夏威夷形成对日寇强有力的大包围线,日寇舰队如欲突破这条包围线,非远离其根据地陷于极端不利之地位不可。在这样情况下,即令日寇能夺取若干前□□点,如香港、马尼拉甚至于荷印的一部,仍然不能获得有决定意义的胜利,仍然无法阻止英美对于反攻的有效准备。

估计目前西太平洋上交战国双方军力□比,日寇仍占若干优势,就海军言,主力舰日方有十艘,而英美荷印则暂付□如,巡洋舰日方三十七艘,英美荷印二十四艘,航空母舰日方九艘,英美荷印三艘,驱逐舰日方一百十四艘,英美荷印五十艘,潜水艇日方七十七艘,英美荷印五十艘;就陆空军而言,英美荷印等反侵略国家拥有七八十万之众和飞机三十余架,可是英美荷印防御辽阔区域,力量比较分散,而日寇军力则比较集中,这样在英美大批□援尚未到达之时,欲图阻住日寇的疯狂进攻,坚守重要战略据点,以期渡过难关,□赖英美荷远东军事当局更加同□□力,统盘筹划,适当地配置现有力量。据日来电讯:澳洲空军英勇出击日根据地,巡逻菲岛荷印澳洲间航线,而一部份荷印海陆军则增援新加坡,荷兰潜艇且在暹罗湾屡建奇功,击沉日运输舰多艘,这便是太平洋上反侵略国家在战斗中亲密团结守望相助的光辉例证。

今天太平洋战争的长期性已成为不容置辩的论点,即战争罪魁东条亦不得不承认这一点。然而长期战争的意义□那里呢?这就是美英的强大海空军无限的人力物力及其极优良的军事工业可以源源不绝的增援和接济远东的反日战争,而日寇则资源既属资乏,重工业复无基础。在日寇对英美作战之时,亚洲大陆上我国抗战的火焰仍然燃烧着日寇的脚跟,在北方实力雄厚对德抗战日益胜利的苏联,是英美的同盟者。它的巨□使日寇有后顾之忧，战争延续下去，日寇益将四面受敌，兵力资源将益告缺乏。目前日寇在太平洋战争中所占之暂时优势，犹如昙花一现，终必有转化为劣势之一日。

（新华社延安十五日广播《解放日报》社论）

（原载一九四一年十二月十九日《晋察冀日报》第一版社论）

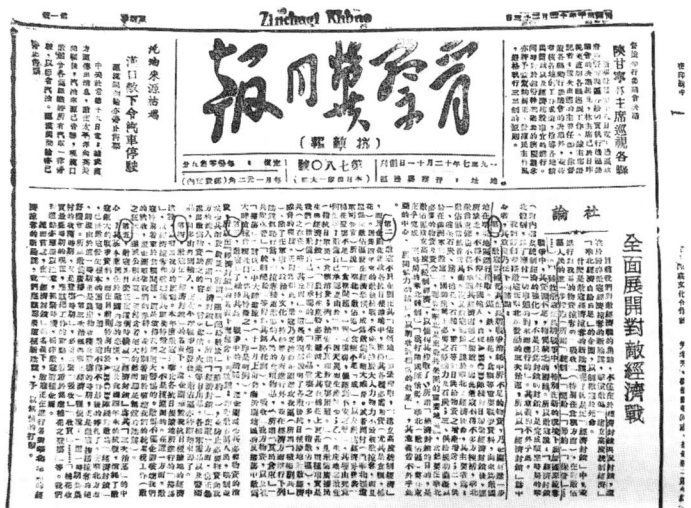

全面展开对敌经济战

目前我们对敌经济战的焦点，不仅在于经济封锁与反封锁，还在于粉碎敌寇经济掠夺的新阴谋，击溃敌伪"建立高度统制经济""华北经济自给自足"的企图，以制敌寇于死命。

什么是敌寇经济掠夺的新阴谋呢？就是在"经济封锁"中，并进行对我区的物资掠夺与"吸收"（特别在食粮方面），在对敌占区人民的进一步榨取（所谓"统制""配给""节约""保管"……）。□补救敌寇在长期战争中，特别在新的环境下参加国际掠夺战争中，其资源不足，物质缺乏的困难。所以敌寇说："经济封锁（对内部是统制经济的强化），不是只为封锁的封锁，是完成顺应时局的华北体制，为了应付一切事态的到来而进行的"。其意义即不外乎此。

我们详细考察敌寇在华北所发动的三次治运，所以以"经济封锁"为中心者，其意义乃在下列诸点：

第一，敌寇为补充其在长期战争消耗中所不足的物资，乃企图更进一步地在华北地区进行榨取。煤、铁、棉花、食粮等重要战争资料，向来为敌国所缺乏，不得不仰仗外国输入，自从ABCD阵线对日加紧经济封锁后，连敌□东条也不得不承认其经济困难之加重。因此敌寇不得不多方搜括，华北敌占区当然首当其冲。况且敌寇认为"谋于华北之经济使命，其主要者为：一、确保石炭、盐、棉花、石绵、重石等对日供给物资之增产增送；二、供给在满洲军车设施及国防产业上必要之劳动力及石炭；三、供给援助蒙疆以必要的物资及资金"，认□"华北是东亚共荣圈的重要地区"，当然要在华北敌占区建立高度"统制经济"，以便利其榨取了所谓"经济封锁的目的，是在乎完成□时局的华北体制""当打开国际情势，华北（敌占区）要在东亚的中心，展开武力的活□，以期收到相当的效果"，其意义皆不外乎此。

第二，敌寇不只企图在其"占领地"加紧榨取，"建立高度统制经济"，而且企图从进攻各抗日根据地中，获得其各种必需物资（尤其是食粮、棉花）。因为四年来的敌后抗战，不仅保持广大人力物力不致被敌掠夺，而且还促使敌占区发生经济恐慌，成为敌伪的绝大威胁。试看冈村（□华北派遣军司令官）所说"华北（敌占区）食粮不足一成"，以及敌伪经济界发表"棉花登场不足""食粮问题，一到登场期，便听到不安之声"，其理由究竟何在呢？敌伪自己承认是由于"甲、因天灾而生产减少；乙、生产地之□□（指抗日军民）食粮消费；丙、治安不良而致登场困难。"（见敌伪广播民生与经济封锁），"农村生产物必至递减，尤其在棉花上更甚，这种事实是我们（指敌伪自己）所承认的"，"生产品登场之不多，（指敌占区），中共（之存在）确□其原因"。这些供词都说明了各敌后抗日根据地□敌经济威胁的程度。正因为如此，敌寇乃更拼命企图进攻我区（所谓"积极剿共"），除了在军事、政治、文化、特务等方面进行外，并在经济方面进行下列阴谋无耻行为，而掠夺接近敌区的人民的食粮物品，（所谓"良民仓库""共同保管""统制配给"等皆为其无耻托词）、"吸收"我方物资，以及在"扫荡""讨伐"中大肆抢掠，（十一月上旬鲁南沂蒙地区的反"扫荡"中敌伪大肆抢掠食粮牲口，为其特征之一，即是明例）。

第三，敌寇为了维持其长□战争中的消耗，还企图减少其必要物资的消费，所以在"经济封锁"的名义下还包含下列阴谋：即对敌占区人民，限制并减少其消费数量（所谓"限制配给数量""节约"），并防止必要物资向我方的流入，（所谓"经济封锁"）。所谓"经济封锁"在这一方面，也正暴露出敌伪物资缺乏的窘□。譬如煤油、火柴等日用品，各种军需品以及医药品，向多由外国输入，在太平洋战争爆发后，敌占区亦将断绝来源了。

第四，敌寇在"经济封锁"的名义下，还企图摧毁我抗日根据地的经济建设，以增加我方的困难。本年度敌寇□华北各抗日根据地所进行的"扫荡"，以经济掠夺和破坏为其重要特征之一，不是没原因的。在这一方面，敌寇特别着重于食粮问题，这是值得我们绝大警惕的。敌伪不仅企图破坏我们的秋收，还企图破坏我们的春耕，并特别着重于破坏我们的统□税工作（敌之狂吠"歼灭公粮政策"正包含着绝大的然而却是无效的阴谋）。

第五，敌寇为什么正在这个时候以"经济封锁"为其"三次治运"的中心呢？其基本原因在于敌国内部的恐慌，以及我国四年来的抗战，消耗了敌寇巨大的战争资料，而在目前则特别由于ABCD阵线对敌的"经济封锁"，已使敌寇发生根本的困难，迫□敌寇不得不作最后的挣扎了。在华北方面，则还由于这一时期正是农产物收获及登场的时期，正是敌寇搜括掠夺的绝好机会。所以敌伪广播（第三次治强与华北经济）里便说："这一时期为农村的收获时期，又是登场时期"，必须抓紧"吸收""收买"……

"棉花收买最盛时期的现在,应该把工作的重点,着重于促进棉花之登场"等。我们对这点亦应加以注意,抓紧时机,粉碎敌寇这种企图。

总而言之,在"经济封锁"的名义下,敌寇正在进行着对华北地区的经济掠夺的新阴谋,我们应该认清这种新阴谋,予以无情的打击。

(原载一九四一年十二月二十二日《晋察冀日报》第一版社论)

太平洋战争与苏联

——评重庆若干报纸之评论

　　太平洋战争爆发以后，苏联对这一战争的态度极为坚定与明显。苏联共产党中央机关报真理报十一日评日美战争云："日本之为侵略者，而英美为被侵略者乃系极显明之事实。日海陆军事先不予警告而竟偷□太平洋上美国之领土，□观其□菲律宾、关岛、香港与马来亚等地同时发动，而又距离日本本部甚远，显然证明此系预谋之性质。至于华府谈话□系□仿希特勒对苏联之故技施放烟幕而已。日本已甘冒□隙，除败北以外将无出路"。苏联驻美大使利□□诺夫亦向报界发表谈话称，"……反对轴心进行掠夺之战争已在全世界各地区爆发矣。在此次战争中，苏联与英美成为同盟国"，而"吾人乐于成为此等伟大国家之同盟"。据路透社同一电讯称："□□□诺夫明白称日本为国际强盗集团之一员，渠谓渠相信德国极力使日本在西伯利亚开辟远东战线"。由此可见苏联对日本强盗之发动侵略战争的态度是显明和正大的。它反对日本之侵略战争，赞助英美之反侵略的解放战争。不仅如此，他的驻美大使并正式宣告：在此战争中，苏联与英美成为同盟国，且乐于成为此等伟大国家之同盟。由此可见中共中央宣言所说"全世界一切国家、一切民族划分为举行侵略战争的法西斯阵线与举行解放战争的反法西斯阵线已经最后地明朗化了"是十分合于事实和正确的。

不仅如此，苏联不仅在态度上口头上同情□美，而且英勇的对国际强盗集团之魁首希特勒作坚强有力之反攻，以策应英美之对日战争。此反攻于日美谈判已濒破裂之时开始，而于日美战争爆发以后加强。两周以来，迭克名城，尤其是最近一周剧战之结果，已于莫斯科周围克复重要城市六七处，据点四百余，击溃德军二十余师，造成空前之胜利。这样来吸引与打击法西斯德国之军力，使其不得休息，疲于奔命，无法援助其东方的盟友。尽管在今天反法西斯各国间还没有统一的指挥机构，而这种站定自己的岗位，奋勇向当面之敌攻击的精神，实在是值得效法的；尤其是对于有着与日寇蔓延数千里长的战线的我们中国是值得效法的。

在这种显明的事实与对照之下，近日重庆□干报纸与日苏□□之喧扰，非但是庸人自扰，而且给侵略国家在苏英美阵线之间，投下乘间伺隙之溃。大公报所谓："严整的局面尚缺□环，□苏联尚未对日宣战，只须此极重要之一环完成，反侵略国家之最后胜利极有把握"。按其文义，似谓反侵略国家之能否胜利，□赖苏联之对日宣战一举。显然，这是不确□的。若以双方作战之因素、物资、生产力、人力等等而论，则胜负之数早确定了，最后胜利将在反侵略阵线方面。实质上苏联已经是反侵略阵线之重要成员，英美之同盟国。苏联之对日宣战更是电动机的问题和形式的问题。"世界严整局面"已由日寇在太平洋上的侵略行为完成了他的最后一环；苏联之对日宣战正如中国之对日宣战一样，只是其中之一个纲目。我国政府既可以战而不宣五十余月，至日美战争爆发之时始完成对日宣战之形式与手续；而独对于苏联乃急急乃尔。

至若以为苏联一旦对日宣战，最后胜利即□□得，亦为轻敌速胜之幻想。太平洋反日斗争正如□斯□致将委员长电中所云："为艰巨之奋斗，自非轻易所能得到迅速之成功"，要达到此项成功，亦"必须所有参加此□斗之一切国家……集中力量，□一意志以赴"，固非□有赖于苏联也。

主张苏联迅速对日作战者之理由乃为粉碎侵略国各个击破之战略及首先解决东方敌人，如大公报十二日社评，谓轴心惯用各个击破战略，现当此战略之开始，为击破此一狡计，苏联亦应迅速对日宣战，先解决此东方敌人。对于此种议论，实不敢轻易苟同。

第一，轴心国之各个击破战略并非"现即为此战略之开始"，相反，现在实为其终结。要说□□，由来已久。日寇之侵占东四省是其开端，而现在却已经是世界各国感觉到各个击破之危险而□力同心抗拒这一战略之开始，亦即轴心国不得再使用其惯技之开始。

第二，从整个世界战争着眼，现时三大战争（欧陆及大西洋、非洲及地中海、亚洲与太平洋之中，其决定的战场在欧洲及大西洋；从强盗集团之三个盗贼来说，希特勒是首犯，其军力最强大，其行为最残暴，其野心最炽烈。□云：射人先射马，擒贼先擒王，在战略上，也应首先解决主要敌人，其余当不难□灭。所以在世界战争意义上说，必须首先解决德国，德国解决之后，"没有别的帝国主义强国的帮助，就不能成为重大的力量的日本（列宁语）便不足为患了"。

第三，日寇处心积虑已久，发难之始，凶焰方炽，而美则于开战以后方入动员状态，人力物力均未就绪；苏英一则强敌深入，一则英伦在威胁之中，事实上□□本国于不顾而一意东向。德军攻苏再衰三竭，战局形势现已好转，苏联正宜乘其疲乏战败之时大举反攻，不□敌有休息之机会，一举击溃之。所以不仅东线反攻之意义极为重大，而欧陆第二战线之建立，亦有其迫切之需要。

第四，世界战场既有三处，而其性质亦有差异。大体言之，欧洲以陆战为主，太平洋战争以海战为主。反侵略各国之军力亦各有不同，英美大海军国也，苏联则以陆军为强。因此，反侵略各国之共同作战不能不有所分工，有所偏重，□得各挥其长，取得胜利。现在，苏联独抗强德，奋勇出击，肩负了主要战场之重任，其对反侵略阵线之贡献不可谓少，明乎此，则与伦敦"一般认为，自北海迄黑海之线均有德国机械化部队，故欲苏联参加太平洋战争未免为过奢之要求"（路透社伦敦十二日电），当知其为确有见地。

在太平洋战争爆发之后，中国的抗战已与世界反侵略战争合而为一，胜则俱胜，败则俱败，抗战大计，必须从反侵略战争，全面着眼，现在不论为中国计，为整个反侵略阵线计，必须首先击败希特勒之后，方能够定□□□□□。

总之，日苏关系已极显明，世界战局正在发展，望我国人勿作庸人之自扰，务须站定脚跟，努力准备反攻，以协助友邦，以促进世界反侵略战争之胜利！

（新华社延安十六日广播《解放日报》社论）

（原载一九四一年十二月二十四日《晋察冀日报》第一版社论）

站在反法西斯斗争最前线

　　西北青年救国联合会等十数著名青年团体，联合发起于明年一月五日在延安召开全国青年反法西斯运动大会，并已致书全国各地各青年团体，邀请派遣代表出席参加，共商推进中国青年反法西斯运动的一切方针。这是中国青年运动史上空前盛大的一个大会，他将成为全国青年团结的旗帜，动员青年参加反法西斯斗争的有力号角。当此日寇又作侵略戎首，挑动太平洋大战，反法西斯火焰燃遍全球，法西斯势力与反法西斯势力正在进行生死存亡的决斗，全世界青年特别是中苏英美四国青年日益团结站在反法西斗争前列，而中国抗战胜利尤与反法西斯斗争胜利不可分离之时，这一大会的召开是有其世界政治意义的。

我们华北青年向来是反法西斯的最英勇的战士,远在七八年前,当法西斯侵略势力刚才抬头,日本强盗进兵东北觊觎华北的时候,华北青年学生便高举起反法西斯的火炬,爆发了怒吼全国的救亡运动;当法西斯势力一踏入华北门户的时候,首先就遭到英勇青年的猛烈打击。在四年又五个月的抗战过程中,始终在敌占区、在游击区、在根据地与法西斯敌人进行武装的、政治的、经济的、文化的各方面的全面苦斗,我们的生动史迹,为抗战增加了许多光辉和色泽。华北青年是全中国青年最先进与最团结的部份,无论是富家子弟、青年知识份子以及工农青年,已经有很大数目组织到青年团体与青年武装中来,这会给予全国青年运动和青年团结,以很大推动。而这次行将召开的全国青年反法西斯运动大会,就是由我们华北的许多青年武装的组织与西青救等联合发起的。因此,如何扩大这个大会的政治影响,增强我青年自身反法西斯主义的教育,并从各方面加紧我青年团体的工作,显示华北青年的力量和英勇姿态,来筹备和迎接这个大会的到来,已成为我全华北青年特别是青年团体当前现实的任务。

首先,大会虽召开有期,但因敌后交通困难消息阻塞,广大青年对于自身这一重大事件或许尚有未知,应即展开一个宣传运动,或规定宣传日、宣传周之类,联合当地报章杂志,运用各种宣传武器,并召开座谈会讨论会等等,进行深入的政治动员,对于西青救及华北各地各青年团体致全国青年团体之公开信应予印发或介绍,对于此次大会之意义和任务应予说明和解释,而对于华北青年在此次大会中的作用和任务尤需宣传和讨论,使每个青年透彻理解此次大会的召开与华北青年的关系,把它当成一件切身需要的工作来进行。同时,应在大会开幕之日,举行热烈的庆祝,掀起□□全国青年反法西斯运动大会的浪潮,依据当地情形加紧青年各种有声有色的活动及□战、参军、学习等等,以这种加倍打击日本法西斯的英勇事迹,来欢迎一月五日这个节日。

其次,大会的中心任务是团结全国青年,展开反法西斯运动,但对全国各地青年团结抗战的阵容，目前青运的状态以及今后各地青年在反法西斯斗争中的任务和工作，均应给予检阅与讨论。华北青运□史悠久，成绩既多，经验亦丰，更应对大会有所贡献。因此，各地青年团体，均应搜集和整理□□具体材料，如男女青年儿童之生活及教育状况，各种青年组织状况，青年儿童在军事、文化、政治、经济等各方面的成就、收获和作用，青年儿童今昔之生活情形、社会地位、各地青运发展中的问题和经验，以及今后的动向，以便委托代表，提出报告，以供全国各地青运之参考，并与各地青年领袖共作研讨，交换意见，以决定全国青年反法西斯运动中的努力方向。同时，征求各地青年和青年组织对于大会有何建议，要求和希望，特别是全国青年团体和青年运动之团结统一问题，为华北各地青年所日夕关怀，不妨多多□集意见，□□具体提案，亦一并委托代表提出，以充实和丰富这次大会的内容。（中缺四十余字）

全华北的青年应积极动作起来，以实际工作迎接我们青年自己的大会诞生，且使这个大会获得最大的成功。

（《新华日报》华北版社论）

（原载一九四一年十二月二十五日《晋察冀日报》第一版社论）

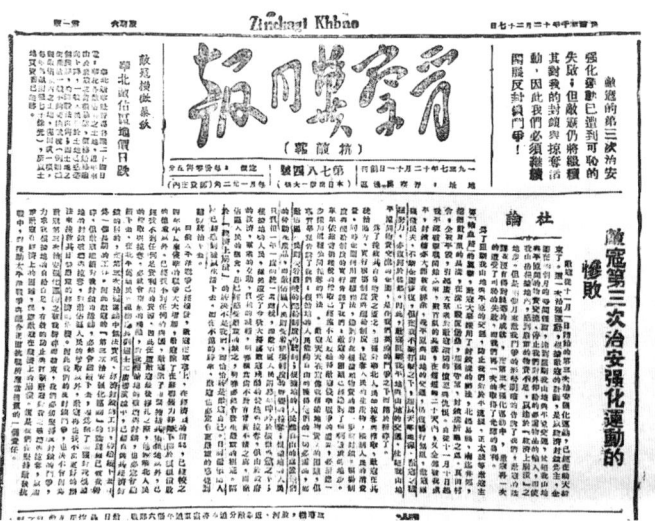

敌寇第三次治安强化运动的惨败

敌寇从十一月一日开始的第三次治安强化运动,已经在前天结束了。这一次治强运动,根据敌寇的计划,是以经济封锁为主,企图在□个月的时间里面,达到阻断我山地与平原交通,杜绝我山地与平原间的物资交流,停止我们对外仰给的必需物品的输入,而使我山岳根据地内,感到严重的物资不足,以达于"经济上崩溃"之地步。但是两个月来敌我斗争的形势明确的告诉了我们,敌寇的阴谋并没有得到丝毫的成就,在第三次强化运动中,敌寇再一次的遭受了可耻的失败,而我们再一次的取得了光辉的胜利。

为了阻断我山地与平原的交通,防止我们对于平汰线,正太线等敌寇主要"输血路"的袭击，敌寇大举采用了封锁沟的办法，北起易县，南迄井陉，挖掘数百里的长沟，在沟上设置堡垒，加强守望，封锁沟所过之处，良田村舍，全被平毁，引起广大群众对敌寇深切的愤怒与仇恨。自从十一月十日起我平沟破击战开始以来，数百里的长沟，在短短的二十天内，又全部被我填平，封锁线亦大部被我拆除，我平原与山地的交通，仍复畅行无阻，敌寇虽强征民夫，不断企图修复，但在我不断打击之下，加以天寒地冻，敌寇之种种努力，亦复归于徒然。因此，敌寇阻断我平地与山地的交通，杜绝我山地平原间物资交流的企图，是在我们英勇的斗争之下而归于粉碎了。

为了挽救其自身物资之匮乏，加强对华北人民的掠夺与榨取，敌寇在其统治区内，实行粮场制度与配给制度，掠夺人民的生产物，限制人民的消费量。同时企图利用这种办法，达到对我根据地物资的进一步的封锁。粮场制度与配给制度的实行告诉了我们：敌寇的困难已经达到了如何严重的地步。单单依靠苛捐杂税的榨取已经远不足以维持敌寇侵华战争的需要，必须进一步采用这种公开掠夺的办法。敌寇天天在宣传我根据地物资□的困难，但事实□竟告诉了我们：根据地的人民能够自由的获得他们的一切必需品，而敌占区人民则受着严峻的配给制度的统制；根据地的人民能自由的处置他们的劳动生产品，而敌占区人民则受着粮场制度的野蛮的掠夺；根据地的人民只负担一年一度的统一累进税，而敌占区人民则终年呻吟于横征暴敛之下；根据地的人民，虽然遭受了今秋大"扫荡"敌寇残酷的焚烧与掠夺，但由于政府的救济，群众的互助，负担的减轻，明春粮食尚不致有青黄不接之虞，而敌占区人民的粮食，却已经感受严重的缺乏，明春必然会发生严重的粮荒。陷于"经济上崩溃"的将决不是我们，而恰恰将是敌寇自己。目前敌占区人民已经感到难以生活下去，而在不远的将来，敌寇也必定会更严重的感觉到难以统治下去。

目前太平洋战争已经爆发，敌寇在军事上，在经济上的消耗，已经较之四年半以来侵华的战争大大增加,敌寇除了在苏联强力抨击下陷于狼狈溃败的德意以外,已经找不到任何的□□,敌寇除了抓紧搜括其占领地以外,已经找不到任何足资利用的资源,因此在这敌寇最后挣扎之际,他对华北人民的榨取与掠夺,必就会空前的残酷,对我根据地的破坏与封锁,也必定会继续下去,在北平伪新民主总务处长刘逆士元广播演说中,已经自供其经济封锁的目的,在第三次治强运动中无法实现,经济封锁的工作,将继续下去成为一个长期的工作。因此敌寇的"第三次治安强化运动"的阴谋□已被我粉碎,但敌寇继续对我封锁的活动,必然会继续下去,因为除了加强对我根据地的封锁破坏与掠夺,对敌占区人民的榨取以外,敌寇再也找不出更好的办法来挽救其日益严重的经济的危机。因此我们的反封锁斗争,也决不会因为敌寇第三次治安强化运动之被我粉碎而结束,我们必须坚持反封锁的斗争,力求我根据地的自给自足,有效的防止与打击敌寇对我之破坏与掠夺,以加重敌寇在经济上的困难,促进敌寇在经济上的崩溃。这是我们在坚持敌后抗战中,对援助太平洋战争与配合正面抗战所应当担负的一个责任。

(原载一九四一年十二月二十七日《晋察冀日报》第一版社论)

太平洋战争爆发后的国内军事形势

太平洋战争的爆发对于我国各方面的发展都有巨大的影响，引起重要的变化；对于敌我相互关系及国内军事形势亦非例外。自十二月七日到现在，日寇在我国的军事活动有些什么变化呢？今后日寇是否会放弃对我的军事进攻呢？敌军在晋西北岢岚等县被迫撤退是不是日寇从沦陷区大规模撤退的开始呢？有人说太平洋战争爆发以后，日寇短时期内必然失败，是不是正确呢？

这些问题必须给以明确的回答，这是我国在太平洋战争中执行正确的军事政策，争取我国抗战胜利，加速太平洋反侵略国家抗战胜利的前提。

谁都承认，太平洋战争使日寇在华的军事困难大大增加了。以前他是单独对我作战，现在他要将军力、资源和注意力分用于太平洋战争。日寇多树敌人，分散力量，其结果不能不增加他在中国的困难，这是显而易见的。驻华的敌军经过了四年多的长期战争，已经远不如初了。他的战斗顽强性降低了，纪律松懈了，厌战情绪增加了。太平洋战争以后，敌军的这种趋向将更发展。因为侵略战争何时结束，现在是比过去更加渺茫。日寇战争范围扩大，经济日益困难，华北敌军多有数月不发饷者；而日本国内生活困难，父母妻儿号寒啼饥的事实，更不能不打击日寇的军心和士气。所以无论日寇如何以太平洋战争"胜利"的虚伪宣传来麻醉其官兵，鼓舞其战争热狂，而敌军厌战反战的潮流终于无法阻止。最近磁县若干敌兵宣传打倒日本军阀财阀后实行自杀，辽县敌兵携械逃亡，粤汉路上敌军反战份子焚烧仓库，都是敌军反战情绪加强的证明。跟着太平洋战争的演进，日寇困难的增长，敌军厌战反战运动，必然继续扩大下去。

使敌人在华军事上发生困难的又一因素是伪军的动摇。在日本兵源不足的情况下，伪军是他统治沦陷区的重要支柱。近几年来，日寇对于伪军扶植确曾用了不少力量，但伪军完全建立于赤裸裸的民族压迫之上，其基础是异常不稳的。太平洋战争爆发后，沦陷区人民都感觉日寇末日将至，抗战情绪和信心激增，这不能不影响到伪军。日寇的困难愈厉害，他就愈要加强对沦陷区人民的压榨和掠夺，而人民的反战斗争也愈激烈。伪军都是中国人民的子弟，自然也不能不受影响。同时，日寇对于伪军的压迫和侮辱，摧残和践踏，更不能不让他们□□祖国，加强反抗之心。这就是太平洋战争爆发以后各地伪军时常被敌缴械并且大批反正的由来。

但日寇这些困难是否已经使他今后再无能力对我作新的进攻呢？那又不然。日寇的力量用于对华的只是一部，而不是全部。虽然他的兵力不足，但他还有对我发动新攻势的可能。以日寇兵源而论，其第一线军队共为一百师团，在华为三十六个师团，在满为三十三个师团，在越南为四个师团。除此而外，日寇手中还控制了二十七个师团，在目前马来半岛和菲律宾陆地战争中还用不完这样庞大的军力，所以日寇在华的军力目前还不需要大批抽调到太平洋战线上去。如果在国□各战场上敌军有些调动，则与其说他是调到国外，不如说他是调到别的战区，布置新的攻势更近于事宜。敌西□俊六在南京招待傀儡的宴会上曾有灭华方针不变的声明，日寇发言人又有在第三战区发动攻势的狂言，而中英美联合行动、我国反攻的呼声，都在国际上引起普遍的注意。日寇为了先发制人，对我来一个攻势，是有可能的。最近东战场上寇军蠢动，晋东南万余敌军对我国军某部实行新的"扫荡"，以施行其各个击破之阴谋，都值得我们注意和警惕。

日寇对于我沦陷区更必然千方百计巩固其统治，并掠夺人力和资源。日寇资源本极贫弱，初时取给于英美□现在这条道路已断，而太平洋战争又要不断的大量的消耗，其补□主要是依赖我国的沦陷区。故日寇对于此等重要的后方，必认为第二生命线而加以保卫，当无疑义。目前敌军被迫从晋西北苟岚等县的撤退，并不是日寇放弃沦陷区，相反是他对沦陷区统治强化的表现。日寇可能缩短防线，放弃一些小据点，巩固大据点；但其意义不是消极的，而是积极的。近来敌人在华北沦陷区大量逮捕壮丁，实行三次"强化治安"，严格统制人民日用品的消费，搜括物资，抢劫粮食，横征暴敛，这些事实都可看出敌军对于沦陷区的依赖是如何的厉害。所以除了把他驱逐出去，否则沦陷区他是不会放弃的。

太平洋战争爆发以来，国际友人对我反攻期望至殷。我军在广九线和潮安都有出击，最近在华北敌后我军更以排山倒海之势，在平浅线西展开破击大战，这正是配合友邦作战的开始。马来半岛陆战正酣，需要我国有力的配合是异常急迫。如何更积极更切实布置全国各战场上的出击，这是对于我国的迫切要求。

在目前这种情况下，有人提出短时期内日本必败之说是不适当的。此种观点将会助长速□的幻想和依赖他人忽视自己的不良倾向。日寇以一国而与多数国家为敌，其最后失败必无疑义；但胜利有赖于争取，非可等待而得。日寇失败之尽早是以反侵略各国的努力程度而定，我国为反侵略阵线中的重要一员，我沦陷区为日寇重要后方，其作用更是重要。所以我们不应醉心于不战而胜的幻想和速胜的空谈，而是督促自己，鞭策自己，作长期的艰苦的努力。

（延安《解放日报》社论）

（原载一九四一年十二月二十七日《晋察冀日报》第一版社论）

迎接中国青年反法西斯大会

明年一月五号，在延安召开的中国青年反法西斯大会，是有着□大政治意义的，它不仅继伦敦、莫斯科、墨西哥各地所召开的青年反法西斯大会而召开，以加强全世界青年反法西斯统一战线，应与配合全世界青年的反法西斯运动，扩大中国青年反法西斯运动在国际间的影响，而且将是全中国青年在反对日本法西斯的斗争中更进一步的大团结及步调行动更加一致的有力□证，特别是正当全国青年进行太平洋反法西斯战线内激烈斗争的时候。这一空前伟大的盛会，将更成为全国青年团结一致具有历史意义的壮举！

远处在敌后抗日根据地的晋察冀边区青年，也□其他抗日根据地的青年兄弟们一样，是继承了中国青年历史上的革命传统的。□年来边区青年□在反对日本法西斯斗争的前列，不屈不挠，英勇□□的坚持着□□的敌后抗战，保卫着边区，数十万的青年拥入部队及参加了抗战的各方面的工作。在前线，在后方，在边区每个角落里，在经济生产建设上，在文化运动及学习战线上，特别在群众游击战争的开展与坚持上，都成为一支生动活跃的力量。

在顽强的斗争中，青年对民族，对国家，是有了不少贡献的，我们边区成千成万的青年兄弟们，为了□□的自由解放，为了打倒疯狂的日本法西斯，有好多曾牺牲自己□贵的生命，这□中王□、丁莹、吴□、□□、李熔旭、郭珍明诸同志的光荣殉国，尤为英勇卓绝。但这些战士的血绝不是白流了的，我们边区青年，在历年以来的斗争中壮大起来了，上百万的青年儿童从日本法西斯的铁蹄下被拯救出来了，我们已获得进步。自由而愉快的生活，这些青年烈士鲜红的血，在祖国伟大的土地上，灌溉出自由之花。

不可否认的，在边区青年运动中仍存在着不少缺点，而日本法西斯也仍在张牙舞爪的□噬着我们广大青年儿童，特别是在游击区敌占区，敌人仍在大批的抓捕与强征青年壮丁以供其长期战争的奴役的今天，敌我的斗争，将是更加残酷复杂，同时□相当长期的。在今天我们给予日本法西斯的打击还不够严重。因此□要求我们边区青年今后更加高度的发扬过去斗争的光荣传统，克服弱点，千百倍的紧张战斗起来，用艰苦的战斗和实际工作来热烈的迎接与□□延安中国青年反法西斯大会。

在延安中国青年反法西斯大会行将开幕的今天，我们边区青年应该：

第一，更进一步的加强全边区各民族、各党派、各阶段、各宗教青年的团结，地方青年与部队青年的团结，特别是敌占区、接敌区青年与根据地内青年的团结，边区及其周围敌占区中国青年与太平洋各国反日青年大团结，从各方面加强和扩大青年统一战线，粉碎敌伪反动份子的挑拨离间，制造摩擦、制造对立、分裂青年团结的阴谋。要求边区青年□□□，成为全国青年团结的模范，用边区青年的团结来推动与影响全国青年□□□，我们边区青年要到凡是有青年的地方去做工作，要到更艰苦的环境中去做工作。让我们全边区青年一代，在反对日本法西斯的旗帜下，更加巩固的团结起来。

第二，热烈的参加冬学，提高我们的知识，在青救会的教育工□上，特别是目前冬学中加强青年反法西斯的教育，从各方面展开青年反法西斯的宣传活动，对敌实行宣传闪击战，使广大青年都了解到法西斯是青年的死敌，消灭法西斯是全世界每个青年的光荣任务，全世界反法西斯的任何胜利都是我们边区青年的胜利，我们边区青年反对日本法西斯的任何胜利也是全世界反法西斯青年们的胜利。我们边区青年与全世界反法西斯的青年们是息息相关，成败与共的。因此，在全边区青年中展开热烈的反法西斯运动是万分必要的。

第三，发扬四年来的光荣传统，更加积极的参加保卫边区与建设边区的一切工作，而目前对敌展开猛烈的政治宣传攻势，开展节约运动，及热烈响应志愿义务兵役制，更是我们青年迫切的任务。让我们边区活跃的青年□，更加活跃在各种斗争中去。

为了以实际行动迎接中国青年反法西斯大会，边区青年们，更加紧张的战斗起来吧！

（原载一九四一年十二月三十日《晋察冀日报》第一版社论）

太平洋战争中日寇在我沦陷区内的动向

日寇为了进行这次太平洋的侵略战争，需要大量的人力、物力和财力，而这些大量的人力、物力和财力如果完全由业已被侵略战争疲惫了的敌国本国负担，事实上是不可能的。因此，日寇今后势必□强对其国外殖民地以及广大的中国沦陷区（包括东四省在内）的榨取。沦陷区问题正如毛泽东同志所说：是"日本帝国主义的生死问题"；特别是在目前的太平洋战争中，沦陷区对于日寇更加具有重大的意义，这是不言而喻的。所以，今后日寇在我沦陷区的新的动向是更加值得我们密切注意的。

根据最近的一些事实，我们不难看出：日寇为了配合太平洋的战争，首先就是□强对我沦陷区的经济资源的封锁和掠夺，这表现在华北敌伪最近所进行的"三次治安强化运动"中强调以经济封锁为中心。当然，"治安强化运动"并不只是经济封锁，以外还配合以军事的"扫荡"和清乡等工作，"经济封锁"的目的，一方面是在防止经济资源流入我敌后抗日根据地，另一方面则在□强对沦陷区经济资源的统制，以便进行更残酷的掠夺。以经济封锁为中心的"三次治安强化运动"开始于太平洋战争以前（自十一月一日开始）。日寇之所以在"三次治安强化运动"中强调经济封锁，其主要目的与其说是欲以此达到日寇理想中的所谓"治安"，勿宁说是日寇发动太平洋战争前夕在我沦陷区内加强经济掠夺为恰当。太平洋战争既经爆发之后，日寇必然会把这种经济封锁的实施普遍于沦陷区各地，这是可以断言的。□□□日寇□□在沦陷区为□采用"开发"的美名来□其□□□□□□□□羞的话，那么，日寇对沦陷区人民在抗战初期所采用的那种赤裸裸的掠夺又将复现于今日矣。

为要达到□进一步□□沦陷区的榨取，日寇今后势必加强自己对沦陷区的统治，而削弱伪政权的独立性。明白言之，亦即使伪政权更加傀儡化。这表现在敌军部对汪逆伪中央政权的不断支持，而迫使本多大□辞职归去。大家都知道：本多是扶殖汪逆政权最力的人，年来他曾为"□□国民政府"而多方奔走呼号，他原想把汪逆政权伪装为"中国人自己的政权"，藉以对外欺骗国际，对内愚弄沦陷区的民众。此种作法既为军部所不满，则今后之汪□□必变成革新派军人指挥刀下的不折不扣的十足傀儡。汪逆之任何独立的权力，那怕是极端微末的，亦□完全剥夺净尽。据本月四日重庆电传，南京群丑目□于太平洋形势吃紧，以及日本内部亲汪反汪派的斗争之激烈，而深感"汪政权"有崩溃之虞，纷纷购买外汇，企图逃亡海外。由此也可看出汪逆政权之动摇不定了。

在对外关系上，日寇欲澈底肃清和强占英美各国在沦陷区内的一切权利。战争发动后三四天，日寇即在天津没收英法租界内之存银五千五百万元，在上海则抢劫公共租界内的仓库，同时上海海关总督利得利区×复被伪南京政府勒令撤消之，□日人广告继起。再如"伪满在对英美开战之第二天，长春即举行反英美游行示威"（长春电）。总之，日寇今后放肆无顾忌地澈底夺取和掠夺侵吞英美各国在我沦陷区内的一切权利资源等等。

就军□说，日寇为了确保其占领区以便进行各种榨取，今后对敌后抗日根据地之"扫荡"亦不能放松，甚至正面的战役进攻亦非完全没有可能。正如本报（《解放日报》）十二月□日的社论所指出："此次大战对于中国的影□，还不能过早估计日本将减弱对华的进攻，日本为获得南进□方的安全，决不会停止对华的进攻。"

综上所述，日寇今后在沦陷区的动向是：经济上，进行空前残暴的掠夺和榨取；政治上，更进一步傀儡化伪政权；□强对人民的压迫和统治；对外关系上，澈底排斥英美各国的权利和侵吞英美各国在敌占区内的一切资财；在军事上，不放松对敌后抗日根据地的"扫荡"和甚至继续发动正面的战役进攻。一句话，日寇今后将更进一步使沦陷区殖民地化。

中国沦陷区问题是"日本帝国主义的生死问题"，因而也是敌我斗争的中心问题。敌人要用一切方法确保沦陷区，而我们则相反的，要用一切方法把它从敌人的铁蹄之下解放出来，使之成为自由的土地。太平洋战争的□□，一方面必然是日寇□我沦陷区进行空前黑暗的统治和残暴无情的掠取，亦□把沦陷区更进一步推□殖民地化；但是另一方面又由于太平洋战争的爆发，所给予沦陷区的解放以有利的条件，使之更快的向着真正自由幸福的新中国迈进。沦陷区的解放，基本上应该有赖于积极的准备战略的反攻；同时我们还应"向中国沦陷区的人民进行反对日本法西斯的更加广大的宣传鼓动，为建立日本内部的反法西斯阵线而斗争"。（中共为太平洋战争的宣言）。

（新华社延安二十七日广播《解放日报》社论）

（原载一九四一年十二月三十一日《晋察冀日报》第一版社论）

《晋察冀日报》

一九四二

YI JIU SI ER

一九四二

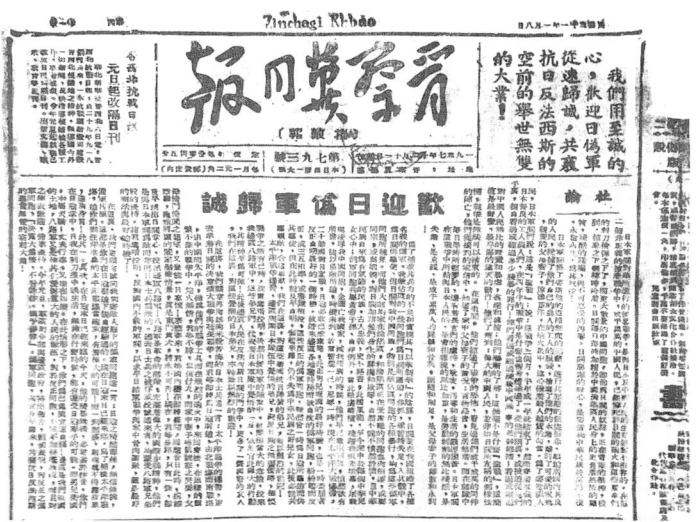

欢迎日伪军归诚

日本军阀对华所进行的侵略战争，是与日本及中国人民的生存绝对不相容的。在这一个非正义的掠夺战争中，成千累万的中国人民，已经惨死于日阀的炮火和这些屠卒们的刺刀枪弹之下了，而更大数量的中国同胞，即沦为日阀的奴隶，正在苛毒的压榨，搜刮，掠夺之下辗转呻吟着。日阀每日每时加诸于中国沦陷区人民身上的更有着无情的鞭笞，残酷的蹂躏，与不可忍受的污辱。日阀恶毒的野心，是要置我中华民族于万劫不复，永世永生，为其奴役！

日本军阀为了要填他的这种无底的欲壑，进行其罪恶的强盗掠夺，驱迫着国内善良的人民，脱掉了他们自己的农人的工人的服装，舍弃了他们的本业，离别了可爱的家乡，亲爱的父母妻子，远涉重洋，在炮火声中，违心做着杀人越货的勾当。为了要欺骗人民，日本军阀们说：这是"圣战"；说：这战争三个月，半年或一年就结束了。然而穿着军装的日本善良的工人农人们，在四年半的战争中是什么也亲身体验过了。从他们眼里，或被迫从他们手里，亲自看过或经过多少残暴的罪行！他们看过或经过残杀中国无辜的老弱妇孺；看过或经过对中国人民无比的野蛮和暴虐，奸淫和抢掠；他们渐渐的了解：这丝毫不是什么"圣战"，这简直是最野蛮，最卑鄙的违天的兽行！他们了解到：伟大的中国人民，并非如日阀所宣称的那样怯懦，战争是无法可以结束的。在这中间，他们经过了战争的恐怖，看见过他们成千成万的同伴的阵亡，他们从接到的家信中，知道了家中父母妻子的苦况：百物昂贵，生活无着。而在部队中每日每时所经历的，还有着长官们的虐待、欺凌、污辱和生活的颠连困苦。日本军阀在这战争中所给与日本人民的，是苛捐杂税的无比加重，是劳动剥削的无比残酷，是失业，是冻馁，是成千累万人的尸体和骨灰，断腿和刖足，是父母妻子的离散和永别！

为了补救其兵力的不足和实现其"以华制华"的阴谋，日阀并在我国组织了各种名义的伪军。我敌占区的一些同胞们为日阀所逼迫、强抓，遂暂时失足，入其彀中，为日阀供驱使，但日阀对我中国同胞，特别是敌占区同胞的各种暴行，均为这些伪军同胞所亲见。而他们大部均家在沦陷区，和沦陷区正在受苦难的同胞血肉相连，或属同宗，或为姻亲，对日阀加诸他们身上的蹂躏和欺辱，自然不能不愤然于怀，且中华民族自来为有气节的民族，古人忠义，史不绝书，此种风范，至今深中于每个中华儿女心中；伪军同胞共属黄帝子孙，自非例外，当此敌房纵横，残踏我祖先坟墓，屠杀与凌辱我中国同胞，企图亡我国家，灭我种族的时候，他们早已敌忾同仇，愤然欲有所发，徒以为敌所迫，时机未到，故尔暂屈一己，忍辱一时。现在太平洋大战爆发，二十余国对日宣战，日寇必败已成定局，此正男儿报国的最好时候，也是一时委屈者反正自明最好的一个时机，故近来边区各地识时务而欲自拔的伪军同胞，纷纷起而反正，或三五相率，或整队相投，这些反正的伪军同胞，虽然曾一时为日寇所驱迫而供其驱使，但在此时能及早自明，奋起来归，仍不失为中华民族之好儿女，此后必能共驱顽敌，合建新猷，我们在这里，对这些新回抗日阵营的弟兄，致以热烈的欢迎！

太平洋战争爆发，边区周围日本队伍中觉悟的弟兄，深恶日阀之无厌侵略，极恨战争之无有已时，故弃暗投明，决然由侵略军的阵营中，经历相当大的危险，投来我边区八路军中，这些弟兄们，代表着日本军队中觉悟的一□，截然有此伟大的行动，其精神至为可佩！此后边区人民在反法西斯日阀的斗争中，更多了一些国际的友人，我们在这里，对这些觉醒的日本弟兄，亦特致以热烈的欢迎！

在这里，我们愿意再掬诚向未脱苦海的日本士兵进一言：太平洋战争的爆发，更表示着日阀的决意扩大战争与延长战争，而君等即将为日寇所迫，由北战场而南战场，由中国而太平洋，做为他们的战争工具而在炽烈的炮火中，来回穿梭，在这样的频繁不断的战争中，炮火无情，君等不讳，岂但什九，而家中妻子啼饥号寒之哭声，父母倚门倚闾之想望，又岂能一日忘怀！寒尽春来，君等国内樱花即将盛开，回想昔日此时，携妇挈幼，抱瓶将进的合家融乐情景，真是东门黄犬，将永不可再！现在，君等生路，只有一条，即及早跳出日阀掌心，投诚边区八路军！八路军是革命的部队，充溢着伟大的国际主义精神，他们是与日本军阀为敌而非与日本士兵为敌的。过去日本士兵之被俘或投诚过来者，均蒙受八路军兄弟般的优待。诸君弃暗投明，反对国内不义的军阀，以求早日结束战争与家中骨肉团聚，这是最好的办法与最好的时机了！

在这里，我们更愿掬诚向我尚寄敌人篱下的伪军同胞进一言：日寇之残酷毒辣，无信无义，备至其极。这都是你们在日寇压迫下亲自经验过的。现在日寇末日已经来临，为了补援太平洋战场，迫你们到汪洋浩淼的太平洋战场当炮灰，有着极大的可能！而一到那里，则魂魄不得归故里，无论身首！此其一。其次，在日寇末日已经来临的今天，他的残暴无义，必更甚于往昔，你们在日寇掌中，日夜在刺刀□中过生活，无论在什么时候，都有遭受日寇毒手的可能。而男儿卫国，本属天职；丈夫行事，又难在知机。在此情形之下，你们为己为国宜速自谋！边区是我们祖国的土地，八路军又是极其仁爱与宽大的人民的队伍，对于反正同胞，不惟不加丝毫歧视，而且对之极表欢迎，备事优待，今年元旦，军区司令部与边区政府，特出布告，□切表明，对反正之伪军同胞，"决宽大为怀，不咎既往，抚予容"。伪军同胞，□宜及早归来，共襄抗日反法西斯的举世无双的空前大业！

(原载一九四二年一月八日《晋察冀日报》第一版社论）

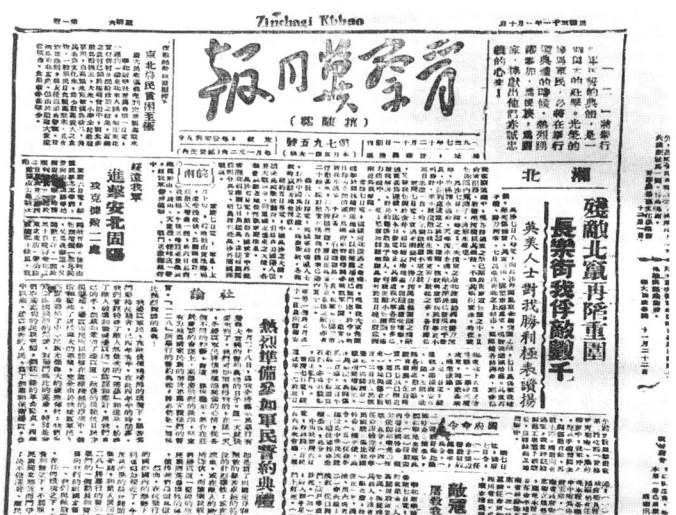

热烈准备参加军民誓约典礼

本月二十八日,为我全边区军民举行有着伟大意义的誓约典礼的日子。这一天就快要来到了,我们可以预料得到的,在这一天,全边区军民将怀着极端兴奋的心情,从各个不同的院□、街道□汇□□来。集合在庄严□□的会场上,高举着他们的铁拳,坚定有力地为国家民族的解放事业宣读他们的誓言。"一二八"所举行的誓约典礼,将必然是一个无比热烈辉煌的盛典!

我边区军民,在敌后极端残酷的环境下,艰苦奋斗坚持抗战者,已四年有半。在此四年半的时间里,我们曾经粉碎了敌人无数次的"扫荡"和进攻,粉碎了敌人破坏和毁灭边区的一切阴谋和毒计,用我们自己的手,创建和巩固了边区这一敌后的模范抗日民主根据地。边区军民所以能够在这样残酷的环境中，创造和坚持了这样伟大的事业，完全由于我边区军民，高度的发扬了中华民族光荣伟大的优秀传统：我们有着对祖国热烈的热爱，对战斗无比的英勇，特别是我们有着高尚的民族气节，钢铁一样的革命坚贞。四年半以来，边区优秀的人民，为了创建和保卫边区，也即是为了祖国生存和民族解放的伟大事业，不仅作了无数的艰苦卓绝的英勇斗争，而且作了无数的可歌可泣的壮烈牺牲：或在战场上，冲锋陷阵，流了最后一滴血。或在敌人的酷刑下，丝毫不为敌人的任何□□所降伏，而慷慨就义！所有这些烈士的血肉，就是我们边区这一坚固的敌后抗战营垒的基石。这种为国家民族而英勇牺牲的伟大精神，是我们边区军民的光荣，值得我们昂头□做的！

然而，在抗战行将过渡到反攻的今天，在新的国际国内的形势下，斗争是更加残酷了，同时，胜利□□加接近了。今后的一两年中，将士我们对敌人反攻决胜的最后关头，这需要我们边区全体军民，咬紧牙关，和敌人展开酷烈的争夺的冲锋的战斗。"一二八"将举行的誓约典礼，就是我们和敌人进行这种战斗的一个动员和誓师典礼！在这一个典礼中，我们要向我们的祖国宣誓，同时也正告我们的敌人：

一、我们与敌寇势不两立，有敌无我，有我无敌，在任何环境之下，不动摇，不灰心；在敌人任何威胁利诱之下，不屈服，不投降，不变节，誓死为中华民族独立解放而斗争，为保卫边区而流尽最后一滴血；决不做汉奸、顺民，不当敌伪□□，不参加伪组织、维持会。

二、日寇是我们的死敌，任何直接间接有利于日寇的事我们坚决不做；不替敌人汉奸做任何事情；不给敌人汉奸一点粮食；不买敌人货物，不用一切伪钞。

三、子弟兵是边区人民的救星，是抗敌救国的劲旅，我们热烈拥护它，积极帮助它；踊跃参战参军，积极保证子弟兵的给养充足与经费□□，忠诚拥护和实行志愿的义务兵役制。

四、军事秘密是我们战斗胜利的条件，抗战资财，是我们坚持抗战的要素，而敌人却正千方百计，派遣敌探，刺探我军情的虚实和资财的所在。我们：决不军事资财的秘密！

五、边区政府为边区广大人民自己的政府，它保护着边区广大的人民，领导着边区的抗战工作，我们决热烈拥护边区政府，真诚服从边区政府！

"一二八"将举行的军民誓约典礼，是一个伟大的壮举，这个壮举，充满了我们民族的正气，它务使我们边区人民过去光荣战斗牺牲的伟大精神更加发扬，使我们坚持敌后抗战事业，□敌致胜的信心与决心更加坚定；它将如一个战鼓，鼓动着我们前进，与敌人进行残酷的搏斗到最后胜利！光荣的边区军民，必将在举行这典礼的时候，热烈踊跃参加，为民族，为国家，都献出他们赤诚忠义的心来！

（原载一九四二年一月十日《晋察冀日报》第一版社论）

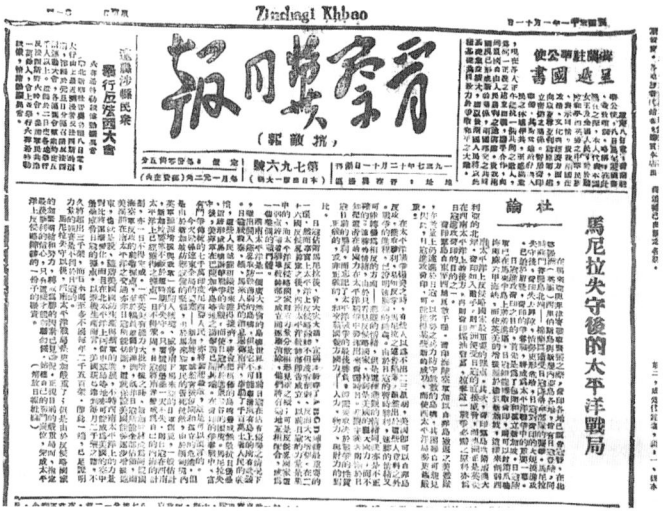

马尼拉失守后的太平洋战局

在马来亚与菲律宾战事紧张之际，荷印各地已□□寇□，在北婆罗洲（英）西里伯斯岛与新几内亚岛各地，皆有日寇登陆，同时苏门答腊岛北端——棉兰区遭受日寇降落伞部队的袭击。马尼拉失守后，荷印失去屏障，情势更形危殆，日寇对荷印的大规模进攻，已迫于眉睫，荷印的争夺战，将成为太平洋战争中的重要一幕。

日寇进攻荷印之目的，首先是为了包围和孤立新加坡。日寇陆军已在马来半岛上着着进逼，日寇如能获取荷印，则可以封锁爪哇海与麻六甲海峡，而使英美的增援难于到达新加坡，这样来削弱西南太平洋上反侵略国家最重要的据点。其次，荷印群岛拱卫着澳大利亚的北岸。荷印如入敌手,则澳洲便受日寇的直接威胁,而澳洲正是英美在西南太平洋上的后方,再则荷印煤油丰富,掠夺这一战争必需之原料亦为日寇进攻荷印的目的之一。

荷印群岛自东至西绵亘数千里,荷印海陆空军加以自菲岛撤退之美舰队,在数量上仍远逊于日寇。以劣势之兵力防守无数的岛屿,其困难自可想见。因此,日寇进攻荷印,可能获得某些新的成功,而使西太平洋局势更趋严重。

在太平洋战争爆发之时,有些人以为不出二三星期,美国即可以自菲岛反攻,获取胜利,易如反掌,马尼拉之告陷落,显然出于这些人意料之外。战争的进程,已证明速胜论的错误。由于日寇的暂时胜利,速胜的情绪有可能转变为相反的方面——悲观的情绪,但是这种悲观的情绪同样亦是不正确的。速胜的情绪,由于只看见反侵略国家,特别是美国的庞大国力,而不知把这潜在的国力在太平洋战争中发挥出来尚需时日。悲观主义者则慑于日寇目前的胜利,而忘记了太平洋战争的最后胜负,还需要取决于战争的性质□□正义的,或非正义的,和交战国双方国力——人力、物力、与财力的对比。

日寇占领马尼拉后,曾大吹大擂,宣称:粉碎了ABCD阵线最重要的一环,然而事实上太平洋上反侵略战线不但没有削弱,反而大大增强。在二十六国反侵略协定之后,西南太平洋统帅部即告成立,以前日寇的力量是集中的,而太平洋反侵略国家则有力量分散相形见绌之概;可是反侵略国家这一弱点将随着联军统帅部之成立而逐渐消除,他们将有效地互相配合,成为一个整个的战斗体。

西南太平洋是一个广大无伦的岛屿世界,目前日寇在占有优势之情况下,虽出间入隙略取防御薄弱的岛屿,但是它不可能肃清所有岛上的所有武装。日寇残杀泰、缅、马来人民的消息遍传南洋,激动了千百万土著人民的义愤,这些人民诚能组织起来获得接济,将会把棋布的岛屿变成无数抗日堡垒，这将形成岛屿游击战争的奇观。而使日寇陷于进退维谷的困境。马尼拉失守后，美菲军在巴兰加半岛等地之游击战已开其端。在荷印的争夺战中，富有斗争传统的七千万印度尼西亚人民，亦将奋起杀敌，这是可以预言的。

今天□系远东全局的要塞——新加坡，诚然有被包围和孤立的危险。但是由于新加坡防御设备的坚强，由于马来亚军民的誓死抗敌，由于缅甸境内英军源源增援与我军一部开入缅境，威胁南下马来亚的日军侧翼，一般估计，新加坡要塞不致于短期内失守。只要这个堡垒一天不失，则日寇在西南太平洋上已经获得之据点一日不得巩固，日寇将南洋变成为自己的内海的计划，亦一日不得完成。一至英美有能力大批增援之时，新加坡将成为同盟国海空军反攻的前哨据点，至于幅员辽阔的澳洲，既非日寇所能全部占领，而美澳间在南太平洋之交通亦非日寇所能切断，这就保证美国能够逐步增援远东，也就是说，随着美国国防生产与扩军的进展，不特西南太平洋上的力量对比将逐渐变化，而且在北太平洋上阿留申群岛等地亦可能成为美国的空中堡垒威胁日寇的据点。以飞机生产而言，美国现已达到每月二千架之□，不久将超出三千架，而日本则至多不过每年二千五百架，即此一端，已足证明力量的竞赛是不利于日寇的。

马尼拉失守以后，西南太平洋战局是更加严重了；但是由于反侵略国家的加紧团结和努力，转败为胜的因素已见。正视目前的严重局面，抱定最后胜利的信心，只有这样才能勿骄勿馁，站稳自己的战斗岗位，完成太平洋上反侵略阵线的一份子的职责。

（《解放日报》社论）

（原载一九四二年一月十一日《晋察冀日报》第一版社论）

敌军工作是反攻的先锋

最近在华北的敌军中,接连发生了两次同样性质的哗变,据新华社晋察冀八日电:"晋东北山阴县日兵十名,前日携带全部武器出走投入八路军,并且有机枪两挺,现已到达我军某部,受到热烈欢迎与崇敬。又十一月二十九日,晋东北盂县下社据点日兵六名出走,投入八路军,并携带武器,现已到盂县某区区公所,与我某部取得联络,备受优待与热烈欢迎。这真是值得我们严重注意的事件。"

抗战以来,敌兵自动投奔我军的事件虽时有所闻,然其数极少,又纯系出自个人的动机。(□□□□虐待与长官冲突等等)只是一种无计划的个人的单独行动,而这次事件却大异其趣了,此次两批日兵的自动来归,是在反战的意图之下一种有计划的集体的行为，而且是在同一地区连续发生的这种事件，在过去四年半中间未曾发生过。

这个事件表示什么？那是日本军队行将崩溃的象征。在这种意义上，这是一件对于我国抗战的将来，对于太平洋战争的将来，对于日本帝国主义的将来，是一种有历史意义的事件。

什么使二十几年来受过日本帝国主义武士道教育的日本士兵，采取这种革命的行动呢？

因为第一：长期的对华侵略战争，不但使他们疲惫，使他们厌恶，使他们悲观，而且自入春以来，敌人所进行的南进和北进准备，给予他们以痛苦和不安，华北方面的日本士兵的生活日益恶化。去年以来，他们多食豆芽、杂粮来代替米饭，冬季则发给棉服来代替军装，军饷有时迟发一两月。加之因为兵员的减少，因之不得不以少数的兵员来担任警备或参加战斗，至使加倍的增加了他们的危险与不安，因而装病逃避警备和作战的事情，成为士兵间的风气。再、他们回到日本的希望减少了，现在驻扎中国业已四年和三年的士兵增加了，不但如此，即幸而可以退伍归国，但不久又被动员征调的渐多起来。因此，有退伍而仍愿留在中国工作者渐渐增加，甚至还有不欢喜退伍的士兵出现。这些老兵为着泄愤起见，对于新兵常加以欺凌虐待野蛮的暴行事件，最近在队内频繁的发生。

帮国来的音信，全是诉告生活的痛苦，慰问袋的数目减少了，他的内容也极端的贫弱了，这些事情都使士兵的心日益阴暗。

尤其是自去年以来，为着开始南进和北进而进行的驻华部队的调动，在士兵中间引起了一种恐慌，他们大部份都厌恶和害怕在赤道炎热之下和英国作战，及在冬冻的西伯利亚和世界最强的红军作战。因此，在日本军队内逃亡自杀者急速的增加了。

上述一切情形，促进了日本士兵的觉醒，他们当中的进步份子，开始知道了战争的本质，特别是当他们亲眼看到华北日军高级将官的那种奢华的生活，大资本家们在华北所获得的巨利，更听到国内军需资本家大发战争财的时候，他们不能不有所憬悟？！

可是在促进日本士兵的觉悟上，起了很大作用的，是我军的对敌政治工作，以及日军内部的日本共产党员及，反战份子的活动（根据日本宪兵的报告，一九四一年在华北应加监视的日本共产主义者及社会民主主义者有一三一人），特别应该强调我军对敌工作的成效。在火线上，枪林弹雨之中，或深入敌区危险地带，向敌进行宣传工作的正是我们的政工人员。他们当中有些人曾为完成任务而流了鲜血，他们的工作是最困难而又不容易□速□的；但是，艰苦奋斗四年于兹，今天终于开始见到了一些成效。这些例子是我们近来所常听的。

譬如我们的宣传品，怎样受着日兵的欢迎？可由下面几个例子看出。去年四月，某据点日军得到我宣传小册子后，用线悬掉室中，供人翻阅。五月间楼沟日军士兵得到我们的宣传品即藏入衣袋内，与一哨兵偷看，一伪军问他看什么？他说："八路军的日文传单，并说八路军内日本人多的有，要我们回国大大的好。"又九月间离石敌兵将我宣传品及小册子张贴于屋内，供大家看，某县敌兵有将我之宣传品装入金表盒内，向本国邮送者等等。

然而，我对敌工作成绩之最好的实例，还是今回晋东北两批日兵成队投入八路军的事件。因此，这一事件，可以说在我对敌工作上是一个划时期的事件，这一个事件给我们对敌政治工作上一个重大的启示：即在日本军队内部已经存在着使我们的工作能够收到成效的条件，这件事给了我们对于将来工作的希望与信心。因此，对敌工作今后应更加强化，充实，全党全军应更加给他以帮助与重视。

今天，全中国人民的中心任务是准备反攻，而首先应成为反攻的先锋则是对敌工作。以这个工作来消失敌兵战斗意志，削弱他们战斗力，以便使我们的反攻更容易得到成功。我们口号是："敌军工作是反攻的先锋"。

（原载一九四二年一月十三日《晋察冀日报》第一版社论）

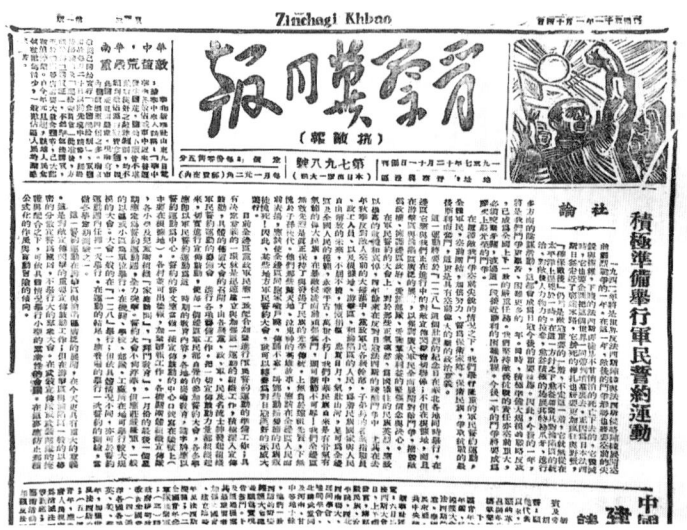

积极准备举行军民誓约运动

一九四二年将是世界反法西斯阵线与法西斯侵略阵线展开空前剧烈战争的一年。在这一年，敌后的斗争形势也将要空前的尖锐与复杂，下贱的法西斯匪徒是不甘悄悄的死亡下去的，它毁灭时，它也要企图把这个世界一同带到坟墓里去。正因为日本法西斯日益走近了穷途末路，它拼死的挣扎也将要更加疯狂与野蛮，"确保敌后"仍然是敌寇重要的一着，不走这一着，它就无从在太平洋上逞凶于一时。在这一方针之下愈益加紧其对沦陷区的统治，对敌后人力物力的掠夺，愈益积极的施展其特务爪牙，进行多方面的阴谋活动，这都会成为日寇今后的重要措施。因此，今后的一年，将是我们斗争更艰苦、困难更多的一年。同时，积极准备大规模的战略反攻，已成为全国上下一致的严重任务。我们坚持敌后抗战的责任亦空前重大，必须咬紧牙关，渡过这一段接近胜利的困难路程。今后一年的斗争将要成为历史上最光荣的斗争。

在这种敌我斗争空前尖锐的情况之下，我们举行隆重的军民誓约运动，全体军民，空前团结，加倍努力，誓为保卫家乡，保卫民族，争取抗战的最后胜利而奋斗，这更是具有空前伟大的新的政治意义。

这一运动将要于"一二八"这个壮烈的纪念日在华北各地同时举行，在边区它应与我们正在进行中的对敌宣传闪击密切联系；不但在根据地，而且在游击区与沦陷区广泛的展开，以强调广大军民全面展开对敌斗争，摧毁敌伪政权、拥护边区政府、爱护部队、爱护群众利益的坚强信念与决心。

在军民誓约的大会上，对于那些正气凛然、为国牺牲的民族英烈，应致以崇高的敬礼和哀悼，四年余来在反对日寇法西斯的残酷斗争中，尤其在去年秋季反对敌人空前的大"扫荡"中，党政军民各级干部、子弟兵的各级指战员、政工人员，以及根据地、游击区和沦陷区的人民，为着民族国家与人民自由解放的未来，不屈不挠，慷慨捐躯，忠贯日月，气壮山河，足可为全边区及全国人民的模范，永垂千古，万世不朽！我们中华民族自来是有骨气有气节的伟大民族，在暴敌侵凌面前顽强奋斗，头可断节不可辱！我们全边区无数先烈是真正保持了与发扬了民族的光荣传统，上无负于远祖先贤，下无愧于子孙后代。他们那些惊天地、泣鬼神的英雄故事，应该在全边区人民面前表扬，应该使全边区同胞家喻户晓，传诵不忘，叫那些动摇变节的民族叛徒愧死！因此，某些地方军民誓约大会，就可以转变为对日寇汉奸的示威大游行。

目前全边区党政军民应一致配合加紧进行军民誓约运动的准备工作；具有决定意义的一环就是迅速建立与加强这一运动的组织工作，积极深入宣传鼓动，具体的布置大会的召开，由各级党、政、军、民及名流士绅发起组织军民誓约运动的筹备会，进行各项筹备工作。把一切宣传鼓动力量都组织起来，切实进行宣传鼓动，使每一个边区军民都自觉的参加誓约大会，各冬学应即以军民誓约运动为这□时期的教育内容，各地的岗哨教育，识字牌应以誓约运动为中心。誓约的条文应当做一种宣传鼓动的中心口号写在墙壁上（主要在根据地）。各村并可出墙报，加紧读报工作，各机关团体组织宣传队，各小学及儿童团组织"家庭访问"，"拜门教育"。一月份的最后一个星期应定为誓约运动周，全力突击。誓约大会不尚浮华，但应庄严隆重，一般的以区或小区为单位举行。在机关、学校、部队、工厂所在地可举行较大规模的大会。大会一般的在"一二八"举行；但依具体情况不同，亦可于誓约运动周内任择一天举行。在运动的结尾，应普遍的举行一次誓约的测验，当做冬学定期测验之一。

这一誓约运动在游击区与沦陷区广泛的展开，在今天更具有重大的意义。这是对敌宣传闪击的重要宣传鼓动工作；但在游击区与沦陷区一般的以秘密的分散宣誓为原则，不举行大的群众大会。在武装宣传队或武装部队的掩护与配合之下，可依具体情况举行小型的群众性的会议。在这里应防止那种公式化的作风与盲动冒险的倾向。

（原载一九四二年一月十四日《晋察冀日报》第一版社论）

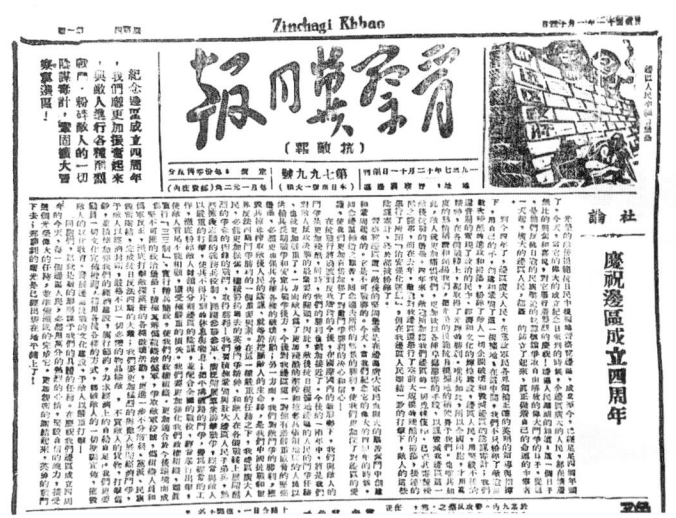

庆祝边区成立四周年

　　光荣的敌后模范抗日民主根据地晋察冀边区,成立至今,已经足足四个年头了。今天,当它的伟大的成立纪念日来到的时候,全边区广大的人民,都在怀着无比的兴奋和喜悦,对它举行着热烈的庆祝!边区人民深刻的知道:这一个日子,是他们反抗日寇的民族压迫的奴隶枷锁争取自由解放的伟大斗争的日子,从这一天起,广大的边区人民,都蠢□的站立了起来,真正做着自己的命运的主宰者。

　　到今四年了,边区广大人民,在党政军民各界领袖正确的英明的领导与指挥下,用自己的手,创建和巩固了这一根据地。在这中间,我们不只粉碎了敌寇无数次残酷的进攻和"扫荡",粉碎了敌人一切企图破坏和毁灭边区的阴谋毒计；我们还普遍的实现了政治的民主，经济和文化的辉煌建设，边区人民，用坚毅不拔的精神，在各个战线上，都取得了光辉的胜利。唯其如此，所以全国同胞，才用高度的热情称赞和颂扬我们，把光荣的模范抗日根据地的称号畀予我们。也唯其如此，敌人就更加痛恨我们，更加欲以各种卑鄙恶毒的手段，以谋毁灭我边区这一敌后抗战的堡垒。四年来，敌寇所加诸我们边区的一切鬼蜮伎俩，已尽其毒辣残酷之能事，而在去年，敌寇对我边区还举行了空前大规模的残酷的"扫荡"，接连的举行了所谓"治安强化运动"，但在我边区人民团结一致的打击下，敌人的这些阴谋毒计，终于都被粉碎了。

晋察冀边区这一敌后的坚固堡垒是在边区广大军民血与火的艰苦奋斗中创建和巩固起来的。它是不可战胜的。今天，当我们纪念它的伟大的四周年的时候，回念边区缔造之艰苦，回念过去所得的无数的胜利，使我们更加深了对边区的爱护，使我们更加百倍加强了对敌斗争胜利的决心和信心！

在抗战行将过渡到反攻阶段的今后，在国际国内的新形势下，我们与敌人的斗争是更加残酷，同时，我们的胜利也越加接近了。今后的一两年中，将是我们对敌人反攻决胜的最紧要的关头，因此，敌后抗日根据地边区的人民的斗争任务，也就更加严重了。一方面敌人为了更加残酷的压榨和掠夺其占领地区的人民以供给其长期战争和安定其战争后方，今后对我边区这一对他有着严重威胁的坚强堡垒，必然更加强其各种各样的破坏活动；另一方面，我们对敌斗争的胜利，摧毁其掠夺榨取敌后人民的阴谋，就等于挖断敌人的生命线，是我们中国抗战和世界反法西斯斗争胜利的一个重要因素。在这一种严重的任务之下，我边区广大人民，必能更加振奋，继续发扬过去的英勇斗争精神，和敌人在各个战线上展开酷烈的争夺的冲锋的战斗，取得胜利！我们要积极巩固与壮大边区人民子弟兵，热烈拥护志愿的义务兵役制，踊跃参战参军，广泛开展群众游击战争，经常与敌人以严重的打击，使其不得片刻的休息与喘息；把平沟破路的斗争，变为经常的工作，澈底粉碎敌人封锁与分割边区的阴谋，并配合全国的战役，经常举行出击，使敌人首尾不能相顾，遭受极严重的损失。我们要更加强化我们政权组织，认真实行"三三制"，实行精兵简政，使我们的政权组织，更加适合于今后环境而成为坚不可摧的政治堡垒；积极瓦解伪组织敌伪军，争取敌军投诚，伪组织人员和伪军反正，澈底打击敌探汉奸的各种破坏活动，更进一步不分阶级、党派、民族亲密团结，完成抗日反法西斯的大业；我们要更加猛烈的与敌人展开经济斗争，予敌人以经济封锁，严格不以一切必需的物品输敌，不买敌人的货物，打击伪钞，并积极加强我们的经济建设，厉行节约，力求经济上的自给自足。我们更要动员一切文化宣传机关，利用各种各样的方式，揭破敌人的一切欺骗宣传，摧毁敌人的奴化教育，发展边区抗战的文化建设，予敌人以严重打击！

　　同胞们，这就是新的形势课予我们的具体的任务。在庆祝我们边区成立四周年的今天，每一个边区人民，必然用万分的热烈的心情，坚毅自信的魄力，接受这个光荣伟大的任务，并准备澈底的完成它。更加亲密的团结起来，英勇的战斗下去；那胜利的曙光是已经出现在地平线上了！

（原载一九四二年一月十五日《晋察冀日报》第一版社论）

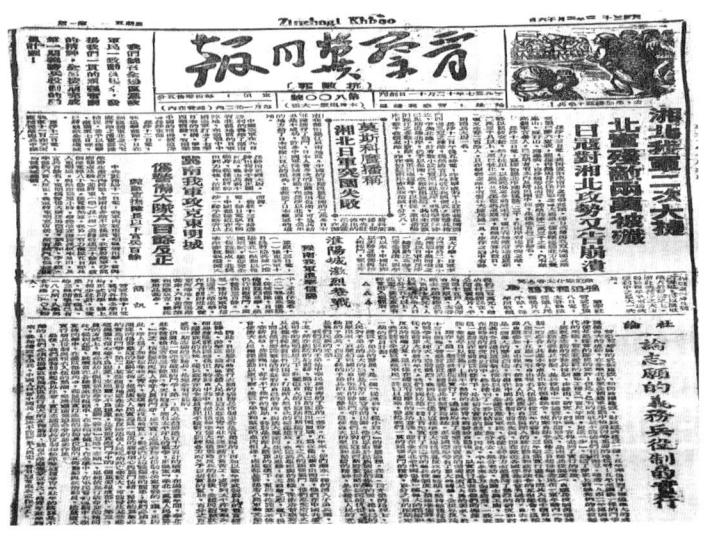

论志愿的义务兵役制的实行

　　晋察冀边区的武装建设，如同政权建设，财政经济建设一样，五年来也得到了辉煌伟大的成绩。这种伟大的成绩，在全华北以至全国建军运动中占着何等重要的地位啊！五年来钢铁一样的斗争，本身便是最确当的历史的定评；但是，已有的成就并不能使我们稍稍懈怠，随着一九四二年这个伟大年代的来临，晋察冀边区的建军工程又"百尺竿头，更进一步"，创造了历史上前无先例的兵役制度——这就是志愿的义务兵役制，由提出、研究、讨论、宣传走到了实行的阶段。

　　志愿的义务兵役制，是兵役制中一种过渡的中间形式，是两种兵役制度（自愿兵役制与义务兵役制）的综合，其基本特点是由政府颁布法令，规定自法令颁布之日起每个公民在一定年龄内（即从十八岁到三十五岁）均有自由报名入伍服兵役三年的义务，三年期满实行退伍；而其入伍手续则完全依靠自愿参加，自由报名，依靠于人民高度的自觉与深入的政治动员和政府法令的互相配合。这种制度是一个伟大的历史创造，不但在中国兵役制上前无先例，即在欧美各国亦是未曾有过的。自去年四月间聂司令员提出这个新兵役制以后，全边区党政军民，名流士绅各方面都展开了热烈的研究和讨论。在长时期的研究与讨论中，终于达到了一致的结论：无分男女，无分老幼，无论士农工商，一致认为这一新制度在当前边区的条件下，是最切合实际的制度。因此，半年多来各方函电纷飞，一致表示拥护，并望早日见诸施行；而不少热情的优秀青年则纷纷自动报名，以实际行动表示他们的拥护。

现在，这一制度就要开始实行了。边区政府为了适应当前实际的需要与广大人民的要求，于本月十三日颁布了晋察冀边区志愿义务兵役制实施办法。正当国际形势有了重大的转变，全世界反法西斯的战争炮火连天，空前剧烈，我国抗战已进行直接准备大规模战略反攻的新时期，坚持敌后抗战的责任，空前重大的新的年代，我们在国防第一线上首先实行了创造性的新兵役制度，积极准备将来战略反攻的前哨力量，这不仅在边区有着历史的政治意义，即在全华北全中国也是一种伟大的创造和贡献。我们号召全边区党政军民一致动员起来，发扬我们一贯的顽强奋斗的精神，百分之百的按期完成第一期的动员计划。

边区子弟兵的发展，是一个"从无到有，从小到大"的发展过程。在这一段光荣的路程上，边区人民对子弟兵的伟大的热爱是具有决定意义的因素。他们以对于民族国家的崇高的爱，把自己的子弟贡献出来，贡献给祖国的自由解放的神圣斗争，他们以对日寇法西斯野蛮侵略的最深的仇恨，创造了铁的子弟兵，创造了铁的子弟兵的光荣历史。这种伟大的气魄和坚毅的精神，是全边区人民的光荣，是我们民族的光荣。

我们边区的子弟是中华民族优秀的子弟的一部份。五年来，他们潮水一样的涌入子弟兵团，手执干戈，站在国防的最前线，为保卫自己的家乡田园而战，为保卫民族自由而战，他们在中国共产党和聂司令的英明领导之下，和骄傲自大的日寇法西斯进行了五年之久的顽强战斗，他们忍受着军火弹药及其他各种物质条件的困难，打退敌人无数次的"扫荡"进攻，永远高举祖国的旗帜，保卫着晋察冀边区；而且他们爱护群众的利益有如自己的骨肉，与广大群众同生死共患难：挥戈杀敌之暇，辄下地耕作，春耕秋收，修滩理田，都少不了他们的帮助，特别是在敌人严重的破坏下，帮助和掩护群众抢秋，曾使广大人民深深感动以至下泪。边区子弟兵和群众的血肉相连，处处都是发扬着八路军的光荣传统。

因此，目前胜利的实行志愿的义务兵役制完全是有把握的；再加以数年来武装动员的丰富经验，根据地、游击区、沦陷区全体人民对日寇掠夺我青年壮年运到关外当苦工，或运到太平洋当炮灰，这种恶辣阴谋的深刻仇恨，特别自中共中央提出积极准备大规模战略反攻的任务后，全体同胞欢欣振奋，跃跃欲试的热忱，边区政府在法令动员登记手续教育训练各方面又予以切实的帮助，百分之百的完成第一期志愿的义务兵，是完全有可能的。

但这是一个非常严重的斗争：第一，敌人必然要进行千方百计的破坏，在过去数年间，华北青年壮年被敌抢走者达三百余万，今天日寇为了应付太平洋上的战争，正拟定"华北一万万人民参战计划"。因之，积极展开与敌人争夺人员的斗争，成为实行志愿义务兵役制有决定意义的一环。正因为如此，敌人为了加紧掠夺我之青年，破坏新兵役制的实施，势必尽其造谣煽惑的能事；我们必须及时的澈底的揭发敌寇的欺骗宣传，提高广大人民实施这一制度的胜利信心与战斗情绪，坚决的为新兵役制的实施而斗争。第二，某些个别地区在去年秋季反"扫荡"后人民疾病死亡率较大，可能发生某些悲观失望与丧失信心等不良现象，克服这种不良现象，是当前实际斗争中的一个重要组成部份。第三，在动员的方式上，则必须防止个别强迫命令，强调"义务"忽略"志愿"，单纯依靠行政命令的倾向。为此，从现在起，就应当在各种群众的组织中，在各种会议上，在冬学中，在军民誓约运动中，在对敌宣传闪击中，在边区每个角落，都展开实行志愿的义务兵役制的宣传鼓动与政治动员，造成广大人民实行新兵役制与报名入伍的热潮，坚决肃清强迫命令的恶劣作风。

最后，我们愿特别提起各界注意：实行志愿义务兵役制和粉碎敌寇掠夺青年壮年的阴谋是不可分离的；我们必须在游击区与沦陷区进行广大的宣传鼓动，号召在敌寇魔掌威胁之下的青年壮年到边区来，参加边区子弟兵，中国人只当中国兵，坚决不能被敌人抓走，替日寇当炮灰或作苦工。

（原载一九四二年一月十六年日《晋察冀日报》第一版社论）

中国青年反法西斯大会的胜利

一月四日在延安开幕的中国青年反法西斯大会，已经宣告胜利结束。在全世界反法西斯运动怒潮汹涌彭湃的今天，此次大会之召开，实是中国青年运动中的一个重大的事件。

此次大会是在中国抗战进入第五年度；太平洋大战爆发，全世界侵略战线与反侵略战线进入最严重的决斗时期所召开的，大会向全世界表明，中国青年不但要求在本国政府领导之下继续对日抗战，以争取自己的解放，同时，还要配合全世界反法西斯的斗争，击败和日寇同恶相济的整个德义日法西斯阵线，以保卫全世界的和平。

大会通过了告世界各国青年书，及分致各国的电文，充分表明了中国青年对于呻吟于法西斯暴君血腥统治下的各国青年的同情，对于和法西斯侵略者血战着的苏英美，及一切反法西斯国家青年的崇敬，对于一切反法西斯青年的热烈声援。此种对于野蛮残暴的法西斯主义之敌忾同仇，充分说明了中国青年的爱国主义和世界各国青年反法西斯主义的精神是完全团结一致的。

此次大会出席代表二百二十八人，其中来自大后方各省区，华北各抗日根据地，华中各地区、上海、香港、及沦陷区，已经沦陷十年的东北哈尔滨等各种不同地区的青年，有汉、满、蒙、回、藏等各种不同民族的青年，有侨居海外的华侨青年，有日本、朝鲜、台湾等其他东方民族的青年，有学生、军人、艺术工作者、工人、农民等各种不同职业的青年，济济一堂，充分表现出中国青年的团结精神。

从凯丰同志的开幕词，冯文彬同志的总报告，各位代表的发言，以及大会所一致通过的："告全国青年书"，亦无不是贯澈着一个基本思想："加强全国青年的团结，争取反对法西斯主义的胜利"。在我国反对法西斯侵略者的战略处在今天这样紧张迫切的时候，这种热烈诚恳的呼号，我们深信将能获得全国爱国青年的同情和拥护，使中国青年的团结事业获得大的进步。

此次大会发起组织"中国青年反法西斯大会的永久组织"，邀请全国各地、各界、各党派、及无党无派的一切爱国青年参加，并已先成立临时委员会于延安，以便促进正式委员会之成立，和担负正式委员会成立以前的各项必要工作。行见中国青年的反法西斯运动，从此将能得到一个新的强大组织力量之支持，而获得迅速的展开。

我们可以说：此次中国青年反法西斯大会基本上已经胜利的完成了自己的任务。

自然，青年反法西斯大会胜利地完成任务，并不是说青年反法西斯运动也已大功告成，从此就再无问题，如果我们作如此之了解，则我们就将陷于错误,我们必须认识清楚,大会的成功还只是推动中国反法西斯运动踏步前进的开始。现在我们离开胜利之门仍还有一段相当悠长崎岖的路程,我们要通过这段路程仍还要抱定目标,不辞艰辛,继续努力奋斗。我们热烈的祝贺大会的成功,我们更热烈的希望全国青年,能够在大会号召之下展开紧张的工作,更快的引导中国青年反法西斯斗争走向胜利。

(《解放日报》社论)

(原载一九四二年一月十八日《晋察冀日报》第一版社论)

反对敌寇的"国防献金运动"

太平洋战争爆发后，敌寇在华北的主要阴谋，是要使用一切卑鄙、横暴的手段，来榨取与掠夺华北人民的财富，支持其非正义的侵略战争。在日寇这种企图下，华北汉奸政府与伪新民会，高唱着"华北人民与日本同甘苦"，"中日满协力"的欺骗口号，强迫华北敌占区人民，把他们的人力、物力和财力，在日寇与汉奸的鞭策下，支持日寇的侵华战争与太平洋战争，填补日寇在四年半侵华战争中已经濒于耗竭的资源。最近敌寇在华北各地所举行的"国防献金运动"，就是他掠夺华北人民的一个新的花样。

"国防献金运动"，是日寇榨取华北人民财富的一个新的办法，在"国防献金"的美名下，敌寇将强迫华北敌占区人民，把他们积累的财富，把他们辛劳的收获，缴纳给日本强盗，支持其侵略战争。敌寇在华北敌占区已经实行了各种花样的苛捐杂税，横征暴敛；已经强迫着华北敌占区人民交纳公粮，实行所谓粮场制度；已经限制人民消费，建立配给制度；已经唆使汉奸特务，对人民绑架勒索，敲诈压迫，这一切，已使敌占区的人民，财政负担奇重，终日苦于敌寇之株索，使敌占区农村，财政负担每村年达十数万，每亩负担数十元，人民终岁辛劳，不能维持最低之生计，最近又加上"国防献金"的掠夺，将使我敌占区人民生活更陷于绝境。

在敌寇"国防献金"的掠夺政策下，首先受到严重影响的，就是敌占区的富商巨贾，他们现在正在日寇的鞭策下，用"国防献金"的名义，把他们的积蓄，供献给日本帝国主义。单天津东亚毛呢公司经理王雨田一人，即被日寇以"国防献金"名义，勒索十万元。际此太平洋战争爆发后，日寇国际贸易断绝，加以敌寇对我区的封锁政策，城市与农村间的贸易濒于完全断绝的情况下，敌占区市面萧条，商业凋零的现象，已日趋于严重，敌占区商店倒闭，商人破产者，日有所闻，现在再加上这样巨额的"国防献金"，敌占区的商人，必更趋于破产，商业必更趋于凋零，市面必更趋于萧条，而敌寇统治区域内的经济的危机，也必然由于这些因素而更加加剧起来。

反对敌寇经济上掠夺与榨取的火焰，正在敌占区人民中间燃烧着，良乡□县一带联庄六十余村反对敌寇粮场制度的武装反抗，正是敌占区人民反对敌寇的经济掠夺的武装发动之开始。虽然这次发动，由于事先计划的不周密，没有在事先与八路军联系，取得八路军的密切配合而被敌寇以暴力镇压下去，但随着这次斗争以后，千万次敌占区广大人民的斗争，是会接踵而至的，是会不断的一天天的高涨起来的。

敌占区的同胞应该记取，坚持在经济上封锁敌人，不让敌人夺取我们一颗粮食，一点必需品，在今天比在任何时候，都更有伟大的意义。今天敌人少从华北敌占区掠取一分资源,就是多损伤敌人一分元气,加速敌人的迅速崩溃。因此,敌占区同胞必须加紧的展开在经济上不资敌的运动,用拖延、缓交、少交、以至不交的办法,来反抗敌寇的掠夺与榨取。敌寇的"国防献金运动"现在正在遇着敌占区同胞这样的反抗,只要从敌寇华北派遣军司令部发表的公报中,"献金运动"一周中,在敌寇强迫下,献纳者只有三百人,就足以证明敌寇"国防献金运动"的失败。

(原载一九四二年一月二十日《晋察冀日报》第一版社论)

北岳区人民武装部成立

最近边区行政委员会召开了北岳区高干会议及北岳区人民武装临时代表会议,决定了"改组武委会建立人民武装部"之后,"北岳区人民武装部"就在一九四二年的元旦,由政府明令正式宣告成立了。

北岳区人民武装部的建立,在目前政治形势下,实有伟大的政治意义。我们坚信,由于它的成立,必然会使今后北岳区的人民武装建设工作走上新的胜利的阶段。

自太平洋战争爆发之后,日寇败局已成。中共中央曾号召:"全国积极准备大规模战略反攻";我们远处敌后,苦战五年,已使百万战军深陷泥沼!今后为更加大量牵制敌人,准备反攻前哨力量,加强人民的武力,实为首要的任务之一。特别在我敌后边区，游击战争已经发展到新的阶段，"扫荡"与反"扫荡"的斗争形式已较前大异，广泛的群众性的游击战争急待加强，我们的任务就在于进一步发挥抗日人民斗争的顽强性，克服一切困难，把每一区每一地的对敌战斗坚持下去，保卫与巩固基本阵地，展开与获得对敌进攻的新的斗争的胜利！

从根据地的军事建设来讲，在目前的边区，人民武装的建设显然已成为根据地军事建设的中心环节，是一种极其伟大艰巨的任务，五年来北岳区人民武装建设的工作，在全体同志一致努力之下，确有不可抹灭的光辉成绩，动员、组织、教育、训练和武装了广大人民，创造了不可战胜的百万民兵，到处展开参战参军运动，强有力的保卫了抗日前进阵地，保卫与支持了抗日民主政权；同时还担负了各种抗战勤务。武委会的组织形式，在最近一年半中，更适应了边区民主运动的高潮，进一步健全了，并完成了百团大战时期大规模的参战及历次反"扫荡"斗争中，诸多重大任务！但在新形势之下，武委会的组织形式，□然有加以改变的必要！因为今后群众游击战争的领导机关必须是单一的集中的便于作战指挥，组织精干，分工明显，才能有计划地统一使用力量，获得实际战斗的胜利。

而且，这个统一的人民武装的领导机关，在边区业已创造了强有力的新民主主义的各级政权的条件下，它在组织上必须与政权结合起来，成为政权的一部份，受政府直接领导，在总的意图下进行其独立自主的积极活动，实现其广泛开展群众游击战争，坚持抗日根据地的社会秩序以及担负运输勤务等战斗任务，以保卫家乡，保卫抗日根据地与抗日民主政权！

今天，北岳区人民武装部由政府明令公布，业已正式成立了，让我们热烈的预祝北岳区人民武装斗争的新的划时期的伟大胜利！

（原载一九四二年一月二十一日《晋察冀日报》第一版社论）

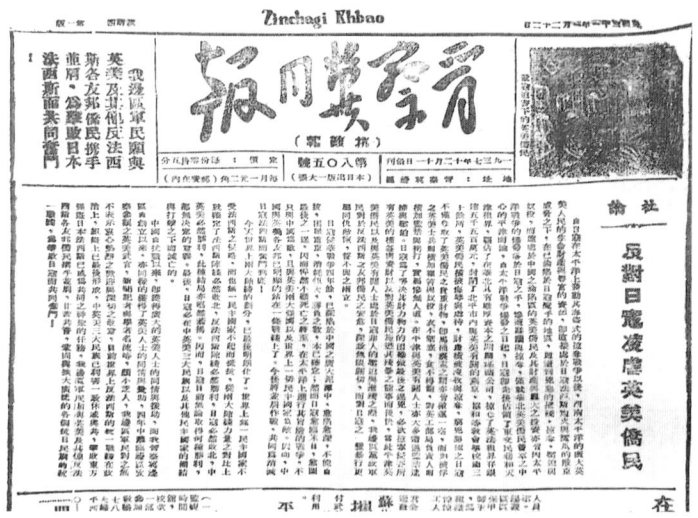

反对日寇凌虐英美侨民

　　自日寇在太平洋上发动其海盗式的掠夺战争以后，西南太平洋的广大英美人民的生命财产与丰富的资源，即直接处于日寇法西斯炮火与魔爪的严重威胁之下，在已沦陷于日寇魔手的地区，则遭到凶恶的摧残、掠夺、压迫与奴役，而远处于中国之沦陷区的英美侨民及其财产与庞大之投资亦皆因太平洋战争的爆发落于日寇之手，惨遭蹂躏与掠夺，仅就华北英美侨民荟萃之中心的平津而论，自太平洋战争爆发之日起，日寇即先后占领了东交民巷和天津租界，霸占了在华北具有雄厚资本之开滦煤矿公司，掠夺了英法租界存银达五千五百万元，封闭了北平市内与英美有关的燕京、协和等教会学校达三十余所，英美侨民横被侮辱与虐待，财产横被没收与掠夺，穷凶恶极之日寇不仅夺取了英美侨民之贵重财物，即马桶痰盂之类亦皆搬运一空，而对被俘之英美士兵则横加鞭笞与奴役，衣不御寒，食不得饱，对英工部局负责人则横加监禁与拷打，实属惨无人道。在平津与英美有关人士亦大多遭遇监禁逮捕与压迫。日寇为了解决其财力物力的困难做最后之逞凶，必欲掠夺侵吞所有英美的权益与资财以及对英美侨民施尽其残暴之能事而后快，当此平津英美侨民以及与英美有关人士处于日寇非人的压迫与摧残之际，我边区党政军民对于反法西斯之友邦侨民之安危，深致无限关切，而对日寇之野蛮暴行更属同仇敌忾，誓不与之两立。

日寇侵华战争四年余，已深陷于中国之广大泥潭中，愈陷愈深，不能自拔，困难重重，消耗巨大，胜负之数，本已确定；然而日寇愈临末日，愈图最后之一逞，因而悍然不顾死亡之将至，在太平洋上进行其冒险的战争，不只与中国为敌，且与英美两大强国以及世界上一切民主国家为敌。因而，中国与英美各友邦已明显的站在一条战线上了。今后将并肩作战，共同为消灭日寇法西斯而奋斗到底！

今天世界上两大阵线的划分，已最后明朗化了。世界上无一民主国家不受法西斯之侵略，而也无一民主国家不起而抵抗，从两大阵线力量之对比上就确定了法西斯阵线必然败北，反法西斯阵线必然胜利，日寇必然败北，中英美必然胜利，此种结局亦昭然若揭。因而，日寇目前无论取得何种胜利，都无决定的意义。最后，日寇必在中英美三大民族以及其他民主国家的团结与打击之下而灭亡的。

中国自抗战以来，即获得广大的英美人士的同情与援助，而我晋察冀边区自创立以来，亦同样的获得了英美人士的同情与赞助，四年中□临边区考察参观之英美武官，新闻记者与学者名流等，颇不乏人，我边区军民对之无不表示衷心热烈之欢迎与深切之敬意，目前世界上反法西斯的统一战线在政治上，组织上已最后形成，中英美三大民族已利害一致休戚与共，击败东方强盗日本法西斯已成为共同之神圣的任务,我边区军民愿与英美及其他反法西斯各友邦侨民携手并肩,甘苦共尝,巩固与扩大广泛的各个抗日民族的统一战线,为击败日寇而共同奋斗!

(原载一九四二年一月二十二日《晋察冀日报》第一版社论)

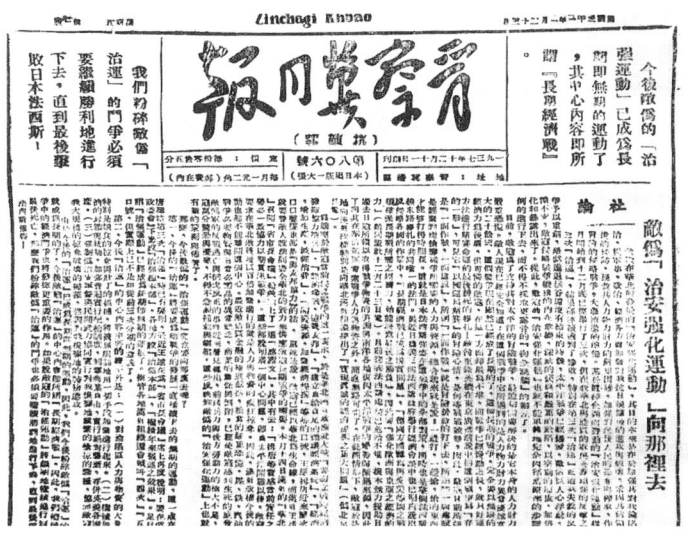

敌伪"治安强化运动"向那里去

敌寇在华北所发动的"治安强化运动",其目的本来是在于加强其对我沦陷区的统治,从军事、政治、经济各方面加紧对我抗日根据地的进攻与破坏,巩固其占领地与南进的□防,挽救其人力物力财力的严重困难,加强对敌后人民的掠夺与榨取,作为扩大冒险的侵略战争,大举南进的准备。基于这种企图而发动的"治安强化运动"从去年三月开始到十二月底已经举行了三次,但在我华北与边区的军民英勇顽强的反击之下,这三次"治运",结果都连续遭到了惨败,特别在第三次"治运"正遭我尖锐的反封锁斗争予以重创,敌伪进退维谷还没有结束的时候,太平洋战争已经爆发,敌占区人心浮动,敌伪惶惶不安,敌寇侵略战争机构的内在危机，深刻的裂痕和严重的缺陷，以空前的速度，加倍的表面化和暴露出来了。从此，敌寇的"治安强化运动"也就不能单纯地完全因循着原来的步调继续照例的进行下去，而不得不采取更露骨的"狗急跳墙"的办法了。

目前，敌寇为了支持其对太平洋的冒险战争，最迫切需要解决的是它本身的人力财力物力的严重恐慌。敌人现在已经完全知道：在这个战争中它所遇到的事人力物力财力异常优越富足的强大的二十余国，这个战争现在显然已经成了长期的了，这个长期的战争，完全要以无限的人力与经济力为后盾，但可怜的敌寇，在这一方面却最为不堪，而战争已经发动之后，就只好运用一切方法进行赌赛命运的最后拼死的挣扎！敌酋东条英机在东京广播演说中称这个战争为"存亡所系的一战"，可见它"以国运为赌赛"的冒险心情，是何等战战兢兢，因此，敌寇目前所提的口号是"一面作战，一面建设"，所谓"一面作战"就是冒险拼命的打下去，所谓"一面建设"，就是赶紧到处抢夺战争所需要的人力与资源，综合起来就是说：一边打，一边抢，抢的东西要多，才能够打得时间长。这就是日本法西斯强盗在这战争中的全部对策，同时也是巩固法西斯侵略阵线末路挣扎的共同唯一的法门。最近日德义三个法西斯政府举行经济会谈中也已明白说出了：对反侵略各国的作战中，"长期经济已成为现实问题"，"德国方面认为与英美等国之战斗，必须确保长期战所需之经济力，始能决定最后之胜负"，因此要"强化欧洲与东亚之经济的相互协力"（敌同盟社十二月二十三日电）。目前德义法西斯处已危殆不堪，根本无力援助日寇，而过去日寇所以取得战争物资的美洲与南洋各地复因太平洋战争的爆发而断绝来源，因此敌寇除了向其在华占领区胁索战争人力与物资之外，简直无路可走了，在此种情形下，敌寇于是就强调地向汉奸政权特别是向华北汉奸组织提出了"实现真诚的经济提携之重大问题"（伪北京一月九日电）。

为适应于敌寇当前侵略战争的这一要求，于是华北汉奸政权就大喊"要树立战时经济□□，发挥协力精神"，"经济参战，协□友邦"，"建立自给自足的循环经济系统"，"经济总动员，增加生产，减轻消费"，"开发资源，加紧经济提携"等等的口号，王逆揖唐近来历次演说，口口声声也都是"与友邦协力"的话，这就是说，敌寇已经以华北为生命线，而汉奸王揖唐之流就要替敌人设法刮尽全华北的资历来供应敌寇长期战争的需要。本月十四日汉奸的"华北政委会"召开"省市长会议"给敌寇上了一道"感谢文"，其中有云："揖唐等实感当前责任之重大，势必一致协力以期贯澈战争"。这些都说明着一个中心问题，即自太平洋开战以后，敌寇所唯一要求在华北敌后地区百倍加紧进行的就是人力与物资的疯狂掠夺。因此，汉奸政权今后的一切活动也都不能离开这个中心。最近敌占区金融的极度动摇，粮食的严重恐慌。煤、铁、汽油等一切战争必要物资与日常必需品的异常缺乏，商业的萧条与倒闭，已经使敌寇感到生死的威胁，加上敌伪军的反战逃亡与倒戈反正的事件近来层见辙出，前线兵力与后方劳动力的极大不足，更使敌寇万分惊恐与忧虑，不得不急剧补救与镇压，这些反映到敌伪的"治安强化运动"上也就不能不有新的策划与布置了。

那么，今后敌伪的"治安运动"究竟要向那里去呢？

第一，今后的"治运"将要成为随战争的发展一直延续下去的无期的运动，这一点在王逆揖唐总结第三次"治运"时已有声明，最近王逆在伪"省市长会议"席上再度说明：要在伪"华北政委会"下建设"治强总本部"，各地方设"治强本部"，"继续年来强运之效果"。足见今后所谓"治强运动"已经成为长期即无期的运动了。尽管各地汉奸组织还会喊叫"四次""五次"等口号，但实际上已不是如从前三次分期的意义了。

第二，今后"治运"的中心内容主要的□不外是：（一）对沦陷区人力与物资的大量掠夺，特别是粮食的掠夺与壮丁的抓捕，将被无限制地用一切手段加紧进行起来。（二）继续加紧其经济的封锁与统制，加强普遍实行配给制度，剥夺商业自由，实行绝对垄断，吞并英美各国民商财产。

（三）强制伪治安军警与民间武力协同实行对我根据地频繁的抢掠的骚扰，协同敌寇举行对我大规模的掠夺破坏的"扫荡"，强调对我根据地的特务进攻。

由于今后的"治运"已成为长期即无期的运动，因此，我们今后粉碎敌伪"治运"的斗争也就成为长期的了，今后敌寇"治运"的中心内容即所谓"长期经济战"，因此，我们继续对敌斗争中的经济斗争也将发挥更重要的作用。如果说敌寇的"治强运动"将无期地继续进行到敌寇的最后死亡，那么我们粉碎敌伪"治运"的斗争也必须要继续胜利地进行下去，直到最后击败日本法西斯强盗！

（原载一九四二年一月二十三日《晋察冀日报》第一版社论）

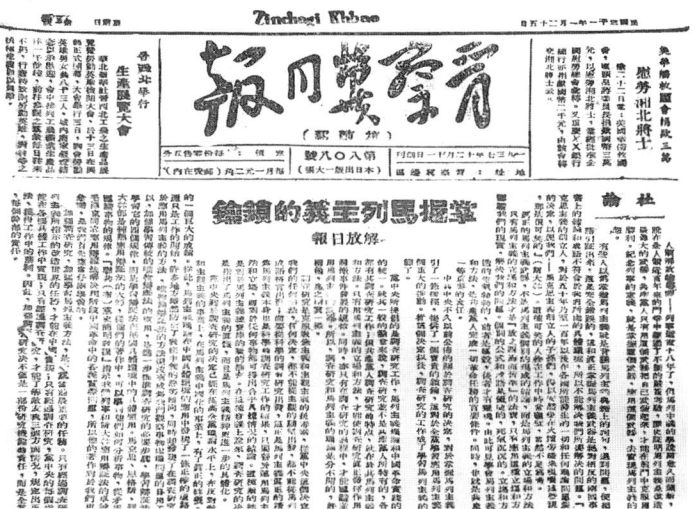

掌握马列主义的锁钥

　　人类解放的导师——列宁逝世十八年了，但马列主义的学说□愈久而弥新，这个学说在全人类近百年来的斗争中经过了不断的严重考验，历史证明马列主义是改造世界的最伟大的武器，共产党人只有用这个武器把自己武装起来，才能在战斗中克服困难取得胜利。纪念列宁的意义，就是掌握这个武器，应用这个武器，去实现马列主义的伟大理想。

　　有些人以为掌握马列主义就是背诵马列主义典籍上的词句，遇到问题，便把这些成语引证出来，这是完全错误的，这和真正掌握马列主义武器是绝对相反的两回事。因为书上的结论和成语不符合于我们所处的具体环境，所以不能解决我们所要解决的问题。"要求马克思主义的创立人,对于五十年乃至一百年以后在各国所能发生的一切和任何理论问题制好现成的决定,以便我们——马克思主义创立人的子孙们,得以安然坐在火炉旁来咀嚼这些现成决定,那是很可笑的"(斯大林)。这种可笑的人物在工作中时常碰壁,当然不足为奇。

真正的马列主义武器,不是马列主义个别的现成的结论,而是马列主义的立场和方法。

只有马列主义的立场和方法才是"放之四海而皆准"的法宝,只有应用这种立场和方法才能认识我们的现实,解决我们的问题。个别的公式和成语是僵硬的,死气沉沉的。立场和方法是创造的生气勃勃的,前者是躯壳,后者才有灵魂。由此可见学会马列主义的立场和方法,是共产党人完成一切革命任务的首要条件。同时,也就是共产党人第一等重要的责任。

中共中央不久以前公布的关于调查研究的决定,对于掌握马列主义武器指引了一条捷径,提供了一个宝贵的锁钥,这对于全党学习应用马列主义将是一个重大的推动。从这个决定以后,调查研究的工作成了学习马列主义的主要环节了。

党中央所提倡的是调查研究工作,马列主义理论和中国革命实践的活生生的统一。就其一般的涵意来说,调查研究并不是共产党人所特有的,各种集团都有其调查研究工作;但共产党人调查研究的特点,就在于其马列主义的立场和方法。只有用马列主义的立场和方法,才能使调查研究真正发挥作用,才能洞澈事件发展的规律。同时,亦只有在调查研究的过程中,才能认识并学会应用马列主义的武器。所以,调查研究和马列主义的理论是分不开的,好像车之两轮,鸟之两翼一样。

调查研究是克服教条主义和主观主义的抗毒素,从党中央这个决定以后,我们的任何办法,任何决定,都不能从主观的愿望出发,都不能从马列主义的成语格言出发;而要从科学的调查研究出发,这正是马列主义真正的精神。因为马列主义本身也是科学的调查研究工作的结果，只要着于运用马列主义的方法和立场，则对于任何事物都可得出合乎具体情况的结论。这种新的结论，就是对于马列主义总宝库的新的补充。在这种意义上说来，调查研究的决定不仅是指出了马列主义的真髓，而且是马列主义精神更进一步的具体化。

党中央关于调查研究的决定已经在提高全党理论水平上，在反对教条主义和主观主义的事业上，在马列主义中国化的事业上，有了真正的转变，这是党的一个巨大的成绩。从此，马列主义理论在中国具体环境的应用中发现了一条正确的道路；但这还只是工作的开始，许多地方虽然防止了教条主义的恶劣倾向，同时却发现了在调查研究中不善于应用马列主义的方法，唯物论辩证法的方法还没有成为我们观察事物处理问题的日用工具。所以，加强学习传统的唯物辩证法的应用，是进一步推进调查研究的必要步骤，学习辩证法不仅是学习它的四个规律，而是学习辩证法在每个具体环境中的具体应用。马克思、恩格斯、列宁、斯大林都是纯熟应用辩证法的大师，从他们的著作中，可以学到他们如何分析事物，从矛盾发展中认识事物的规律。"联共（布）党史简明教程"指示我们列宁和斯大林应用辩证法的卓越榜样，毛泽东同志应用辩证法解决现阶段中国革命中的各种实际问题，所以他的著作对于我们更亲密更急需，是我们首先应当仔细学习的。

加强调查研究，加强学习马列主义方法，是全党当前最重要的任务。只有经过调查研究，马列主义所指示的改造世界的任务，才能在中国实现；只有经过调查研究，党中央的每个指示，才能在各个具体工作中实现；只有经过调查研究，才能了解敌友我三个方面情况，规定出正确的办法，获得工作中的胜利。因此，加强调查研究决不仅是一部份研究机关的责任，而是全党的责任，每个干部的责任。

（原载一九四二年一月二十五日《晋察冀日报》第一版社论）

伪军反正的浪潮

当日寇另一只泥腿踏入南太平洋以后,在敌占区,尤其在华北敌后各地,爆发了伪军反正的浪潮,这个汹涌的激流将削平敌人在华的统治,粉碎敌寇以华制华的毒计,牵制敌寇南进的力量,对我国抗战和整个反侵略阵线都有重大的帮助。

敌寇在侵华战争中曾竭尽全力编练伪军。抗战以前,日寇即利用其在华之特务机关,勾结军阀,煽惑内乱。抗战以后,它更利用各地伪组织,收容散兵游勇,强拉民夫,编组伪军,来补助日寇军力之不足,来达到以华制华的阴谋。所以抗战迄今,在日寇卵育下的伪军为数已达数十万,散布沦陷区各地,做他的爪牙。

但是，敌伪之间存在着深刻而不可克服的矛盾，伪军都是中国人民的子弟，日寇对我同胞屠杀和榨取不能不在伪军中产生反抗之心；同时，敌军对伪军非人的压迫、侮辱，伪军士兵所过的牛马生活，又不能不引起普遍的不满和愤怒。而且祖国抗战的每个胜利，无时不激动伪军眷念祖国的心情。所以在伪军中除了少数死心塌地甘于为虎作伥的汉奸之外，大多数的弟兄都是被迫而为敌人做奴隶牛马，作残杀自己同胞的工具。"身在曹营心在汉"的心理在他们中间广泛的发展着。抗日四年余以来，在全国各个战场上挥戈杀敌，反正来归的事件，早已不断发生，现在这座火山已在酝酿着更大规模的爆发了。

太平洋战争爆发后，伪军对敌寇不满情绪日益高涨，他们已经清楚的看到日寇与全世界二十六个国家对敌，最后失败已成定论，他们更不愿离乡背井，远赴南洋，为日寇侵略战争当炮灰。所以近日伪军反正事件风起云涌，使狡黠的日寇受到严重的威胁。在这种情势下，敌寇对伪军的防范日紧，恐惧日深。最近各地已不断发生敌寇将伪军包围、缴械、捕杀或禁闭，至如晋东南辽县、和县，更有伪军被□□纹面以防止其逃亡的情事，很明显的，这种普遍于敌占区的伪军反正浪潮，已经成为动摇日寇统治的基本因素之一了。

近日伪军的反正浪潮是和我军对于伪军的工作相联系着的。四年余以来，我对各部伪军曾不断进行争取和决心说服，对被俘伪军加以优待，予以自新之路。去年陕甘宁边区施政纲领第二十条优待俘虏政策"对于在战斗中被俘伪军官兵，不问其情况如何，一律施行宽大政策。其愿参加抗战者收容并优待之，不愿者释放之，一律不得加以杀害"的决定，曾在伪军中起了很大的影响。太平洋战争爆发后，十八集团军总司令部告伪军书更清楚的指出"中国现在积极准备实行大规模战略反攻，收复一切失地。诸位如能弃暗投明，回到祖国怀抱，参加抗日工作，我们当竭诚欢迎"。近日各地伪军纷纷杀敌易帜，也就是对这个号召的响亮回答。

太平洋战局扩大后,敌人更感兵源不足,更加强了对于伪军的依赖。不仅如此,敌寇更在各地强征民夫,抓捕壮丁,进行扩大伪军,并加深对伪军的奴化思想,加深对伪军的控制,以便巩固他的血腥的统治。

我国抗战的胜利,太平洋反侵略各国的胜利,都要求我们加强伪军工作。必须用一切可能的方法,唤醒在敌人羁绊下伪军的民族意识,从内部来打击和削弱日寇的力量。所以我们积极准备反攻中的一个重要任务,就是进一步争取伪军,瓦解伪军,把敌人控制下的力量变为抗战的力量。

(《解放日报》)

(原载一九四二年一月二十七日《晋察冀日报》第一版社论)

伟大的"一二八"

"一二八"这是怎样伟大的一个纪念日呵！每一个同胞都清楚地记得：在十年前的今日，我们的死敌日本法西斯，继侵占东北之后，又发动了对我国最大商埠，经济中心的上海的进攻。狂妄的日本法西斯匪徒们，满以为：中国人民对他们这种横暴不义的侵略，将会俯首屈膝，不战而走，战慄乞降。然而，日本法西斯匪徒们的这一个卑污的臆测，却大错而特错了！

伟大的中华人民，绝不是如日本法西斯匪徒们所幻想的那样软弱，怯懦；我们民族的坚定勇敢，宁死不屈的精神，是有着悠久的历史的。故当日寇进攻我上海时，他们所遇到的，不是逃走、乞降；而是英勇的抵抗。当时上海广大的人民，敌忾同仇，不分农工商学，一致团结起来，与第十九路军携手作战，共同抗敌，而全国同胞，亦沸腾愤慨，以无比的热情，从物质上和精神上，踊跃的援助了这一伟大的壮举。上海作战中，我同胞在血泊中前仆后继的壮烈情景，真可感动天人；这些英勇的先烈们，是我们的国宝，在他们身上，充分的显现了我们伟大的民族魂。而他们也将永久的活在我们每个中华儿女的心中！

在十九路军与上海人民这样英勇的抗击下，日本法西斯匪徒们狂妄的幻梦，是完全被粉碎了。战争一天一天的延长下来，入寇的日本法西斯军队一次两次的遭受了极其严重的打击；终至三易其主将而不能解决当时的所谓"上海事变"。

上海抗战，是我中华民族英勇抵抗日本法西斯匪徒的侵略的发轫，在这一个战争中，我们就已经充分的发扬了民族的伟大精神和光荣传统。在抗战已经四年有半胜利越加接近的今天，我们回忆这上海抗战开始的"一二八"，真使我们倍加觉得兴奋。

然而今年"一二八"对我边区人民，其意义更为重大，这是因为除了纪念当年"一二八"所发动的上海抗战而外，它更是举行有着伟大的意义的军民誓约典礼一天。在今天，全边区各地，以至全华北各地的广大人民，都在走向庄严隆重的会场，举起有力的手，对民族宣读他们坚定的誓言。"决不做汉奸顺民"！"决不当敌伪官兵"！"决不参加伪组织，维持会"！……这震撼山岳的千百万人民的一致呼喊，将使万恶的日本法西斯强盗们战慄！这是一个巨大的锻冶炉，经它再一度的锻炼，我们每个同胞对敌顽强斗争的决心，将更加如钢铁一样的坚强；英勇牺牲的精神、宁死不屈的民族气节，将更加高度发扬。这一个伟大的壮举，将使我们万千同胞的步伐更加一致，向着万恶的敌人，更加勇猛的冲杀过去！

在现在国际国内的新形势下，敌后的斗争更加残酷；同时，坚持这一斗争的意义也更加伟大了。因此，在"一二八"这一个有着双重意义的伟大日子,我们就应下定决心,发扬上海抗战中英勇斗争,特别是壮烈牺牲的先烈们英勇牺牲的精神,更加发扬我们四年半以来的顽强斗争的精神,把我们对民族所立的誓言逐条确实贯澈在行动中去,配合行将到来的全国的战略反攻,配合反侵略的英美等诸友邦,在各个战线上,与敌人展开顽强不屈的酷烈斗争,合力将万恶的日本法西斯强盗送进坟墓中去!

(原载一九四二年一月二十八日《晋察冀日报》第一版社论)

北岳区人民武装发展的新时期

当着国际国内以及敌后抗战形势发生了急剧变化,并正在飞速发展着的今天,"北岳区人民武装部"于一九四二年的元旦,正式宣告成立,这是北岳区人民武装发展的新时期的开始,五年来在敌后长期抗战中,北岳区人民武装建设所经历的长期的艰难缔造的路程,可以分做三个不同历史阶段:第一阶段是自抗战开始,在共产党八路军及当时半政权性的"动员会"的推动与领导之下,边区广大人民普遍的创造了"人民武装抗日自卫队"的组织,配合了整个根据地的创造建设与发展;第二阶段是一年半以前"人民武装抗日委员会"的建立,这适应了当时全边区广阔深入的民主运动的高潮,适应了相持阶段初期及百团大战期间敌我大规模斗争局势的需要；而人民武装部的成立，则是北岳区人民武装建设展开了新的历史时期，这是人民武装发展的第三个阶段。这三个阶段的发展都各有其不同的特点，但，都是适应着当时抗战形势的发展和边区斗争的实际需要。因此，五年来人民武装的艰苦缔造，确已写下了永久不可磨灭的光辉战果与伟大成绩。这表现在：动员组织与武装训练了边区广大人民，建立了百万以上的自卫队及将近×十万精锐的民兵，他们以无比的英勇大量的消耗敌人，与严重的打击了敌伪汉奸的一切阴谋活动。随时配合主力军作战，无数次粉碎了敌寇的"扫荡"进攻，与从不间断的开展了对敌的破击运动，□□的民兵自卫队员更以其高度的民族觉悟，潮水般涌进边区子弟兵的行列，充实与壮大了主力兵团；特别是以人民的武装活动为中心，强有力的掩护了地方工作的开展，与推动了对敌各种斗争的胜利。五年来的事实证明，北岳区的人民武装不但是主力兵团的左右手和补充的源泉，而且成为抗日民主政权的支柱之一。不过另一方面，人民武装工作发展到今天，也还存在着许多不容忽视的缺点。特别是一九四一年秋季反"扫荡"中，在敌寇改变其战略指导方针，以新的形式对我举行空前严重的"扫荡"进攻面前，更加明显的暴露了北岳区人民武装的组织形式与教育训练，还不足以适应新形势的要求。这主要表现在，群众游击战争的发展还不够普遍与广泛；人民武装的组织上注意其群众性与民主的作风固然是重要的，但缺乏比较严密的军事性，则是重大的弱点；而且其组织机构复杂笨重，系统繁多，内部分工不适于战斗指挥；有些地区某些干部片面的了解"独立"与"民主"，以致和政权与部队的关系不够密切；在教育训练与武器装备方面，好多地方则带有相当浓厚的形式主义。这些缺点就障碍了北岳区的人民武装走上真正"全民皆兵"的道路，障碍了民兵战斗力与斗争顽强性的提高，因而也使群众游击战争的开展，虽然好多地方收得光辉成绩，但终究还不够广泛和顽强。

目前敌我斗争的尖锐形势为积极准备战略反攻的严重任务，显然已赋予人民武装新的更加严重的战斗任务。因此，为了进一步提高人民武装的战斗力量与进一步强化人民武装建设工作，于去年年底召开了"边区人民武装临时代表会议"，边区行政委员会召开之"北岳区高干会议"中亦曾专门的讨论了这一问题；而"改组武委会建立北岳区县以上人民武装部及区队部组织，受政府直接领导，并在政府总的意图上进行具独立自主的积极活动：广泛开展群众游击战争，维持根据地内的治安秩序，并负责运输勤务，更加有力的保卫边区，保卫人民，保卫边区抗日民主政权"，也就成为当前武装建设巨大工程中的中心环节。毫无疑问的，在五年来人民武装建设的雄厚基础之上，接受了历次斗争中宝贵的经验教训，面对着当前敌后游击战争的新形势与新任务，把北岳区人民武装建设更提高一步，而改组"武委会"，建立"人民武装部"，这在今天是异常正确和必要的措施。这一新决定在今后坚持边区抗战积极准备战略反攻，具有重大政治意义。因为：

甲、太平洋战争爆发后，日寇败局已成；我们坚持敌后长期抗战，为进一步准备国防第一线的反攻前哨力量，针对以往缺点，特别加强人民武装的军事性与战斗性（当然群众心与民主作风也是很重要的），改进领导机构及加强领导，提高和壮大人民武装到一个新的阶段，这是准备战略反攻渡过当前困难的必要步骤。

乙、目前敌后游击战争确已走上更加残酷与更加复杂的新阶段，广泛普遍的群众游击战争有大大提高的必要。北岳区人民武装组织这一新的改变，必然要使人民武装更加统一的与有力的在政府领导下，进行高度分散的对敌武装斗争；使群众游击战争与各种斗争更加密切结合起来，以应付今后尖锐复杂的敌我斗争，随时准备粉碎敌寇的"扫荡"进攻，粉碎敌人的"治安强化"阴谋，以坚持与巩固我们的抗日革命阵地！

丙、抗战五年，边区广大人民创造了为自己所有的抗日民主政权，与"人民自动的武装组织"，千百万的民兵配合着边区子弟兵，边区的八路军，在政权总的意图下，无数次的战胜日本强盗的进攻，保卫了边区人民的民主自由；保障了一切抗日人民的人权、政权与生命财产。目前更加明确规定人民武装组织成为政权的一部份，受政府直接的领导，这在边区抗日民主政权的建设上是一个划时代的重大事件。

丁、□□□□行政委员会已经颁布了"志愿的义务兵役的暂行办法"的政令，北岳区人民武装□□□□□□□更加有力的成为新兵役制实施的有力支柱。

（原载一九四二年一月二十九日《晋察冀日报》第一版社论）

广泛开展旧历新年的文化娱乐工作

由于多少年的传统和习俗,中国各地对于旧历年总是感到有兴味;即在我们边区,一般父老兄弟姐妹们,对于过旧历年的心情,也还是很高。人们辛勤了一个整年,常常是在旧历新年的几天里,稍为休息几天,做些活动,我们也应该利用这一个机会,进行正当的文化娱乐工作,一方面可藉以提高边区人民的政治文化水平,另一方面,可以有效的克服与防止赌博、酗酒、殴打等等旧社会的恶习和不正当的娱乐。

正当着太平洋大战已经爆发;苏联红军对德实行着胜利的战略反攻,国际法西斯阵线与反法西斯阵线营垒分明,太平洋上反日反法西斯的统一战线已经建立,国际形势对我更加有利，我们坚持敌后抗战的斗争更加激烈、艰苦、残酷；而抗战最后胜利更加接近的时候，在这旧历新年中，如何使边区广大人民更深刻的认识坚持敌后抗战的伟大艰巨的事业，百倍提高与坚定胜利信心，发扬民族意识，提高民族气节，提高对敌战斗情绪，提高生产建设的热忱，加强全边区人民患难与共的亲密团结，准备继续与垂死挣扎的日本法西斯强盗进行最顽强持久的战斗，坚决完成一九四二年抗战任务，促进全国大规模战略反攻的早日实现，所有这一切，都需要我们在目前作深入而广泛的宣传与鼓动。我们正宜抓紧旧历新年的有利时机，积极广泛的开展文化娱乐工作，使我们在政治上的动员、思想上的充分准备工作，通过各种艺术的形式，而深入全边区广大的群众中去。

开展旧历新年中的文化娱乐工作，中心的问题，在于如何组织与领导这一工作。根据今年新历过年时的文化娱乐工作情形以及进行所有其他工作的经验教训，都充分证明：没有坚强的组织与领导，是不会把一个带有广大群众性的工作，做得很好的。新年中的文化娱乐工作的组织和领导的责任，究应谁属呢？举凡政权机关、群众团体，特别是区村级的政权与群众团体，村剧团，冬学和小学的教师，部队中的剧社、宣传队、民运组以及俱乐部的娱乐委员，都有责任自动的出来组织、领导与帮助自己力所能及的地区里面的群众在新年中的文化娱乐工作。应该把开展旧历新年中的文化娱乐工作，当作目前的政治任务之一。我们只有足够的正确的认识了这一工作的重要意义，而能从组织上去推动和领导这一工作，才会使这一工作开展起来。

我们还应该提到在开展旧历新年的文化娱乐工作中应该注意的几个问题：

首先，关于新年的文化娱乐工作的形式问题，为了使群众易于接受我们宣传教育的内容，应该采取民间喜闻乐见的一些形式，如书写对联、张贴年画、扭秧歌、踩高跷，以至演剧、唱各种小调、练国术等等。

其次，在新年文化娱乐工作的内容上，应富有教育的意义，密切的联系到目前形势和我们的任务，特别是目前我们边区一些中心工作，如实行志愿的义务兵役制、村选、节约生产等等。

再次，关于新年文化娱乐材料的问题，一方面可利用边区文联、军区政治部及各剧团，在今年新历年时编印的一些材料；另一方面，希望边区文救以及各协再编印些新的材料，供给旧历新年时采用。

最后，我们应反对和克服对旧历新年的文化娱乐工作可能发生的两种不正确的认识和偏向：一种是轻视这一工作，认为不必要怎样花费精力、时间去进行组织和领导这一工作；另一种是过分的注重形式，一味铺张，而影响和放弃了其他的各种经常工作。

（原载一九四二年一月三十日《晋察冀日报》第一版社论）

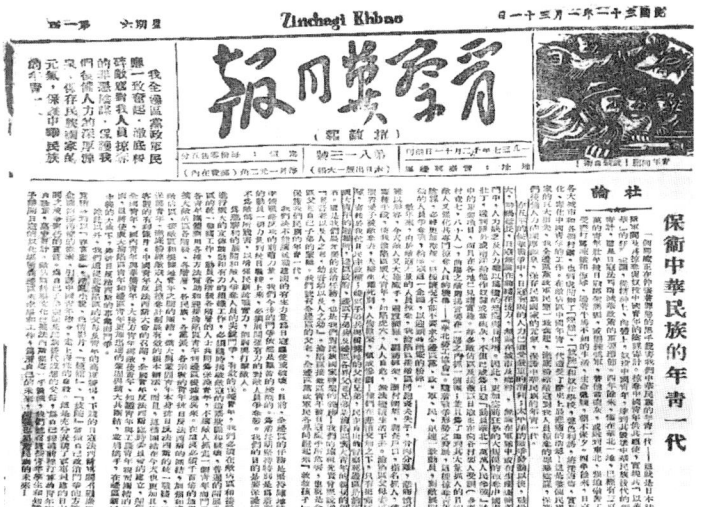

保卫中华民族的青年一代

　　一个恶魔正在伸张着罪恶的黑手戕害我们中华民族的年青一代——这就是日本法西斯军阀及其掠夺与奴役中国青年的阴谋毒计。掠夺中国青年供其驱使,实现其"以华制华"的狂妄企图,从精神上、肉体上,奴役中国青年,达到其毁坏中华民族后代的无耻毒计,这是日寇法西斯灭华政策的重要环节。四年余来,仅在华北一地,已经有三百余万的青年壮年被日寇绑架诱骗,或编练伪军,替他当炮灰,或送到东北,强迫做苦工,受尽打骂冻饿和侮辱,过着牛马不如的生活,生命微贱,朝不保夕。四年余来,日寇在各大城市和各个村镇,也到处开办了"烟馆"、"妓院"和奴化学校,声色利诱,诲淫诲盗,实施奴化、毒化中国青年的工作。在敌占区中国年青一代遭受了历史上最悲痛的浩劫！这是整个民族国家的巨大损失，我全边区党政军民应一致奋起，彻底粉碎敌寇对我人员掠夺的罪恶阴谋，保护我们后备人力的深厚源泉，保存民族国家的元气，保护中华民族的年青一代。

在五年的侵华战争中，日寇有限的人力已遭受严重的消耗；太平洋的战争发动以后，战场扩大，战祸延长，日寇无论在前线在后方，无论在城市及乡村，无论在军队中或在生产运输各部门中，人力缺乏及人力难以为继的恐慌与日俱增。因此，更加空前狂暴的大规模的掠夺中国青年壮丁，送到关外或南洋给他作奴隶或当炮灰，不但已成为日寇"动员华北一万万人民参战"计划中的重要项目，而且在各地已见诸实施。好多敌占区及接敌区日寇正在向各村要人受训（多者每村竟七、八十人），曲阳之敌则扬言要在一周之内抓一个团；并且为了到达其大量抓人的目的，敌人又强化其专门掠夺人员的机构——"华北劳工协会"。随着战争形势之发展，这种掠夺青年的阴谋，必将更加毒辣。这种情况不能不要求全边区党、政、军、民、迅速一致动员，对敌展开有效的人员争夺战，给敌寇这一企图，以迎头的澈底的粉碎。

数年来，由于敌寇大量的人员掠夺，我沦陷区接敌区同胞丧夫失子，骨肉分离，悲痛愤恨，难以形容，今天敌人又大施魔手，遍设网罗，骗诱绑架，圈村围集，调查户口，指名抓人，种种毒辣手段，使我沦陷区广大青年，如陷虎穴，人人自危，无法继续生活下去。沦陷区父母妻儿，眼看爱子被敌夺去，夫妇生离死别，人伦欢乐，顿成惨剧！他们在悲愤交加之下，只有把满腔热望，寄托于我抗日民主政权；边区子弟兵与根据地的父老兄弟，民主自由的晋察冀边区是沦陷区广大青年的避难所，边区政府、边区子弟兵及边区各界父老兄弟是沦陷区广大青年的亲切的保护者。这是我们最光荣的政治任务，也是我们对民族国家神圣的义务！我们的远祖先贤曾经说过："老吾老以及人之老，幼吾幼以及人之幼"，沦陷区接敌区青年被日寇魔手所危害，也就是全边区父老自己子弟的蒙难。我们号召全边区的父老，全边区党政军民各界同胞起来"救救孩子"！保护我们民族的年青一代。

我们绝不能让抗战建国的有生力量为日寇驱使或破坏。目前，全边区的任务是坚持阵地积极准备战略反攻的前哨力量。我们今后的斗争依然是艰苦的残酷的。为着长期坚持特别是为着胜利的动员一切力量到抗日战线上来，必须展开强有力的对敌人员争夺战。我们的目的是要保护青年不为敌伪所戕害，以增强民族抗战实力，削弱与打击敌人。

为着胜利的展开和敌人争夺人员的尖锐斗争，有效的保护青年，我们必须在敌占区和接敌区进行广大的宣传鼓励和有力的组织工作，必须随时揭破敌寇的造谣欺骗和破坏，普遍的开展敌占区的统一战线工作，动员各阶级各阶层的人士共同为保护青年，不让敌人抓走一个青年而斗争，各青年团体应用各种方法帮助和迎接沦陷区青年到边区根据地里来。在这里必须千百倍的加强和扩大敌占区各阶级、各阶层、各民族、各党派、各宗教的青年抗日反法西斯的团结，加强和扩大敌占区、接敌区和根据地青年之间的团结。扩大与巩固青年本身抗日反法西斯的统一战线，这是保护青年，彻底粉碎敌寇人员掠夺计划最有效的根本办法。而且，这种团结在今天也更加具备了客观的有利条件，中国青年反法西斯大会的召开，全国青年反法西斯临时委员会的建立，开创了全国青年，国内青年与华侨青年、大后方青年与敌后青年、知识青年与工农青年亲密团结的新局面，这将使广大沦陷区青年和边区青年更加迅速的巩固与扩大其团结，并肩携手，在边区新民主主义的大旗下，为抗日反法西斯的事业而斗争。

除此以外，我们还提起沦陷区的父母及青年的高度警惕，下贱的日寇法西斯军阀不顾廉耻，竟到以"春宫画"、淫乱小说、色情影片、"烟馆"、"妓院"当做自己政治斗争的方策，企图传播污秽的毒素，引诱中国青年堕落，走上慢性的自杀。这是充分表现了军事封建的日本军阀之没落腐朽的实质。为自己子弟前途及民族后代设想的父母，为自己锦绣前程打算的青年应善自珍重,莫中奸计。敌占区科学文化已被法西斯强盗一手毁灭,我们号召这些青年学生和知识份子离开日寇的奴化场所到边区来求学和工作,为着自己的未来,也为着民族的未来!

(原载一九四二年一月三十一日《晋察冀日报》第一版社论)

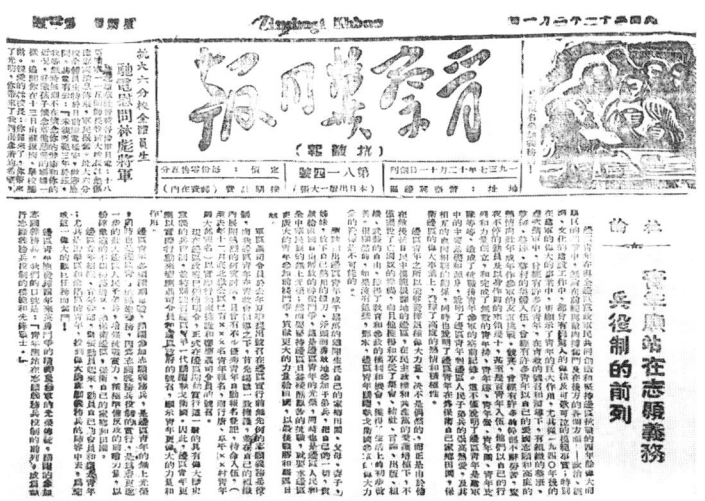

青年应站在志愿义务兵役制的前列

　　边区青年在与全边区党政军民共同创造和坚持边区抗战的四年余伟大而艰巨的斗争中，无论在前线与敌肉搏奋斗及在后方的各个方面——政治、经济、文化的建设工作中，都曾有过惊人的伟绩及可歌可泣的模范事实；特别在建军的伟大的事业中，更显示了青年的巨大作用，尤其从一九四〇年后的几次扩军中，曾经有许多的青年，在青救的号召和领导下，有组织的整班、整排、整连、整村的集体入伍，曾经有许多青年以自己的爱国志愿和高度的热情向壮年成年作参军的友谊挑战、竞赛，曾经有许多的干部不辞劳苦，昼夜不停的动员及以身作则的率领几十，甚至几百青年入伍，他们以自己的行列和力量创立和完成了无数的青年排、青年连、青年营、青年团、青年支队等等，造成了抗战后青年参军的空前纪录。这不仅说明了边区青年是建军中的主要基础和源泉，说明了边区青年对边区人民子弟兵的崇高热爱及其相互的血肉相联的关系，同时也说明了边区青年在为保卫自己家乡田园，保卫边区的伟大事业上，发挥了高度的热情和积极性。

边区青年之所以能够发挥这种伟大力量，决不是偶然的，而正是由于他在敌后抗日民主模范根据地的边区，在民主政权和共产党的爱护培植下，不仅摆脱了亡国奴的惨祸，而且他获得和享受了集会、结社、言论、出版、组织、武装的自由，获得了教育和参政的权利和机会，获得了生活上的初步改善。很显然的，如果没有这些，那末，边区青年踊跃执戈卫国参军的伟大力量的发挥是不可能的。

应该指出边区青年成千累万的离开生长自己的家乡田园、父母、妻子、姊妹，放下自己熟用的镰刀、斧头而勇敢地参加子弟兵，把自己的一切，贡献给祖国自由解放的神圣斗争，这是边区青年的光荣，同时也是边区人民和全中华民族的无上光荣；然而要坚持边区日益残酷艰苦的抗战，就要求边区更广大的青年参加前线斗争，贡献更大的力量给祖国，以最后战胜和驱逐日寇。

军区聂司令员于去年夏季提出号召在边区实行前无先例的志愿义务兵役制，而我边区青年在青救会领导之下，首先竭诚一致拥护，并在自己的组织内展开热烈的研究讨论，且曾有不少优秀青年自动报名登记，待命入伍，（至去年十二月底北岳全区已有×××名青年报名，而行唐、阜平××村青年则大部报名）以实际行动来拥护和响应聂司令员的号召。

现在边区政府已颁布明令，正式在边区开始实行这一新的具有伟大历史意义的兵役制，并特别号召边区青年一代踊跃执戈卫国。因此，边区青年更应以实际行动来响应聂司令员和边区政府的号召，显示青年更伟大的力量和作用。

边区青年必须深刻认识，踊跃参加志愿义务兵，是边区青年的无上光荣，同时也是边区青年的神圣义务，因为志愿义务兵役制的实行，是为着更进一步的壮大边区人民子弟兵，增强抗战实力，积极准备反攻的前哨力量，以粉碎敌寇的不断"扫荡"进攻，来保卫边区，保卫自己的家乡和田园。

边区青年组织、青年干部，紧张动员起来，动员自己的会员和广大青年，尤其是游击区和沦陷区的青年，投到伟大的志愿义务兵的阵容中去，为完成这一伟大的艰巨任务而奋斗！

边区青年应发挥四年来英勇斗争的精神及参军的光荣传统，踊跃的参加志愿义务兵。我们的口号是："青年应站在志愿义务兵役制的前列，成为执行志愿义务兵役制的模范和先锋战士。"

（原载一九四二年二月一日《晋察冀日报》第一版社论）

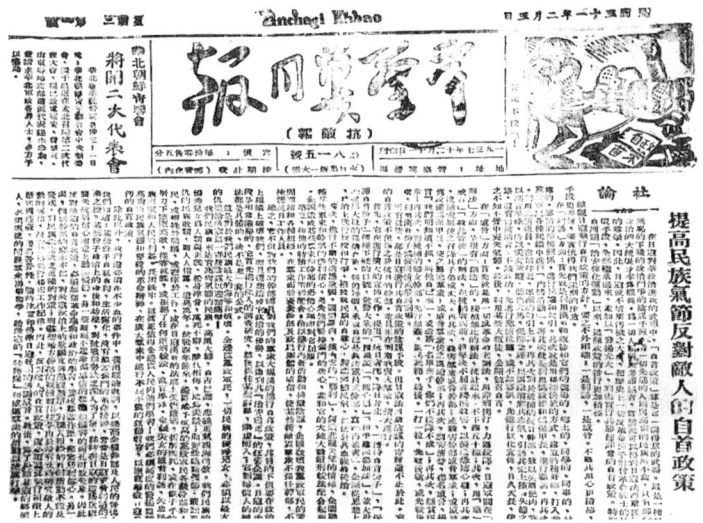

提高民族气节反对敌人的自首政策

在日寇对华政治进攻的武库中，"自首政策"算是它一个得意的武器。这是一种最无耻的下贱的政治斗争的阴谋手腕，为一切先进的人类与高尚的民族所不齿，只有那些政治的大流氓才奉为经典。为一切人类所深恶痛绝者，当然就可以得到日寇法西斯匪徒的尊崇。因此，日寇就不惜集污秽之大成，把历史上一切反革命份子对付革命义士的流氓手段，全部继承过来，并加以"发扬光大"，到处实行其恶辣非常的自首政策。特别自所谓"治安强化运动"以来，这种政策的推行更加积极。

综观日寇执行自首政策的方针，要之不外两端：一是利诱，一是威胁。不过其用心更险恶，手段更毒辣，确实值得我们深刻的注意。

在"利诱"方面：首先就是利用汉奸和叛徒和它们的亲戚的、乡土的、同学的、同事的、封建的、感情的种种关系，进行拉拢和勾引。其次就是用秘捕快放的方式，建立特务奸细，打入我党政军民各种组织中进行"内线活动"。再其次就是利用伪政权和伪保甲长，进行劝诱。再其次，利用伪情报员，书信往返，逐渐的勾引上钩。再其次对于被捕的抗日干部，款以美酒肥肉，许以高官厚禄，侍以美女歌姬，声色犬马，纸醉金迷，以逐渐消磨其志气，引诱其走上堕落失节之路，还有对被捕者，不谈政治，先进行欲情拉拢，或不加审讯，先进行奴化宣传，日久天长，使之不知不觉中丧失气节。最后，利用某些大叛徒，公开号召自首。

在"威胁"方面：首先就是用一切反革命的老办法，用非刑拷打，力逼投降。日寇军阀在"刑法"方面，是很有"创造"的，残酷无比的办法，统计起来，不下四五十种；其次，用"惩一戒百""杀此警彼"的办法，在被捕者面前，将坚决不屈者残酷杀害，以制造恐怖心理；再其次，逮捕家属使之召降其子弟或丈夫。再其次，杀害群众威胁干部；或杀害干部威胁群众；或威胁伪政权伪保甲长，使之逼迫群众；或威胁群众使之逼迫干部；再其次，调查清楚，指名威胁，扬言"我们明知道不抓，叫他自己来"，或造谣"名单在手，你们不投降不成"；再其次，悬赏捉拿；再其次，对被捕的妇女干部，先行强奸，逼其就范，最后，一打一拉，先硬后软，或先软后硬，利用汉奸份子伪装同情或严词恫吓。

所有这些，都是日寇进行其自首政策的阴谋手段。但日寇法西斯阴谋的毒辣还不止于此。它的自首政策不但施之于抗日的干部，并且正在对着我广大群众，扩大进行。

首先，它在进行扩大的宣传工作，提出"抗日者死，降日者生"，"优待自首份子"，"保护自首份子"种种下贱的口号，散发大量的"归顺证""回心票""和平建国参加证"，并大批的逮捕大批的强迫自首，强迫每个人承认自己是共产党员或干部，写"悔过书"，企图从思想上、政治上进行奴役和打击，摧毁我民族的自尊心，制造变节风气，以便于其血腥的统治。

其次，进行不断的造假欺骗，颠倒黑白，扩大它的"胜利"，制造悲观失望的情绪，企图动摇某些群众和干部的胜利信心，丧失他们坚持奋斗的决心，并和它的大烧大杀严刑峻法配合起来，企图造成某些群众和干部的恐怖心理而对它屈服。

第三，和他的特务工作密切配合，藉以进行内奸活动和挑拨阴谋，企图破坏我党政军民的巩固团结和各种组织，在群众面前丧失干部及政民团体的威信，使某些接敌区群众不信任干部，不掩护抗日工作人员。

总之，它不但对我们的干部而且对我们的群众大规模的进行自首政策，其目的不但要在政治上组织上破坏我们，而且还想造成它政治的优势，以达到其"治安肃正"的狂妄企图。日寇的手段是相当险恶的，它首先进行深入的调查研究，然后抓住某些弱点，乘虚而入；它对每个人的办法都是具体的，决不是老一套的公式。

这是对于我们民族最大的侮辱和破坏。全边区党政军民，一切民族的优秀儿女，必须以最大的仇恨给敌寇这一毒辣阴谋以迎头痛击！

我们民族自来是有高尚气节的民族。高风大节，自古已然，忠义正气四海同钦。我们民族的优秀儿女为人类与正义，粉身碎骨，万死不辞，历代相传，成为美谈；而那些临难变节，观颜事仇的民族败类，则人人指骂，遗臭万年。抗战四年余来，边区成千成万的党政军民各级干部和人民，或牺牲于战场，或尽瘁于工作，或在日寇汉奸的法庭上受尽严刑，折磨而死，或在刽子手的屠刀下慷慨高歌，从容就义，或拒绝了任何严刑峻法、高官厚禄、金钱美女的威胁利诱，矢忠民族国家和人民的利益，长困铁牢。这真正值得全边区人民向他们学习！我们必须高度的发扬这种高尚的民族气节和坚毅的革命精神，在广大群众中进行不屈不挠的气节教育，以澈底击破日寇卑污的自首政策。

除此以外，我们还必须在不少血的事件中，找出经验教训，以提高全体干部及人民的警惕！我们知道：某些份子自私自利，生活腐化，没有艰苦奋斗的革命精神，常常是日寇威胁利诱的可乘之机。某些份子政治上的落后和幼稚，对抗战形势缺乏深入的了解，往往在日寇的造谣欺骗中丧失抗战信心而走上动摇变节。另一些则经不起敌伪感情的拉拢和伪善的面孔而致失足。因此，反对敌寇的自首政策，必须加强革命理论和政治的学习，养成艰苦作风，坚定胜利信心。另一方面，个别干部的麻木不仁，对敌寇政治上的欺骗宣传熟视无睹，对混入组织的奸细活动不能及时发现，对民族叛徒缺乏正确的对策；而某些地方干部的被捕则往往是由于没有及时研究敌人的活动的规律，没有严格执行秘密工作纪律。因此，反对敌人的自首政策，还必须认真执行组织上的严密与荫蔽，提高警觉性，随时注意和粉碎日寇奸细的诱骗威胁。最后，为了粉碎日寇的绑架捉人，必须广泛的开展群众游击战争，给敌寇的"特务队"和威逼群众的活动以严厉打击。

（原载一九四二年二月三日《晋察冀日报》第一版社论）

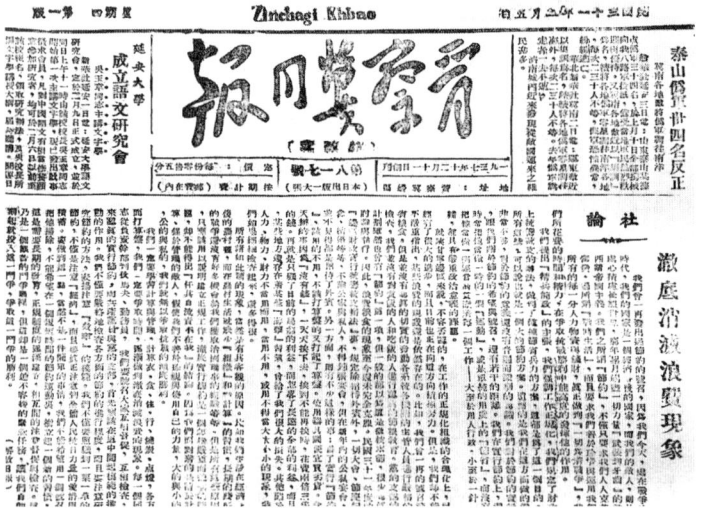

澈底消灭浪费现象

我们曾一再发出过节约的号召，因为我们今天，处在战争的时代，我们的国家是一个经济落后的国家，而我们的敌人，则是处心积虑征服世界，穷年累月竭尽一切力量"武装到牙齿"的法西斯帝国主义。我们之所谓"节约"，不仅只要求我们人人克苦奋发，过所谓"战时生活"，而且要求我们善于珍惜与运用我们所有的每一分人力物资与钱财，真正做到"一切为着战争"，我们所花费的时间和精力，在争取抗战胜利中能高度的发挥他的作用。

我们提出"精兵简政"的主张，我们强调工作正规化，我们规定了财政上统筹统支的办法，做到了种种节省兵力的方案，这都是为了这一个目的。所有这些，可以说也就是一个大的节约方案。遗憾的是我们在这方面做的还非常不够，对于节约的意义还没有普遍而深刻的认识。我们对于节约的实行，跟我们关于节约的希望与号召，还有若干的距离。我们在实行节约上，还时常把他当做一时的一个"运动"，或是单纯的用度上的"节省"，而没有把他当做一个经常的贯彻着每一个工作——大至于用人行政，小至于一针一线，都具有严重政治意义的课题。

就陕甘宁边区来说，不容否认的，在工作的正规化组织的合理化上，已经有了很大的进步，而且目前也正在向这方向积极努力。但是，我们却不能不严重指出，某些浪费的现象还是依然存在的。比如，我们曾一再的号召节省粮食，但是并没有认真的切实的发动各系统各机关的主管人员进行严格的检查，我们并没有对煮饭的人和吃饭的人进行认真的节粮教育。党的支部的计划虽然也曾有"节约"这一项，但一般的都以为这是微枝末节，很少认真讨论与执行。因此，浪费粮食的现象至今还未完全克服。民国三十一年度的"边区财政实行统筹统支办法"里，规定除招待外宾外，一切大会、节度纪念、结婚等等，不论公家与私人，不得铺张宴会，但在新年内的公私宴会，并不见得都是招待了外宾。另一方面，则有不少这样的事：为了实行"节约"，该用的不用，不该打算盘的又打起了算盘。使用器具图便宜买劣货。今天办的事因为"没有钱"，一天天挨下去，挨到不能再挨时，花费两倍三倍的钱。再就是只顾了目前的局部的利益，而忽略了长远的全部的利益，而且，某些地方还存在着某些"游击"习气，曾给了我们很大的损失。其他关于人力、物力、财力不当用而用，当用不用，或用不得当大大小小的现象，我们如果细细检查起来，还多得很。

所有诸如此类的现象，当然是有其客观的原因。比如我们生活在经济落后的农村里，而在农村生活就缺少"组织"和"计算"的习惯，长期的残酷的战争还没有好多机会给我们获取治国理事的经验等等。但是所有这些原因，只应该用以说明建立正规工作，澈底实行节约是一个怎样严重而迫切的课题，却不能得出"任其自流责不在我"的结论。因为我们面对着的是精于计算、强于管理的敌人，假使我们不善于珍视与使用自己的力量，大的与小的，公的与私的，我们就无以争取抗战的澈底胜利。

我们一定要学习计算与管理，计算衣、食、住、行、烧炭、点灯，各方面打算盘，我们一定要争取时间，逐渐做到澈底消灭浪费的现象。每一个同志从负责干部到伙马夫、勤务员，我们要号召大家互相督促，互相检查，来认真的实行节约，而共产党员与党的支部，首先应该在这中间起模范的推动的作用。我们不仅要严格地检查各方面的节约的进行程度，而且要注意研究节约的方法，表扬注意"效率"的模范。我们不仅要照顾到一粟一草的节约，不仅是要注意"经济"，而且要真正注意到全体人民抗日力量的爱惜与积蓄。要做到这一点，当然不是一件简单的事情，我们不能希望用一个号召把他扫除，不能希望在一个短短时间的节约运动里，树立起一个新的习惯，这是需要长期的教育，正规制度的逐渐建立，相互间的注意督促与检查。这乃是一个艰苦的斗争过程，但这却是一个迫不容缓的紧急任务，让我们自即刻起就投入这一斗争，争取这一斗争的胜利。

（《解放日报》）

（原载一九四二年二月五日《晋察冀日报》第一版社论）

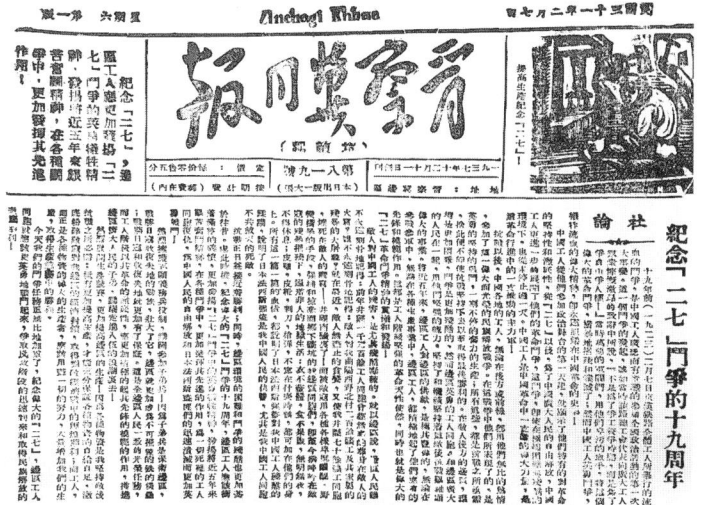

纪念"二七"斗争的十九周年

十九年前（一九二三）二月七日京汉铁路全体工人所举行的流血的斗争，是中国工人广泛而有意识的参加全国政治活动的第一次大事变。这一个斗争的发起，诚如当时该路总工会代表向广大工人群众慷慨激昂的致辞中所说，"不是为了争工资争时间，而是为了争自由争人权！"当时万恶的军阀们，用他们卑污的血手，将这个伟大的革命斗争，横暴地摧残和扑灭了；然而中国工人英勇斗争，牺牲流血的伟大精神，即永远照耀在中国革命的史篇！

中国工人从他们参加政治舞台的第一天起，就显示了他们特有的对革命的坚持性和澈底性，从"二七"以后，为了中国广大人民的自由解放，中国工人更进一步的展开了他们的革命斗争，这斗争，即使在极端困难与残酷的环境下，也从未停止过一天。中国工人是中国革命中一支的伟大力量，是这革命行进中的一支雄劲的主力军！

抗战以后，中国各地的工人，无论在后方或前线，都用他们无比的热情，参加了这一伟大而光荣的民族解放战争。在这战争中他们所表现了的，是英勇的坚持的战斗，一刻不停的奋力的生产；所有这些，都是抗战之所亟需，舍此便不能使抗战坚持下去以至取得最后胜利的。在敌人后方的边区，环境是更加困难，斗争是更加残酷的，然而边区英勇的工人同胞，和边区广大的人民在一起，用他们坚强的魄力，坚持了和继续坚持着这敌后抗战艰难而伟大的事业。将近五年来，边区工人对边区的供献，是极其丰伟的，无论在参战参军中，无论在各种生产事业中，边区工人，都积极地起了他们应有的先锋和模范作用。这都是工人阶级坚强的革命天性使然，同时也就是伟大的"二七"革命斗争精神的贯澈和发扬！

敌人对中国工人的残害，是尤其残酷毒辣的。就以边区说，边区人民谁不永远刻骨地记得：前年井陉一千二百余工人同胞曾经无辜的葬身在敌人的火窟？谁不永远刻骨地记得：敌人对我曲阳西野北村二百余矿工及其家属的残暴的大屠杀？就在最近，敌人无尽止的贪婪，又使我井陉七十余矿工同胞，烧死在敌人的魔窟——井陉南矿里了！而被敌寇用各种各样卑鄙龌龊，野蛮横暴的手段，强捕和掠夺而掷下矿坑的我边区同胞们，即至今犹呻吟在敌寇的残暴摧残下，过着非人的地狱生活：衣不蔽体，食不果腹，无明无夜，不得休息；皮鞭，皮靴，刺刀，枪弹，不定在什么时候，都可加在他们的身上。所有这一篇一篇的血债，都说明了日本法西斯强盗对我中国工人残酷的蹂躏，说明了日本法西斯强盗是我中国人民的仇雠，尤其是我中国工人同胞不共戴天的死敌。

抗战正日益接近着胜利；同时，边区环境的困难和斗争的残酷也更加甚于往昔。处此时机，纪念伟大的"二七"斗争的十九周年，边区工人应该衔着满腔的义愤，更加发扬"二七"斗争中的英勇牺牲精神，发扬将近五年来艰苦奋斗精神，在各种斗争中，更加发挥其先进的作用，为一切死难的工人同胞复仇，为中国人民的自由解放和日本法西斯盗匪们的迅速溃灭而更加英勇战斗！

热烈拥护志愿义务兵役制，踊跃参加子弟兵！因为子弟兵是保卫边区，战胜日寇收复失地的劲旅，壮大了它，边区就更加成为不可摧毁的铁的堡垒，战胜日寇和收复失地就更加有了保证。这是全边区人民一致的光荣任务，而工人阶级以其革命的澈底性，应更加积极的起其先锋的模范的作用，推进边区广大人民的子弟，踊跃走进入伍的浪潮里去！

热烈展开生产竞赛，更加提高边区的生产！因为各种物资是我坚持敌后抗战之所必需；只有更加提高生产，才能充分保证各种物资的自给自足，澈底粉碎敌寇对我边区的经济封锁，取得对敌经济战中的辉煌胜利；而工人，则正是各种物资的伟大的生产者，应该用尽一切的努力，大量增加我们的生产，取得生产竞赛中的胜利。

今天我们的斗争任务正无比地加重了，纪念伟大的"二七"，边区工人同胞就应该英勇地战斗起来，争取反攻阶段的迅速到来和取得民族解放的澈底胜利！

（原载一九四二年二月七日《晋察冀日报》第一版社论）

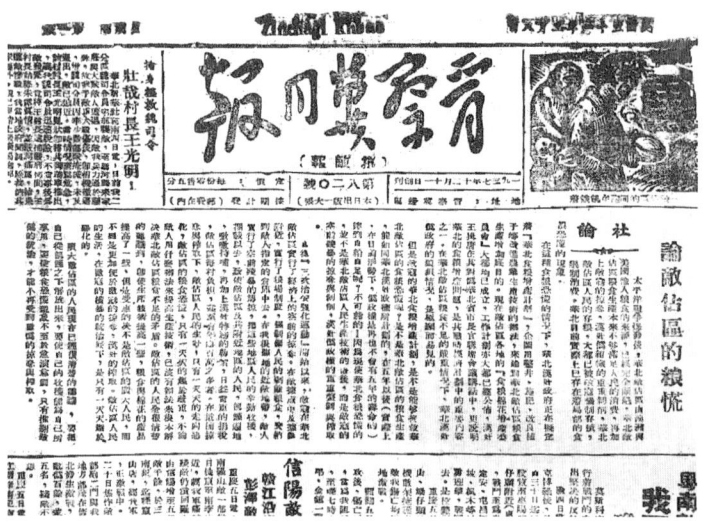

论敌占区的粮荒

太平洋战争爆发后，华北敌占区由澳洲与美国输入粮食的来源，已经完全断绝，华北敌占区粮食生产本来不够满足人民的消费，再加上敌寇的掠夺，汉奸伪组织的重重剥削，华北敌占区人民的存粮，大都已被敌寇强制存积，限制消费。华北目前实际上已存在着局部的食粮恐慌的现象。

在这种食粮恐慌的情况下，华北汉奸政府正在拟定着"华北食粮增产计划"，企图用盘井、施肥、改良种子等改进农业生产技术的办法，来达到华北敌占区粮食生产增加底目的。现在敌占区各地的"食粮棉花增产委员会"大部均已成立，工作计划亦大都已经公布，汉奸王揖唐在其对伪华北省市长官联席会议讲话中，更说明华北的食粮增产问题，是其战时经济计划中的重要内容之一。在华北敌占区粮食不足的严重情况下，华北汉奸伪政府的狼狈情况，是极显而易见的。

但是敌寇的华北食粮增产计划，是不是能够挽救华北敌占区的食粮恐慌呢？是不是华北敌占区的粮食生产，能如同华北汉奸政权所计划的，在五年以后（实际上，在目前形势下，伪政权是再也不会有五年的寿命的）达到自给自足呢？不可能的！因为现使华北食粮恐慌的，并不是华北敌占区人民生产技术的落后，而是敌寇的空前残暴的掠夺与剥削，汉奸伪政权的重重盘剥与榨取。

自从"三次治安强化运动"开始以来，敌寇在华北敌占区实行了经济上的空前的掠夺。在敌据点中及据点附近，实行了粮场制度，强制把人民的剩余粮食，交纳到敌人指定的仓库中去。在我根据地的近敌地带，敌人实行了空前残暴的劫掠，把这些地区人民的辛勤收获，捆载以去，致使敌占区及其附近地区的人民，饥饿遍地，嗷嗷待哺，再加上汉奸特务的勒索，日益苛重的捐税，敌占区每村负担，甚至有年达百万之多者。在这种掠夺与榨取下，敌占区人民的生计，只有一天天的走向恶化，敌占区的粮食恐慌，只有一天天的趋于严重，不论敌人用什么办法来提高生产技术，已没有办法来根本解决华北敌占区粮食不足的矛盾。敌占区的人民全很清楚的认识到，即使生产技术提高一些，粮食与棉花的产品提高了一些，但是受惠的决不是敌占区的广大人民，而不过是更加便于敌寇的掠夺，汉奸的榨取。敌占区人民的生活，在敌寇的横暴的统治底下，是只有一天天趋于恶化的。

广大敌占区的人民现在已经很清楚的认识，要把自己从饥饿之下解放出来，要使自己的收获能为自己所享用，要使粮食恐慌现象不至于愈演愈剧，只有推翻敌伪的统治，才能不再受到敌伪的掠夺与榨取。

（原载一九四二年二月八日《晋察冀日报》第一版社论）

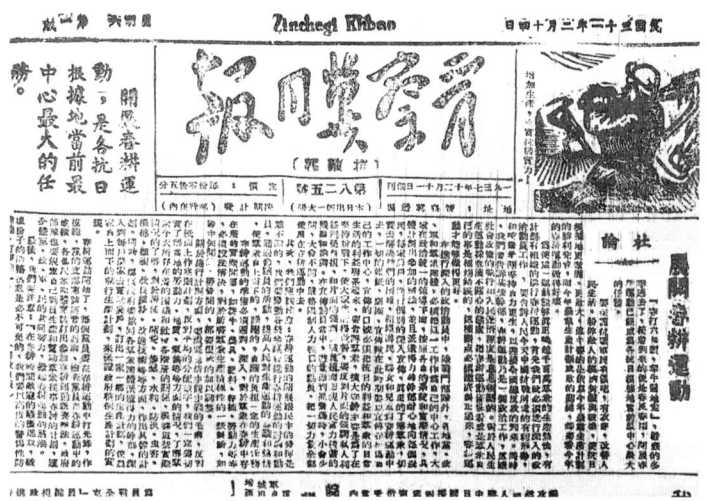

展开春耕运动

"春打六九头,犁牛田地走",严寒的冬季过去了,接着到来的便是春风春雨,开展春耕运动已经成为各抗日根据地当前最中心最大的任务。

要保证抗战军民有饭吃,有衣穿,改善人民生活,粉碎敌人的经济封锁与破坏,使抗日根据地更巩固、更壮大,这主要的是依靠今年农业生产计划的胜利完成,而今年农业生产计划成败的关键,却要看今年的春耕运动做得好坏。

为使这一运动能够真正唤起千百万群众的生产热忱,有计划有组织的进行春耕运动,首先我们就必须进行深入的政治动员工作,要告诉人民今天中国抗战所处的有利形势,和咬紧牙关坚持自力更生,以迎接全国总反攻的到来。

同时，我们要告诉某些干部，春耕运动乃是一个政治工作，这跟社会政策的执行和人民觉悟程度是息息相关的。对于人民生产运动采取漠不关心的态度，把春耕运动仅仅看成是群众自己的事是极端错误的，这种观点必须澈底纠正过来，春耕运动才能够做得更好。

在进行深入的政治动员中，除战斗部队外，各地党、政、军和群众团体，必须把这一工作作为自己的中心工作，大家在政治统一的领导下面，按照各自的系统和实际情况，具体计划出参加的办法，并且派遣得力的干部耐心地向每个农民，每家农户，进行个别的深入宣传，真正的了解群众，切实去解决他们的困难，组织游民、妇女和儿童到春耕运动中去，一切的报纸、剧团、宣传队在此时期要以宣传春耕为自己的工作中心，宣传的口号必须把抗日的利益和群众的日常生活的利益联系起来，要告诉群众，扩大春耕主要是为了在坚持抗战下，使大家生活得改善，要反对片面的强调私人利益避免负担和片面的强调抗战而忽视人民富力积蓄的观点和论调。在宣传动员当中，尽量做到抓紧农时，小会少开，大会不开，严格限制人力牲口的动员，把一切力量全部使用在春耕运动中去。

其次，我们应该注意：春耕运动的开展跟民主的发挥是离不开的，我们要发动各级参议会进行春耕运动的讨论和动员，通过参议员的活动，提高人民对生产运动的认识和热情，使群众自上而下的，踊跃的，自愿的负担一定的生产任务。

春耕运动的准备必须周到、深入，对于群众在春耕中存在着的实际问题，如耕牛、农具、肥料、籽种、劳动力等等，必须设法解决，对于妨碍群众生产积极性的一些纠纷，如地主佃间的、劳资间的，都要很快的加以调整。

关于施行计划方面，要澈底认清主观主义的毛病，反对在纸面上作空头计划，反对平均的分配数字，我们一定要切实了解当地的劳动力、地质、气候等等方面的情况，了解群众今天所存在着的困难和社会各阶层的关系，根据这些实际情况的了解，对于耕种、开荒、修滩、水利、防洪、虫害、种棉、植树、改良种籽、改进技术等等方面，作出具体的计划。同时，乡区政府要协同各群众团体派遣得力的干部，深入到每户农家去帮助农户，订出一家一乡的生产计划，使农家自上而下的执行生产计划，来保证政府整个生产计划的实现。

春耕运动开始了，每个党员要在春耕运动中打先锋，作模范，党的支部应该经常的讨论、检查党员在春耕运动中的成绩，各个民众团体应该订出参加春耕运动竞赛办法，政府部队也要规定自己动员生产和帮助群众从事春耕的计划，让全体党、政、军、民的共同努力，掀起春耕运动的热潮。

最后，我们要注意："在春耕时间敌寇的骚扰进攻，破坏份子的造谣捣乱是必不可免的，我们要以高度的警惕性防备他、打击他"。(《解放日报》)

（原载一九四二年二月十四日《晋察冀日报》第一版社论）

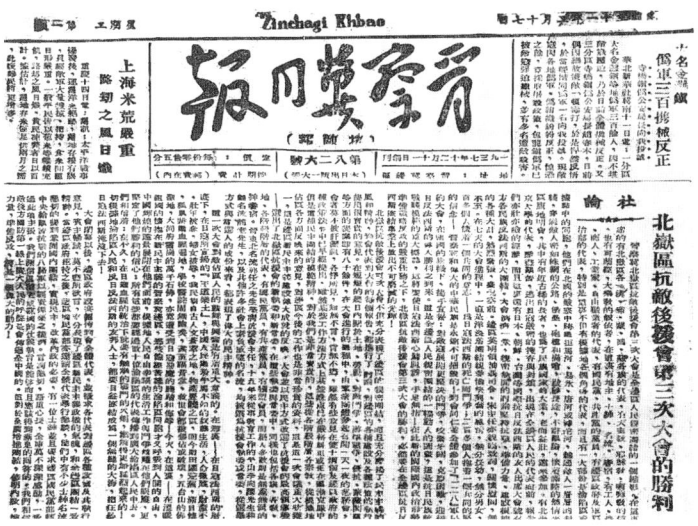

北岳区抗敌后援会第三次大会的胜利

晋察冀北岳区抗敌后援会第三次大会是全边区人民亲密团结的一个缩影。在这里出席的有北岳区各地汉、满、蒙、回、藏各族的代表,有天主教、耶稣教、喇嘛教的信徒,也有可兰经、大乘教的依者,在这里有地主、士绅、名流、耆宿,有工人、农民、商人、工业家、自由职业者的代表,有国民党、共产党的党员,有边区政府及军区政治部的代表,特别是这里不但有根据地各个角落的代表,而且有一大部分是沦陷区或敌据点中的同胞,他们在北国的严寒中跨过拒马河、易水、唐河或滹沱河,越过敌人一层层的封锁线,穿过敌人密如蛛网的公路、堡垒、炮楼和岗哨,跋涉长途,不辞艰险,怀着满腔的热情来边区腹地开会,其中有年近古稀的长者,也为了民族国家的大业,老而益壮,远来参加。有北平燕京大学的代表,历尽艰苦,逃出日寇严密的搜查与封锁,出现在全边区人民的代表面前,报告他们亦壮亦险的经历,而且这里还有日本、朝鲜、台湾等国际抗日反法西斯的友人出席大会号召东方各民族反法西斯的大团结。大会济济一堂,亲密无间的讨论坚持抗战、准备力量、建设根据地的各种大计,热烈紧张,盛况空前。边区英明领袖聂司令、宋主任亦亲临致词,关怀慰问,无所不至。在七年的大会进程中,一直是洋溢着团结亲爱愉快兴奋的感情,无分长幼,无分男女,二百多个人怀着一个共同的意志——为日寇法西斯的死亡而斗争;二百多个人抱着一个共同的坚定的信念——晋察冀和伟大的中华民族是永远不可摧毁的!到会同仁并全体参加了"一二八"军民誓约大会,在祖国的旗帜下,携手宣誓:对敌寇展开更坚决的斗争,咬紧牙关,克服困难,迎接抗日反法西斯的伟大胜利之到来。这是全边区人民亲密团结的一幅动人的图画,这是抗日民族统一战线模范的重大标志,这将要使日寇法西斯心惊胆震,手足无措!在此新的国际国内政治形势及准备战略反攻的严重任务之下,北岳区抗战后援会第三次大会的胜利,必然要在全边区抗日反法西斯团结事业上放出不可磨灭的光辉!

北岳区抗敌后援会□次大会不但充分表现了边区的亲密团结,而且充分发扬了民主主义的作风和精神,到会代表对大会的每个报告,都进行了讨论,对边区的各种建设及各种政策的执行都提出很宝贵的意见。在短短的几日内关于土地、劳动、对敌斗争、游击战争、优抗、蒙蔽等等方面的提案即有八十余件,在大会进行的过程中,由群众团体发起召开一天一夜的恳谈会,到会者莫不披肝沥胆,各抒所见,知无不言,言无不尽,虽然有些意见在双十纲领及边区政府的各种政策法令中已早经提出。虽然某些工作方法方式上某些缺点已在严格纠正或正在逐渐克服中,但是这种民主团结的模范精神,对于我们是非常宝贵的,这些从各阶级阶层各宗教,从根据地敌占区各方面反映来的意见,对边区今后的工作也是非常珍贵的资料，这是这一次会议重大收获之一，这是边区新民主主义建设伟大成就的反映。大会并以民主方式改选了抗援会的最高领导机关——选出了北岳区抗援会的新执委和新常委，在这些执委与常委中，同样也包括各族、各教、各地、各阶级阶层的代表，有国民党员，有共产党员，有牺盟会员，而绝大多数则是无党无派的士绅耆宿。晋东北名流郭任之先生荣膺抗援会主任，十五年来从事教育工作的平山李向□先生和唐县名流赵老先生，以及其他许多社会上素负威望的名流，均被选为抗援会执委或常委，从选举的方式与当选人的成份来看，都表现了伟大的民主精神。

这一次大会对敌占区人民的鼓舞与兴奋是有着重大意义的。在那里——在日寇法西斯的屠刀底下，在日寇所宣扬的"王道乐土"，中国人民过着牛马不如的奴隶生活，人命微贱，财产不保，壮年被夺，妇女被辱，我民族自古人文荟萃之地，物产丰饶之区，而今则田园荒芜，满目凄凉，狐鼠跳梁血腥遍地，学校医院固无论矣，甚至福音堂、救世会都被强占或破坏，五台山的佛教圣地，大同府云岗的万千石佛，亦竟遭受到日寇恶魔的践踏和侮辱！今天，在这里——在温暖的祖国的怀抱在新民主主义的晋察冀边区，那些饱经苦难的沦陷区同胞才又呼吸到人间的自由，新中国辉煌的远景展开在他们面前，根据地人民自由幸福的生活工作与斗争炫耀在他们眼里，更加坚定了他们胜利的信心：所有这些都要经过数十位沦陷区的代表传播到广大沦陷区人民中去。我们相信着：在不久，在日寇血腥的统治下就要有熊熊的战斗的火焰，燃烧得更加猛烈起来的！一切根据地沦陷区人民和反日反法西斯的友邦人士，都要日益团结成为一个无缝的大海，把狂暴的日寇法西斯淹没下去！

大会闭幕以后，边区政府设宴招待到会全体代表，并征求各代表对边区各种政策及其执行的意见，实主畅谈，莫不尽所欲言，充分表现了边区新民主主义政权的气魄，和全边区团结一致的精神。当边区政府招待之后，边区国民党部亦邀请全体代表举行恳谈，他们中有不少士绅名流曾恳切的提到巩固国内团结，实现民主，改革内政的必要，有一位士绅并且要求边区国民党部转请中央给艰苦抗战的八路军以经费弹药之接济。言词恳切，语重心长，全座莫不深深感动，一致通过此项主张。我们深信这种老成谋国的仗义执言是能够而且应该得到满足的回答的，我们相信在敌后方国防第一线上广大人民的呼声是会传遍全中国的。这对于全国增进团结，修明内政，准备力量，准备反攻，将是一个伟大的动力！

（原载一九四二年二月十七日《晋察冀日报》第一版社论）

宣布党八股的死刑

国际国内形势的演变,要求我们准备力量去迎接新的战斗任务,我们的队伍必须更健壮,更富于生命力,更充满战斗的精神,我们血液中的残余病菌必须加以肃清,党的领袖毛泽东同志给我们这伟大的有机体注射了三针清血剂:一针是肃清主观主义的残余;一针是肃清宗派主义的残余;前日在中共中央宣传部召集的干部会议上,他历述了党八股的八大罪状,宣布了党八股的死刑,这就是第三针,肃清党八股的残余。

党八股的主观主义、宗派主义是同胎出世的三弟兄,它们是血肉相联生死与共的。所以要肃清主观主义和宗派主义的表现形式,主观主义和宗派主义的旋律奏出来的必然是党八股的调头，党八股又是主观主义和宗派主义的排泄物，党八股里面所隐藏的都是主观主义和宗派主义的秽物。因此，对于党八股的打击，必然也是向主观主义和宗派主义开火。

党八股有三个主要的特点：一是"空话连篇，言之无物"，二是"无的放矢，不看对象"，三是"语言无味，像个瘪三"，这是毛泽东同志所宣布的八大罪状中的三条。这些特点，都是从主观主义和宗派主义的根源上生长出来的。主观主义就是脱离实际，而以书本的智识和个人的空想为满足；宗派主义就是脱离集体脱离群众，而以个人的自高自大为满足，生活中的新现象新事物是看不见的，感觉不到的，这些都是无生命的死的东西。因此，党八股也决不能有革命的生气和朝气，而只能发出像死人身上那样的腐臭的气味。

党八股的害处不必多说，毛泽东同志称之谓"不负责任，到处害人"，"流毒全党，妨害革命"，"传播出去祸国殃民"。显然，党八股到那里，主观主义和教条主义的病菌也就□□到那里。党的正确的政策遇见党八股，就要变成废纸；群众遇见党八股，就要掩耳而过；而革命的事业也就不能不遭受极大的损害了。

可惜在我们的实际生活中，在我们的宣传中，党八股不仅在过去是到处可见，谈论皆是；就在今天，虽然党八股已经不是统治力量了，但它的尾巴还是到处可以看到。满口术语和名词，而毫无实际内容的话；满篇一二三四，而并不提出任何问题的文章，是不是到处都可碰到呢？！

澈底废除党八股残余的最好办法，就是建立正确的宣传工作的作风。必须认清：一字不改的背诵党的决议并不叫做宣传，正像引证书上的成语并不叫做理论一样。宣传是一种创造的活动，宣传的目的是依照具体情况，采取一定的办法，把群众引到革命的路线上来，把党的决议变成群众的决议，是必须经过许多曲折迂回的步骤，而不是直接了当把党的决议拿给群众。马克思、恩格斯、列宁、斯大林、毛泽东都给我们的宣传员立下了光辉的榜样。

正确的宣传必须要提出问题，解决问题，决不能无的放矢，而要把党的路线和政策当成矢正正射在群众今天的需要上。要发现矛盾，以马列主义的精神分析矛盾，求得解决矛盾的方法。党中央所规定的调查研究的方针，在这里是大有用处的。解决问题要看对象，各种对象有其不同的问题和不同的解决办法。因此，必需了解对象，熟悉他们的情况，觉察到他们的脉搏。这就是说，必须和对象经常保持密切的联系，同时还要用他们所喜闻乐见的语言来和他们说话。列宁关于自己的宣传经验曾说到："当我作为一个演说者出现时，与其说我是永远想到听众，不如说是永远想到工农。我要叫他们了解我的话，一个共产党员，无论在什么地方讲话，都必须想到群众，必须为他们说话"。这个指示，每个宣传员都要牢牢记在心里。

正确的宣传，结果是提高群众的革命情绪，鼓起他们的战斗精神，苏联的年老工人们回忆到列宁的宣传，说"列宁的话使我们鼓舞，使我们激发，畏惧失去了，疲倦消除了。这似乎不只是列宁的声音，□□是四千个坐着的、站着的、蹲在屋顶上的工人的呼声，一种表现他们内心幻想的呼声"。这样的结果，是我们的每个宣传员都要追求的。

肃清党八股的残余，是全党的任务，每个党员都应当同时是宣传员。在宣传之后，才能有组织，才能把群众引入战斗中来。不仅是宣传部门的工作才是宣传工作，而随时随地与群众接触，都有宣传的意□□党八股□□的肃清，必可大大增加我们的力量，□□党和群众的联系，并且促进中华民族解放事业的□□。

（《解放日报》）

（原载一九四二年二月十八日《晋察冀日报》第一版社论）

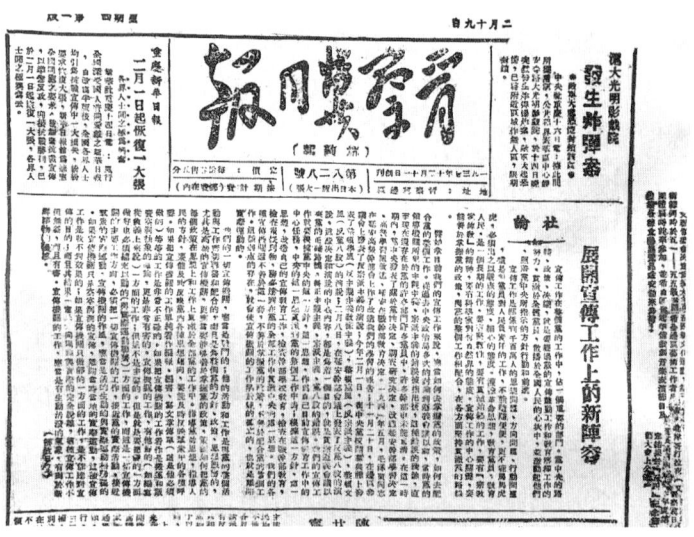

展开宣传工作上的新阵容

　　宣传工作在整个党的工作中,占一个重要的部门。党中央的路线、政策、决议,就是要经过党的宣传鼓励工作和教育解释工作的努力,贯澈于全体党员,散播于全国人民的心坎中,并激动起他们,照着党中央所指示的方针行动和前进。

　　宣传工作是关系到千百万人的思想问题、方向问题、行动问题,这是对党员对人民负责任的工作,不能随随便便,更不能马马虎虎,必须出之以严肃的态度、细心的态度。灌溉革命思想,教育党员,教育人民,是一个长期的工作,要有坚韧性,要有贯澈始终的工作,要有"宗教家传教"的精神,要有科学家对付自然界的态度。宣传工作的中心关键，要能善于掌握党的政策，与党的整个工作相配合，在各方面坚持贯彻党的路线。

譬如拿目前我们的宣传工作来说，应当如何去掌握党的政策，如何去配合党的整个工作。从过去中央政治局多次的讨论到遵义会议以前，当时党的领导机关所犯的主观主义、宗派主义的错误被指出后，这种错误的残余，直至现在还存在于党的许多部门许多党员中、许多干部中未能肃清。在这一时期内，党中央发表了关于党性决定、调查研究决定、改造延安干部学习决定、高级学习组改造、延安在职干部教育决定。一九四一年五月，毛泽东同志在延安高级干部会上作了改造我们的学习的报告；十一月二十日，在边区参议会上发表了反宗派主义的演说；今年二月一日，在中央党校开幕典礼上发表了整顿学风（反主观主义教条主义），整顿党风（反宗派主义），整顿文风（反党八股）的演说；二月八日，在延安干部会议上发表了反党八股的演说，这些决定和演说的中心内容，都是为着一个目的，就是贯彻遵义会议以来党的正确路线，纠正主观主义、宗派主义、党八股的错误。我们的宣传工作就要根据党中央的这一方针，这一思想，作为自己目前宣传教育工作中的中心任务，中央的这一思想贯彻到党的整个工作中去；根据这一方针、这一思想，改造自己的宣传教育工作，检查干部学校教育，检查在职干部教育，检查报纸刊物，务必达到在党的全部工作中贯彻中央的这一思想。我们的各种宣传机关还不善于这一套，不善于掌握党的政策，不善于配合党的整个工作。这个弱点的存在，就会使宣传机关的工作陷于静的孤立的，也就是离开实际运动的。

我们的一切宣传机关，应当是战斗的；他的活动和工作是与党的整个活动与工作密切联系和配合的，而且是为整个党的方针、政策、思想服务的，尤其是高级的宣传机关，更应当要能够善于掌握党的政策，策划如何把党的每个政策在思想上和工作上贯彻于全部党的工作中。指导党的思想，指导人民的方针，要能及时反映党内各种思想趋向，要能及时反映群众中的各种呼声。如果把宣传机关的工作单纯看作编报、编书、写文章传单（这是他必须做的）等等的工作是非常不正确的。如果把宣传机关的工作看作是搬运和贩卖空洞抽象的理论，更是非常有害的。宣传机关的工作，有他静的（如编写为从狭义上来说）一方面的工作；但这不是主要的。但是就是要把静的一方面做好也必须补充以动的（与实际运动联系）一方面的工作，而这是一切宣传机关的主要工作方面，必须把一切宣传机关的工作，接近党的实际活动，接近群众的实际运动，宣传机关的作风，应当是活的生动的与实际运动相联系的。如果宣传机关只是空空洞洞的宣传，离开当时当地的实际运动，这种宣传工作是收不到效果的；如果宣传机关只做静的一方面的工作，是不能达到宣传的目的；而且其结果一定是□向理论与实际的完全脱离，这种宣传工作不但无益，而且有害。宣传机关的工作，应当是有生动活泼的气象，有对于新鲜事物的□感。

（《解放日报》）

（原载一九四二年二月十九日《晋察冀日报》第一版社论）

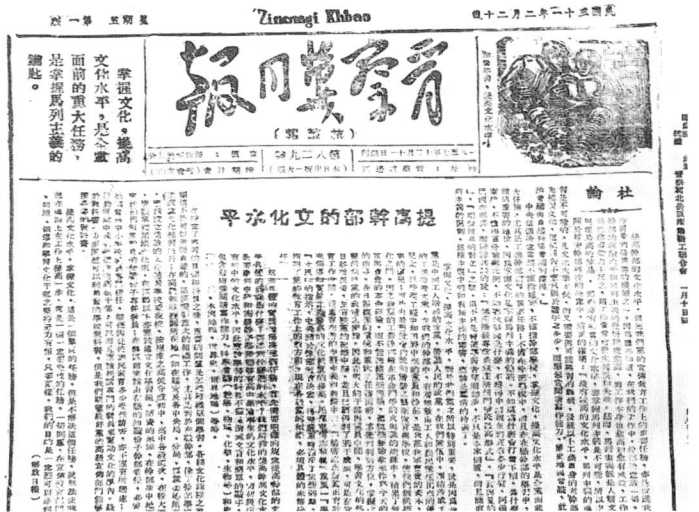

提高干部的文化水平

  提高干部的文化水平，这是我们党的宣传教育工作上的重要任务，亦是改进我们工作质量的最重要的环节之一。因为谁都知道，在我们的工作中，干部决定着一切，而且干部的政治水平和马列主义的觉悟程度愈高，则工作本身也愈高和愈有成效，工作的结果也愈有效力；反之，则工作常常会发生延误和失败。然而，马列主义既是人类文化发展底最高的结晶，那么没有相当的文化水准，要掌握马列主义是不可能，所以中央在关于延安干部学校的决定中，着重的指明："没有较高的文化水平，马列主义的理论学习是不可能的。凡文化水准太低，而又需要与可能学习的县级、营级以上工农出生的老干部，应先补习文化，这种补习不应只限于识字之多少,而应包含阅读写作能力、历史地理常识、社会政治常识与自然科学常识的获得。"

中央这个决定当然不仅指延安,不仅指干部学校,掌握文化,提高文化水平是全党面前的重大任务,尤其是工农干部面前的重要任务;不仅在干部学校中,而且在在职干部的学习中,都应该占重要的地位,因为掌握文化是掌握马列主义的钥匙。不知道为什么会打雷下雨,为什么会开窗户,不懂得百分数与比例,不知春秋战国是什么,不晓得中国现在到底有多少行省,阿根庭与巴西在那里,而夸夸其谈的说:"无产阶级专政是无产阶级斗争底最高形式","质与量的关系","两个世界的对立"之类,这不只是会使学习者望而却步,不只是本末倒置,而且简直是马列主义的讽刺,这种主观主义和教条主义的毒害,应该是认清的时候了。

掌握文化,提高文化水平,对于我们党之所以特别重要,就是因为我们的党是中国工人阶级的政党,劳动人民的政党。在我们队伍中,团结着成千成万的工农劳苦大众,在我们的干部中,有着无数由工人和农民队伍出来的优秀的儿女,这些从工厂中和田野中来的党员和干部,是我党我军宝贵的资本,是民族的宠儿;可是由于旧社会的统制阶级之垄断教育与学校,使他们无从接近文化之门,因之我党的工农干部虽在革命斗争的火与铁的锻炼中,积累了无限丰富与宝贵的革命经验,而不能总结这些经验,把这些经验拿来作为今天的行动的指导,在日益复杂的环境和重大的任务面前,感觉到判别方位、掌握政策、灵活执行党的政策之困难。因此在广大的干部与党员中间,学习文化的热忱在日益增长着,在有些党的组织中间,并且已经得到了若干成绩,可是在宣传教育工作中间,严重存在着的主观主义和教条主义妨害阻止着真正有计划的来领导和帮助工农干部的文化程度的提高。毛泽东同志整顿"党风""学风""文风"的指示,中央关于干部教育决定,已经严重的指斥了这些弱点,并且指明了党的教育工作上的新方向,现在各级党的组织,必须具体的来解决这个任务。

为着具体的实践地解决这个任务，首先需要明确的规定提高干部的文化水平具体的涵义是什么？要达到什么样的水平？我们所指的提高干部文化水平，是要达到中级和高级干部都要能够有高中毕业学生的文化水平，而初级亦必须有初中的文化水平，因此应该学习的科目不仅是消灭文盲和简单的识字，而是包含着培养阅读写作能力、科学常识（数学、物理、化学、生物等）和史地常识（本国地理，世界史、世界地理）等等。

在确定了学习的目标和科目之后，重要的问题是怎样组织这个学习。各种文化课程之学习，显然不是可以无师自通的，这里需要重大的组织工作，尤其是对于在职干部，除了干部学校中必须设立文化补习班外，在高级领导机关所在地（如在延安及各中央局、分局、区党委等所在地），应该设立业余的文化补习学校或夜校，按程度之高低分段初中、高中各级班次，在较大机关中，应该单独组织文化班，在区级以下亦应该建立文化学习组。师资的来源，在干部集中地区，则应该拍出相当数目的知识份子专任教员；在县区则应该由在职的知识份子干部兼任，必要时甚至抽调当地中小学校教员专门担任，即便因此使国民教育多少受些妨害，亦不应有所顾虑；在独立行动部队中或高级机关的高级干部，可以而且应该延请专门的教员来帮助文化的学习。最后，关于教科书一方面固然可以利用旧的学校教科书，但是我们期望最好党的高级宣传部门能够编印各种必要的教科书。

提高文化水平，掌握文化，这是一个艰巨的任务，但是不解决这个任务，就无法使我们的干部在理论上在工作上提高一步，这是一个一定要完成的任务。一切问题，在宣传教育部门的计划、组织、领导和学习文化干部之坚持努力有恒，只要这样，我们的目的是一定烈可以达到的！（《解放日报》）

（原载一九四二年二月二十日《晋察冀日报》第一版社论）

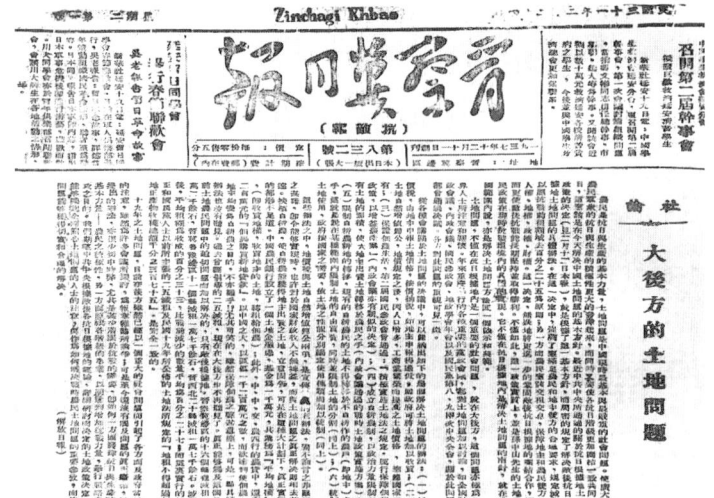

大后方的土地问题

农民是抗日与生产的基本力量，土地问题是中国现时最基本与最严重的社会问题。使广大的农民群众的抗日与生产的积极性更大的发挥起来，而同时又要使各抗日阶级更加团结一致共同抗日，这应该是在今天解决中国土地问题的基本方针。最近中共中央所通过的关于抗日根据地土地政策的决定（见二月十二日本报），就是根据了这一基本方针，而周密的规定了解决敌后抗日根据地土地问题的具体办法。在这一决定中，强调了应满足农民和地主双方的合理要求，规定减租以照抗战前租额减去百分之二十五为原则；另一方面农民应该交租交息，保障地主和农民双方的人权、地权、政权、财权。这一决定，无疑地将更进一步的巩固敌后抗日根据地的团结合作，因而更使敌后抗战能长期坚持并取得胜利。不仅如此，这一政策实质上，并是孙中山先生的土地农民政策在现时抗战环境内的具体的实现。它不仅在抗日根据地内是解决土地问题的南针，就在全国范围内说，亦是解决土地问题方法底一个启示和典范。

土地问题，不仅在抗日根据地内是一个重要的社会问题，就在大后方，这个问题亦极为各界人士所注意和关怀。年来重庆举行的各种重要的党政会议，都对土地问题加以讨论，如全国财政会议、内政会议、国民参政会、地政学会年会以及国民党第八，九两次中央全会，关于此问题都曾通过决议。各方对此问题的重视可见一斑。

从各种会议关于土地问题的决议中，可以归纳出如下的几个解决土地问题的办法：（一）地价税，由地主申报土地价格，按价抽税，如地主申报得过低，则政府可将土地加以收买；（二）土地自然增值归公，地价规定之后，因人口增多，工商业繁荣而提高之土地价格，应归国家所有；（三）保证佃农生活，第二届国民参政会曾通过："积极实施土地法之规定，厉行保障佃农政策，以增益农产案"（内政会议亦有类似的决定）；（四）成立自耕农制，以政治力量限制私有土地的面积，使大地主出卖土地转移于农民之手（内政会议通过的战时土地政策实施方案）；（五）限制自耕农耕地的转移，现有的自耕农民的土地不得转移于不自耕作的农户（即地主）之手，这就是说在某种范围内限制土地的自由买卖，同时并限制土地的分割（同上）；（六）统制土地使用，政府按国家之需要，依土地之性能分别编定使用种类而加以统制（同上）。

这些办法之中，地价税与土地自然增值归公两项，是宣传□□的老办法，固不论言之非艰行之甚难，即令能够实现时，也许对于国家财政收入不无裨益，而与土地问题之真正解决则相去甚远。扶植自耕农，使自耕农能获得地主出卖之土地，立意固善，可是在这种大计划下，真正实行的都渺不足道。中国农民银行建设了一个土地金融处，基金为一千万元，其业务为"平均地权",（即收买地权，收买地主的土地，转租给佃农）；此外，中、中、交、农四行的农贷中，还有二百万元的"佃农购买耕地贷款"。以中国之大，以区区一千二百万元之数，而欲达到使佃农、地主均变为自耕农之目的，不亦难乎？！尤其可笑的，虽然保障佃农之声甚嚣尘上，可是一点具体办法也没有听见。过去曾经倡导的二五减租，现在在大后方也不再听见了。真正能够触及这个目前土地农民问题中的迫切问题而加以解决的，只有敌后根据地。晋察冀边区的十六个县里减租一万二千余石，晋冀鲁豫边区十一个县减租一万七千余石，晋西北二十县减租一万七千余石。减租后，平均租额为收成的百分之三十三，比战前减少的数量平均为百分之二十七；而这里实行的却正和国民党人士以前所主张的二五减租及民国十九年所公布的土地法所规定的"地租不得超过耕地正产物收获总额千分之三百七十五"，是完全一致的。

十九年之土地问题，目前在后方虽然已经以一个重大的社会问题而引起了各方面及政府当局的注意，虽然为许多会议所探讨，为报章杂志所论争；可是至今还没有触及问题的真正疗□，所提出的办法，亦很少切中时弊，尤其是甚少着眼于抗战的需要，即如何一方面发挥抗日与生产的基本力量——农民之积极性，另一方面照顾各阶级的事业，以期达到增加抗战力量，举行战略反攻之目的。我们期望中共中央根据敌后抗日根据地的经验，详细研讨而决定的土地政策决定，能够唤起全国关心土地问题的人士的注意，与作为如何解决战时农民土地问题的重要参考，而使问题能够获得切实和合理的解决。

(《解放日报》)

(原载一九四二年二月二十四日《晋察冀日报》第一版社论)

太平洋战争与全民动员

　　日寇所以能在西南太平洋获得胜利,除了同盟国方面军事上准备不足以外,南洋各地人民尚未动员和武装起来,亦是一个重要的原因。现在荷印、缅甸激战方殷,澳洲、印度亦告危殆,而英美远道增援尤在困难,尚不能满足战争的需要。如荷印所得美国飞机不过该地当局所要求的三分之一,英国援军绕道好望角东来亦颇费时日。因此,保卫南洋和印度洋半壁江山以为同盟国反攻的基础,不仅要依靠英美的源源增援,而且还要多多依靠土著人民的动员武装,以配合英美海空军的作战。

　　现在这里检讨一下,二月余以来太平洋战争中许多惨痛的教训和宝贵的经验,也许是有益处的。

马来亚在英国统治之下已百余年，然而在马来半岛北部作战时，英澳军感人地生疏，而日寇则熟悉每一角落，包抄侧击，运动自如。为什么会有这样奇特的现象？英美通讯社皆归咎于敌人第五纵队的活动。可是第五纵队为什么能够找到藏身之所，进行它的活动？这不能不说是由于当地人民缺乏组织，他们对敌人的仇恨尚未唤起，因此他们的力量无从发挥。反观在苏德战场上，纳粹第五纵队无所施其技；在华北各战场上，消息被封锁，交通被断绝，孤立无助，陷于四面楚歌的困境者，不是我军，而是敌寇。这和马来亚战场截然不同，而其所以不同者，亦由于人民之有无组织而已。

英国方面的弱点，美国和荷印当局亦未尝没有。仅举一例言之，在菲律宾的吕宋之北部，在荷印苏门答腊岛的两端，日寇的降落部队曾大逞威风。然而我们知道，在苏德战场上当德寇降落伞部队每一次落于苏军后方，莫不遭苏联武装人民的击毙或捕获。在华北战场上，日寇曾使用同样武器袭击我晋东南根据地，亦被我全部歼灭，无一幸免。可见法西斯降落伞部队只能在对方人民没有组织和得到第五纵队配合的条件下，才能逞凶横行。但是，当他们坠于人民普遍武装的区域的时候，便无异于自投罗网。防空的问题如此，其他问题如敌后游击战与焦土政策的彻底执行，绵长的海岸线的防卫等等，那一样不需要人民大众的积极协助和参加？！

现在英、美、荷当局已经见到动员人民的重要而开始行动起来了，新加坡当局曾组织华侨武装，虽然这个措施未免行之过迟，数量亦微弱；然而还是武装当地居民之开始。在巴丹半岛上麦克阿瑟将军领导下的孤军，一方面浴血抗战，另方面发动当地人民参加和协助战斗，是以能以寡敌众，屡□奇功。在婆罗洲和西里伯斯岛印度尼西亚土人开始加入部队，他们往往以土枪土刀歼灭了日寇的机关枪手，其骁勇善战的事实粉碎了所谓"南洋土人不能作战"的闲言。在英伦和华府由于西南太平洋和印度的危殆，武装千百万土著人民来"保卫远东民主主义"的呼声日益高涨起来了。现在真是把这一呼声彻底见诸行动的时候了。

印度和南洋各地数万万人民决不肯忍受法西斯的蹂躏，他们正在奋起保卫自己的家乡。只要英美等民主国家信赖他们，依靠他们，给他们以"民主主义"的自由权利，帮助他们组织和武装起来，他们一定能够发挥雄伟的力量，而成为英美等同盟国家的坚强支柱。

(《解放日报》)

(原载一九四二年二月二十五日《晋察冀日报》第一版社论)

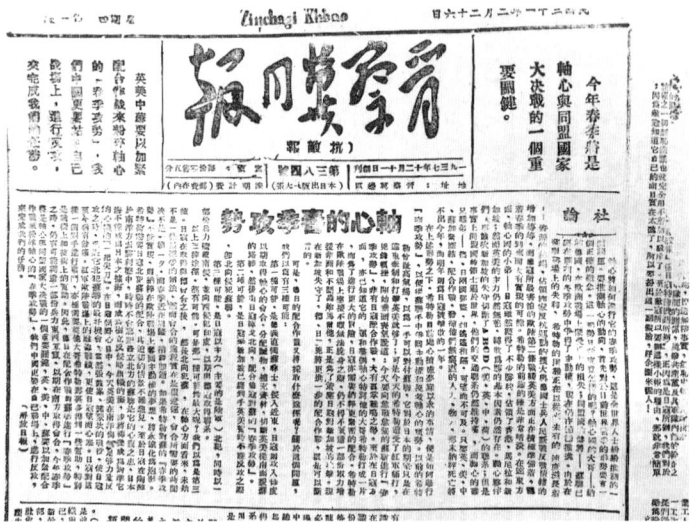

轴心的春季攻势

　　轴心将如何进行它的春季攻势，这是全世界人士纷纷推测的一个课题。要推测轴心的动向，首先对于目前世界战争的形势要有一个正确的概念。这一形式目前究竟怎样的呢？轴心国的大哥——纳粹德国，在欧洲战场上蒙受重大的损失；同盟国的健将——苏联已经在胜利的冬季攻势中争得了主动权，现在仍在节节推进。由于在苏联战场上的失利，希特勒的困难正在以从来未有的速度滋长着——资源的枯竭、占领国家反抗运动的扩大与德国士兵人民厌战反战情绪的增加等等，而德寇所最害怕的欧陆第二条战线英美方面正在积极准备着，随着春季的到来而大有实现的可能。希特勒的前途的确定是非常暗淡。在远东方面，轴心国的小弟——日寇虽然获得了不少胜利，占领了香港、马尼拉和新加坡；然而英美的主力仍然无恙，转败为胜的基本因素仍然存在。轴心伙伴们大事鼓吹新加坡的失守切断了ABCD（美、英、中、荷）的联系；但是事实上同盟国的领土遍于世界，他们的交通联系仍然维持着，而轴心的难兄难弟——德、日两国强盗，却遥遥相隔，可望而不可及。只要英、美、中、苏加紧团结，配合作战，发挥他们无穷尽的人力、物力，那末纳粹死亡将不出今年，而明年则为日寇被击败的一年。

在上述形势之下，希特勒目前处心积虑梦寐以求的事情，便是如何举行"春季攻势"，以便从苏联手中争回主动权和挽救轴心的颓势。以前的希特勒曾趾高气扬，以为一手可以对付苏联，它对于日本的期望只是在远东牵制和打击英美就够了；可是今天的希特勒遭受了红军痛打，凶锋顿挫，开始垂头丧气说道：今天要向愈战愈强的苏联进行"春季攻势"，非有日寇配合作战，大有孤掌难鸣之势。至于在日寇方面，亦已知道它的□运和整个轴心特别他的大哥希特勒打成一片，而为了进行更大的冒险，日寇亦需要纳粹更紧密的配合，希特勒在欧陆战场上应接不暇无法脱身之际，仍不得不派遣一部份军力增援非洲和不断轰炸马尔他，正是为了策应日寇对新加坡的攻击。现在新加坡失守了，德、日二凶将更进一步的配合作战，这是可以断言的。

可是，德日的配合作战又将采取什么途径呢？关于这个问题，我们以为有三种可能：

第一种可能，是德义直冲苏彝士，侵入近东，日寇则攻入印度以期取得轴心的会合，分配赃物，补充资财，切断英美从南面援苏的路线，然后由日寇挥戈北向，配合德寇对苏的"春季攻势"。

第二种可能，是日寇乘新加坡已经到手英美暂时不能反攻之际，即北向侵犯苏联。

第三种可能，是日寇以主力（主要的是陆军）北犯，同时以一部份兵力继续南侵，并向西侵犯印度，以期与德寇取得联系。

以上三种途径，都有可能。可是那一种可能性最大呢？我们以为是第三种。日寇在取得与德会合之后，然后北向犯苏，在轴心方面看来，未始不是一条最稳妥的办法，然而会合的途程实在是很遥远，会合所需要的时间决不是一朝一夕，而春季近在眉睫，稍纵即逝。如果希特勒对苏的"春季攻势"不能实现，则纳粹在欧陆战场上夺回主动权的梦想，将永远化为泡影。希特勒需要日寇北犯苏联的配合，其迫切的情景不难想见。至于日寇在陶醉于南洋方面胜利声中，时时不会忘记矗立北方的苏联是它的心腹之患，日本海不能成为日本之据海，而成为树立反侵略旗帜的海，或将转变成为对准它的心脏的"一把尖刀"。在日寇朝野心目中，今天英美在南洋尚无足够力量反攻之时，正是它北犯苏联的最好机会，当然张鼓峯、诺蒙坎的战役，使日寇至今犹有余痛。红军欧陆战场上的雄伟战绩，更使日寇望而心寒。日寇对这样一个对手进行战斗，亦极需要从他大哥希特勒那里多得到一些帮助，特别是战术上和技术上的帮助。因此，德日在配合作战对苏联进行"春季攻势"之时，仍有可能调遣一部份兵力东西互窜，以期在南方取得会合，今年春季将是轴心与同盟国家大决战的一个重要关键，英、美、中、苏要以加紧配合作战来粉碎轴心的"春季攻势"，我们中国更要在自己战场上，进行反攻，来完成我们的任务。

（《解放日报》）

（原载一九四二年二月二十五日《晋察冀日报》第一版社论）

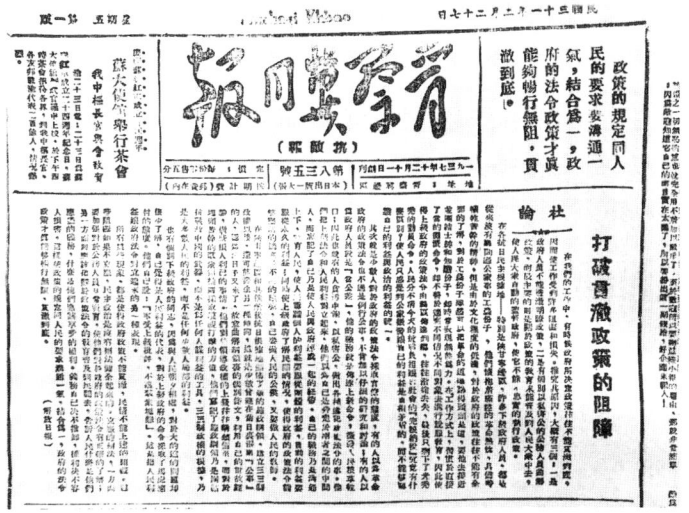

打破贯澈政策的阻障

在我们的工作中,有时候政府所决定政策往往不能贯澈到底,因而使工作受到许多阻碍和损失。推究其原因,大概有三个:一是政府人员不能透彻明了政策,二是有个别以私害公的公务人员曲解政策,而最主要的则是关于政策的教育未能普及到人民大众中去,使人民大众自动的监督政府,使它不能不忠实的执行政策。

在各抗日民主根据地——特别是陕甘宁边区,许多下级政府人员,都是从来没有过问过公家事的工农份子,他们怀抱着满腔的革命热忱,具备着牺牲苦干的精神,但是由于文化程度的低浅,对于政府的政策往往不能有全面的了解,对于工农份子虽然可以把革命的道路说得头头是道,要他去接近并团结士绅和知识份子,却时常表现无能为力。在工作方式上,习惯于直接了当的摊派命令,却不善于适应不同情况不同对象去进行说服教育,因此使得上级政府的政策法令由县区传达到乡,往往沿途去失,最后只剩下了光秃秃的动员命令。人民分不清今天的抗战负担跟社会的"完粮纳税"究竟有什么区别?使人民只感觉到公家征发跟自己的利益是自相矛盾的,而不能够认识自己的利益与政治的利益的统一。

其次就是少数人对于政府的政策法令采取官僚的态度,有的人以为革命政府的政策法令也不过是例行公事,不肯加以仔细的研究和讨论;有的人以为政府人员就是"当公差",他的职务就是传达上级命令,征发人民粮草牲口;因此也就有的人贪污中饱,以私害公,做出各种违反政策法令的事。他们把上级法令和人民利益对立起来,他们以为自己是奔走于两者之间的中间人,而忘记了自己乃是使人民与政府连成一起的纽带,自己的职务乃是沟通上下,教育人民,使人民认识个人的利益要服从团体的利益,目前的利益要服从永久的利益;同时使上级政府了解民间的情况,使得政府的政策法令能够灵活的适应不同的环境,自己要做人民的公仆,又要做人民的教师。

在陕甘宁边区和其他敌后抗日根据地颁布了新的施政纲领,建立三三制政权以后,还可能发生另一种倾向,这就是少数曾经在旧日里混"公事"的人,认为日子又来了,故意曲解纲领里的个别条文,利用自己的世故经验,做些损人利己的事情。他们对领导政权的上级往往称颂备至,而对于埋头苦干的群众领袖则采取蔑视打击的方策,他们忘记了施政纲领乃是团结抗战中国的武器,而不是为任何人谋利益的工具,三三制政权的根据,乃是大多数人民的利益,而不是任何少数人局部的利益。

也有个别下级政府的同志,因为与人民朝夕相处,对于大的远的问题却很少了解,自己觉得是人民利益的代表,对于上级政府的命令采取了马虎应付的态度。他们自己说:"宁受上级批评,不让群众埋怨"。这是把人民利益跟政府法令对立起来的另一种表现。

所有这些现象,都是使得政府政策不能贯澈,民情不能上达的阻碍。这些阻碍如果不克服,民主政治是没有办法健全起来的。克服的办法,一方面要加强对于公务人员日常教育,使他们对于政府的政策法令有正确的了解;另一方面则应该把关于政策法令的教育普及到民间去,告诉人民什么是他们应尽的义务,什么是他们应该享受的权利。义务自己决不推卸,权利绝不容人损害。这样使政策的规定同人民的要求沟通一气,结合为一,政府的法令政策才真能够畅行无阻,贯澈到底。

(《解放日报》)

(原载一九四二年二月二十七日《晋察冀日报》第一版社论)

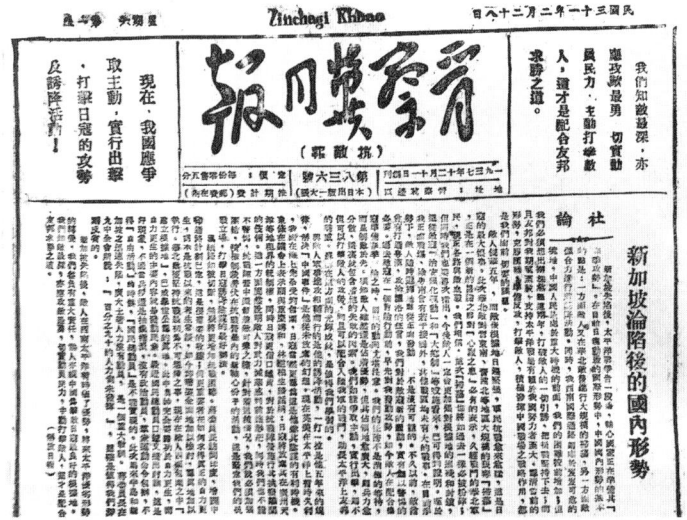

新加坡沦陷后的国内形势

新加坡失陷后，太平洋战争告一段落，轴心国家正在准备其"春季攻势"。在目前日趋动荡的国际形势中，中国国内形势的基本特点是：一方面敌人又在华北敌后进行大规模的"扫荡"，另一方面敌伪合力进行着诱降活动。同时，我西南国际通路则处于岌岌可危的境地，中国人民是处于重大时机的前面，我们的困难较前增加；但我们必须想出办法熬过这两年，打破敌人的一切引诱，把抗战坚持下去；而且友邦对我期望至殷，支持太平洋战局有赖于我国努力者至大。认清当前的形势，克服困难，准备反攻，打击敌人，积极发挥中国战场之战略作用，都是我们面前切要的课题。

敌人侵华五年，而敌后根据地日趋坚强，军民抗战愈来愈猛，这是日寇的最大恨事。此次华北敌对晋东南、晋西北等地区大规模的狠毒"扫荡"，正是在一个新的冒险之前对"心腹之患"必有的表示，久经战斗的华北军民，现正各路与敌血战。我们相信，这次"扫荡"也将如过去一样必被粉碎；但同时我们也要再次指出，今后敌人一定会更加强对根据地的摧残和封锁，这从敌寇"治安强化运动"和"大乡制"等设施看来，已可得到证明。至于我正面战场，除粤南曾有若干接触外，其他战区均未有大的战事。在目前形势下，敌人随时选择地点从正面发动不是没有可能的。不久以前，敌尤曾有打通粤汉，攻沦潼洛的狂言，我们对于敌寇新的蠢动，实有加以警惕的必要。过去敌寇在一个冒险行动前，早先对我发动攻势，如今敌人在配合德寇准备春季冒险之时，则他的动向尤堪注意。我们的任务不是消极的等待，而是制敌于先。须知敌人虽然还是占着优势，但其占领地愈广大，则兵力愈分散，这里就包含着他的失败的因素。我们如能争取主动，实行出击，则不但可以打击敌人的攻势，而且可以配合入缅我军的战斗，助长太平洋上友邦的声威。苏联在这方面的光辉成就，是值得我们学习的。

与敌人军事进攻相辅而行的是他的诱降活动，一打一拉是他五年来的规律，解决"中国事件"是他从未放弃的幻想。现在英美在太平洋上暂时失利，我国在海上完全受到包围，日寇当然更认为这是他遂其阴谋的有利时机。东条在议会上表示愿与重庆媾和，林逆柏生谈话称：日寇将放弃其在广州天津等地租界的统制权，同时日寇更信口雌黄，对于抗战阵营施行其挑拨离间的伎俩。这一方面固然说明敌人对武力灭华感到前途渺茫，同时我们也不能不警惕，抗战阵营中还留着敌可乘之隙，针对着这种情况，我们就必须加强团结，积极制裁潜伏在抗战营垒内的新轴心份子的活动，这是坚定我们的抗战立场，打击日寇诱降阴谋的最好办法。

滇缅路如被切断，无疑将更增加抗战困难。蒋委员长访问印度，增开中印通路计划已定，这是很重要的收获；但更重要者在如何求得真正的自力更生，这本是抗战以来的老生常谈，如今却需要全面地加以检讨，认真地加以执行。华北敌后坚持抗战最初为不可想象之事，现在在敌人四面包围之中"建立根据地"，已成举世公认的真理。此中奥妙完全要归功于自力更生，而自力更生的主要内容就是发动民众。最近国民总动员口号又提出讨论，这是好现象，不过当兵役还是抽签指派，没有政治动员，群众运动命令包办，不得"自由活动"的时候，"国民总动员"是不能实现的。此次马来半岛和新加坡之迅速失陷，广大土著人力没有动员，是一个重大教训。蒋委员长在九中全会所说："百分之九十的人力尚未发挥"，这确是值得我们深刻反省的。

新加坡失陷后，敌人在西南太平洋暂时占了优势，将来太平洋优劣形势的转变，我们益负有重大责任，世人亦视中国为击败日寇最良好的根据地。我们知敌最深，亦应攻敌最勇，切实动员民力，主动打击敌人，这才是配合友邦求胜之道。

（《解放日报》）

（原载一九四二年二月二十八日《晋察冀日报》第一版社论）

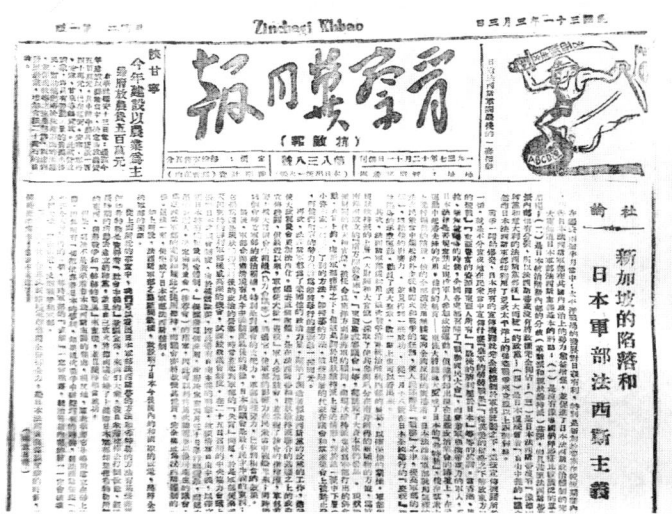

新加坡的陷落和日本军部法西斯主义

在过去两个半月当中，太平洋战局的发展对日寇有利，特别是新加坡要塞在较短期间内被占，使得日本法西斯军部在其国内政治上的势力愈益增强，并促进了日本法西斯政治体制的完成。

大家知道日本军部法西斯主义基本的弱点：（一）是没有像德国纳粹那样比较广泛的群众的基础；（二）是日本统治阶级内部的分歧（革新派和现状维持派）甚深，而且甚至法西斯蒂革新派内部也有分裂，所以法西斯蒂并没有将政权完全独占；（三）是日本法西斯蒂没有"像德国纳粹党和意大利的法西斯党那样"大而统一的政党；（四）是日本还残留着"自由主义的"议会。然而日本法西斯军部却利用了这次太平洋上的强盗战争来克服以上四个弱点。

战争一开始爆发，日本所有的宣传机关就完全被控制于军部统制之下，这些宣传机关所干的一切，就是不分昼夜地在民众当中宣传什么"皇军的赫赫战果""从英美的侵略之下解放东方民族的圣战""东亚丰富的资源归东亚人所有""最后的胜利属于日本"等等的滥调。当香港、马尼拉、新加坡陷落的时候，全国各处都召开了"战胜国民大会"，而穿着军服携带军刀的军人，不管日本法律是否规定禁止现役军人参加政治运动，但他们却出现在这些政治集会的讲坛上，在示威运动中起着先锋的作用。他们的魁首——东条大将总理大臣成了日本的"希特勒"，他在群众大会上进行煽动的演说，他的全部演说用无线电向全国反复的广播着。日本法西斯军部就用这样的方法在民众当中煽起排外主义的毒火和战争的狂热，使人民迷醉于"战胜"之中，提高军部的"威信"，培植他的影响力，并且得到一些成功，从二月十八号在日本全国举行的"庆祝"新加坡陷落的示威运动，动员了广大群众，这一点上也可以看出来。

其次，法西斯军部还利用了这次战争清算统治阶级内部的纠葛，以确保他的霸权。军部对于现状维持派的上层（大财阀和大官僚）采取了使其参与瓜分在南洋所得的新赃物的方策，为掠夺南洋而设立的"南方开发金库""东亚建设审议会"等，都诱致了大资本家们参加。现状维持派财阀的代表和官僚，被任命为南洋方面陆海军的顾问，而现状维持派也就为军部打出的饵食所动，自甘上钩，处于军部指挥之下；但这是关于现状维持派上层的情形，对于这一派中下层（中小资本家）则采取了别的方法，即"扫荡"的方法，这些阶层的代表在议会和群众集会上被禁止发言，而他们所有的势力也将为即将举行的总选举一扫而光。

再次，法西斯军部为了巩固他的政治力量，开始了制造类似法西斯党的政党的工作，这就是使大政翼赞会更加法西化。过去这个团体，是在法西斯蒂和现状维持派联合的基础之上的政府的宣传机关，但最近以来，军部使大批"退役"军人参加该会，并掌握了该会的指挥权，军部并且努力扩大这个会的组织（协力会议等），通过它，使军部的影响力在民众当中组织起来；同时通过这个会确立军部的政治霸权，特别是对议会的支配力。军部这些努力，已收到相当的效果。

最后，军部企图肃清现有民主主义制度最后的残余，日本的议会是最不民主主义的东西，但它毕竟还是现状维持派最后的政治的营寨，时常惹起对军部的"失言"问题，于是军部便乘着今天因暂时的胜利军部权威高潮的机会，试图绞杀议会制度。在二十五日召开的中央协力会议上主张"日本之议会制度，由于模仿欧美，因此带有自由主义的形态，故须清算自由主义，以确立所谓日本特有的翼赞议会体制"。根据着这个原则，政府决定在四月三十日举行总选举，而这次选举的候选人，决定由翼赞会（推荐会）的指定，因此可以料到这次总选举以后所产生的议会，将为法西斯军部的走狗和类此之徒所把持，而议会亦将改变其性质，完全构成为法西斯体制的一部份。这样一来，便完成了日本军部法西斯体制。

如上所说，法西斯军部之垄断独裁权，就说明了日本今后国内的和国际的政策，几将全部取决军部的独断。

从上面所说的事实中，我们可以看出日本军部法西斯蒂的方法和希特勒的方法有某些差异。例如希特勒是卖弄着"社会主义的"欺骗宣传，来钩引大众，亲自拿着枪杆去打倒政敌，经过较长时期的活动去建立纳粹党，并且自己放火将德国议会烧了；然而日本军部却想把希特勒所实现的东西，藉着战争和"赫赫的战果"来实现，并且获得相当成功。

但是，这决不是表示着日本法西斯主义的强处，相反地，这表示着它是等于建立在砂上的楼阁。因为所有一切都依靠着日本的胜利，如果这次战争中破绽到来的时候，则法西斯强盗一定会失去今天所获得的一切，那时军部的"威信"一定坠落，统治阶级内部的统一一定会破坏，而人民大众一定会奋起，反对战争和军部。

那个时机，就是世界反侵略国家准备周全发挥全力，给日本法西斯强盗以反击的时候，而这个时机的到来，也并不太远了！

(《解放日报》)

(原载一九四二年三月三日《晋察冀日报》第一版社论)

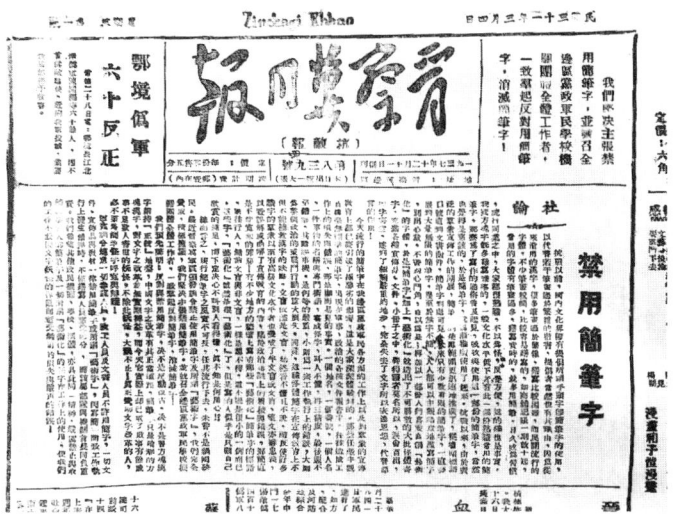

禁用简笔字

抗战以前,国内文化界即有提倡所谓手头字即简笔字的使用,以代替若干笔画过于繁杂的楷书,提倡者当然也有其理由,因为从来沿用的汉字,很多笔画过于繁杂,缮写比较困难,而民间流行的字体,不少笔画较简,比较容易缮写的,如商铺记账一刻数十起,常用的字体有笔画过多,缮写费时的,就多用简笔,日久成为习惯,流行同业之中,大家都很熟识,不以为怪,反觉方便,这的确也是事实。我国方块字既多难写难学的,一般文化水平低下者有此一部份熟识常用的简笔字,那么为了写作的通俗普及起见,吸收与使用一部份的简笔字,当然也觉得是应该的,于是简笔字,就逐渐推广使用了起来。抗战以来,由于广泛的群众宣传工作的开展，简笔字的使用范围更迅速地推广了，从墙头标语口号直到文书函件，简笔字到处可见，本来只有少数有限的简笔字，一直发展到大量无限的简笔字，几至于无字不简，人人都可以主观随意地滥写简字，别出心裁，不勾心斗角，自以为是；再加以一部份人们喜爱自创"艺术化"的字体，于是"简笔字"加上"艺术化"就造出了不可胜数的大批怪体奇字，充满各种宣传品、文件、小册子之中，弄得读者莫名所以，误会百出，因字害意，达到了极端严重的地步，完全失去了文字所以表达思想、代替语言的作用！

今天流行的简笔字在我边区党政军民各方面的工作上以及对群众的宣传教育上都已经引起了极恶劣的影响，这是大家深深体验到的。那些任凭主观自构毫无标准的简笔字，出现在军事、政治的各种文件报告中。往往造成工作上的损失与错误，那是显而易见的事实。一个地名，一个番号，一个人名，一件事物的名称与专门术语，写成怪字，叫人不□，再三猜度，最后还不免错解，其耽误事机，是何等的严重，小则为一宗工作执行上的错误，大则为整个政治的或战斗行动的重大损失。同样，这种怪体简字在宣传教育上不但不能补救汉字的缺点，文盲依然是文盲，始终看不懂且不说，而反使许多识字的群众以至有高级文化水平者也变成了半文盲或文盲，望文亦难思义，以致误解或曲解了宣传教育的内容，陷于政治认识上的□稜与错误，那简直是不能宽恕的罪恶！有不少地方的墙壁上写着那些"艺术化"简笔字的标语，过往行人，无论文盲与非文盲，一样是认不得，这不过是很小的一例而已。这些字，"艺术化"诚然是很"艺术化"了，但是写的人似乎是只顾自己欣赏的满足，而下定决心不叫别人看得懂，真不知是何用心？！

总而言之，现行简笔字之风实不可长，任其流行下去，未尝不是祸国殃民。最近晋察冀军区颁发训令禁止使用简笔字及所谓"艺术字"，我们完全赞成，积极拥护，我们坚决主张禁用简笔字。并号召全边区党政军民学校机关团体全体工作者，一致群起反对简笔字，消灭简笔字！

我们预先声明：反对与禁用简笔字，决不是反动复古，决不是替方块汉字维持"正统"地盘，中国文化字之改革有其正当道路，简笔字只是畸形的方块汉字，对文字之改革并无实际裨益，而今天它实际上却已成了败事有余成事不足欺人害世的妖怪，不除此妖怪，大□不止！真正赞助文字改革的人，必不至为简笔怪字呼冤与辩护！

训令一切参谋人员，政工人员及文书人员不许用简字，一切文件、宣传品与教材一律禁用简笔字或所谓"艺术字"，因写简字而致工作执行上发生错误时，不仅缮写人员应受分，而该属部队与机关首长同负重责。我们希望其他政民机关、学校、团体，亦具此同一精神，严厉禁止与取缔误事害人的简笔字及一切所谓"艺术化"的怪字在工作上的使用，使我们的工作不致因文字妖怪的作乱而遭受无谓的损失与严重的错误！

（原载一九四二年三月四日《晋察冀日报》第一版社论）

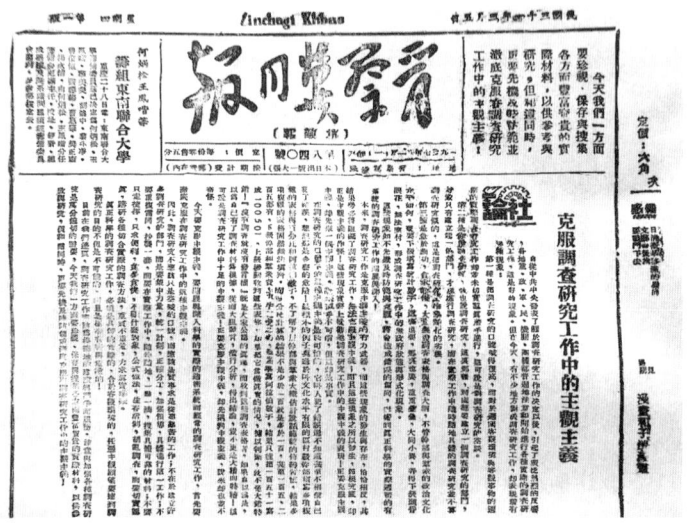

克服调查研究工作中的主观主义

自从中共中央发表了关于调查研究工作的决定以后,引起了广泛热烈的反响,各地党、政、军、民、机关、团体都普遍地注意和开始进行各种实际的调查研究工作,这是好的现象。但在今天,有不少地方对于调查研究工作,却表现着有几种现象:

第一种是把调查研究的口号喊得很高,而对于周围客观环境与客观事物的周密的实际调查研究工作却并未切实认真着手进行,这可说是对调查研究的空谈。

第二种是你说调查研究,我也说调查研究,这里那里,到处都要建立一个调查研究的部门,就像只有建立起一个部门,才能进行调查研究,而在实际工作中随时随地具体的调查研究并不算调查研究似的，这是把调查研究工作学院化的劣根。

第三种是急切图功，贪求□便，大量发调查表格与调查大纲，不管干部与群众的政治文化水平如何，硬要下级填写统计数字，这里也要，那里也要，重重叠叠，大同小异，弄得下级头昏眼花，无法应付，形成调查研究工作中的无政府状态与形式化形象。

这些现象如不先机及时防范与克服，将会造成错误的偏向，影响到真正科学的实际周密的有系统的调查研究工作的开展与深入！

本来，调查研究工作是克服主观主义的有力武器，而这些现象的发生与存在，恰恰相反，其结果势必将阻碍了调查研究工作，无法克服主观主义；而且这些现象之所以发生，归根究底，却正是主观主义的作怪！这些现象实际上就都是调查研究工作中的主观主义的表现！正要克服主观主义，却先来一个主观主义，说来似乎不可信，但这却是事实。

在调查研究的口号下的这种主观主义是最可怕的，它叫人犯了错误还不知道甚至不相信自己犯了错误，想想那是多么的危险！最标本的例子莫过于叫文化水平有限的区村级干部填写多项复杂的表格与百分比和阿拉伯数字，不了解下层干部与群众大概估计说话笼统的传统习惯，结果多项复杂的表格固然无法填齐。而百分比计算的结果不是少于一百就是多于一百，甚至一百五、二百五都有，下级干部和群众费上九牛二虎之力，学习阿拉伯数字，结果只能把一百五十一写成100501，上级机关收到这些表格，如果把它当做真实的情况，据以判断，就不免大错特错！"没有调查就没有发言权"既是大家公认的真理，而收到这些调查表格者，如果自以为是，以为自己有了调查材料为根据，从而大胆发言，滥行分析，得出结论，岂不更是大糟而特糟！这可说是调查研究工作中十足的主观主义！正要克服主观主义，却先遇到主观主义，说来却也并不奇怪。

今天要克服主观主义，要开展与深入科学的实际的周密系统而经常的调查研究工作，首先要彻底克服在调查研究工作中的这种主观主义。

因此，调查研究不应该只是空喊的口号，而应该是实事求是从事艰苦的工作；不在于建立许多调查研究的部门，而是要集中力量，统一计划，正确分工，加强领导，具体进行这一工作；不要重复雷同，抄袭一套，而要在实际工作中，随时随地，一点一滴，搜集具体可靠的材料；不要只走捷径，只求便利，贪多贪快，不顾什么对象，公式做法，生吞活剥，胡乱调查，而要切实认真，讲研各种切合实际的调查方法，重质不重量，力求真实准确。

真正科学的调查研究工作，必须是具体的实际的，合于客观环境的，任凭主观愿望要达到调查研究的目的不但是不可能的，而且是极有害与危险的！

目前在我们边区，调查研究工作应该为根据地的建设与斗争而服务，注意与加强各种调查研究是万分迫切的需要，今天我们一方面要珍视、保存与搜集各方面丰富宝贵的实际材料，以供参考与研究，但和这同时，更要先机及时防范并彻底克服在调查研究工作中的主观主义！

（原载一九四二年三月五日《晋察冀日报》第一版社论）

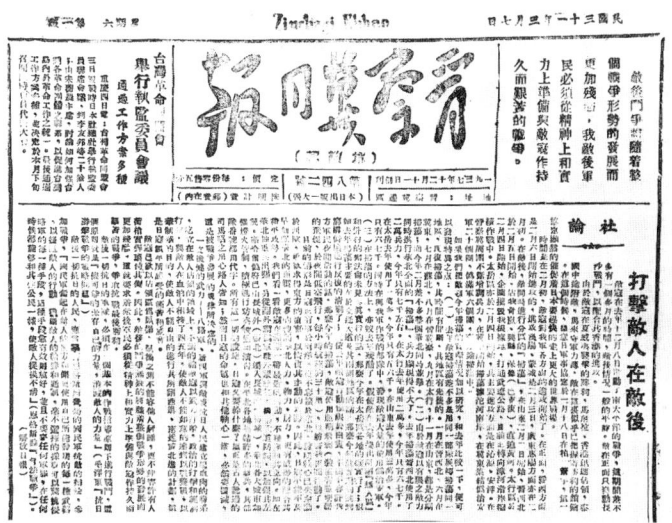

打击敌人在敌后

敌寇在去年十二月八日发动了南太平洋的战争,这期间差不多有一个多月的时间,敌后情况一般的平静。敌在正面只发动长沙战斗,以配合其香港的进攻。

由于敌寇在夏威夷袭击的胜利,马尼拉、香港迅速占领,泰国中途附敌,马来守军力薄。敌在这里似乎已把握着胜利的锁钥。在这个时候,德意日军事协定于一月十八日在柏林签字,这一协定显然的催促着日本要赶快的走上更大的世界战场。

时间是在二月初,敌寇对我军各方面的进攻开始了。在正面,绥西方面是二月六日开始进攻的,进攻阳、蒙城是二月三日,广东惠阳方面亦在二月初。在敌后,敌同时进行分区的"扫荡",在山东二月二日开始,晋西北于二月五日开始,占我岢岚、兴县、保德(已克复),直迫黄河。太行区于二月四日开始,企图摧毁我根据地,打通武辽公路,目前正转向漳河沿岸继续作战中。太岳区亦于二月四日开始,其主要进攻方面是在沁源、安泽。在晋察冀周围不断增调兵力,在冀中开始"扫荡"滹沱河南岸,在冀东集结伪治安军二十个团,伪满军六个团,□□途"扫荡"中。

如果我们把敌寇今年"扫荡"的实际情况加以研究,和去年比较一下,便可以发现特异之点:(一)去年敌寇"扫荡"差不多是用同一部队辗转"扫荡"同一地区,反复"扫荡",其时间有间断,其地区有先后的。一月在晋西北,六月在冀东,七月在苏北,八月在晋冀察,九月在太行,十一月在山东,都是分期"扫荡";而今年二月差不多整个华北同时并举。(二)由于敌寇以有限之敌力同时进行华北全面的"扫荡",兵力显现得不大了。去年"扫荡"晋西北使用了二万兵力,今年只有七千左右。在太行去年使用二万多,今年只有六七千。在太岳去年使用了一万多,今年只有五六千。在山东去年使用三万多,今年只有六七千。同时在与我军作战的部队中,发现敌寇大量的使用伪治安军。(三)在"扫荡"的方法上,亦较去年残酷了。假使敌在去年提出所谓"无人区"和并村的办法尚未见□真实行的话,那么今年在太岳区各地的确实行了;假如去年"扫荡"主要的在于交通大道及其两侧地区的话,那么今年就实□的进到穷乡僻壤进行反复的清剿了;假使去年敌寇行动仅限于白昼,不能不容许我方军民夜间活动的话,那么今年的"扫荡",敌寇使用照明飞艇(装置有照明器的飞艇,于夜间低空飞行,每小时航程约三十里),以妨害我夜间行动了。

目前的情形是日寇正有事于南洋,复不忘怀于华北,证明轴心已失主动于西欧,亟欲求得东方的策应,以恢复其主动的攻势。因此,日寇不能不及早加强华北的镇压,更多的搜刮华北人力、物力、财力,更有威势的配合其和平攻势。我们看一看敌寇在满蒙一带最近的活动,不难知其意向。

如在华北重兵出关,另从关外调伪军驻外蒙边境,构□数道防线,以加强其左翼。察哈尔伪府已由长城外(张北)迁入长城内(城),华北各大城市加强灯火管制,积极进行防空设备和演习。在平山各地集结许多的新兵,其部队番号都用代字。所有这一切的设施,日寇又要干什么?这正是古人说过的司马昭之用心路人皆知;然而日寇的命运也和其他轴心一样,必然要覆灭,这是被战争发展的规律所决定的。

一支雄健的武力——八路军、新四军与敌后抗日人民建立起血肉的联系,屹立在敌人占领的领域上,不断的给敌寇以武力打击,政治的打击和经济打击,与敌人在血泊中相持了四五年,使敌人不能如意的达到以战养战、以华制华的目的,使敌人不能自由的进行其所谓西进、南进或北进的计划,这是日寇□年所感受的痛苦和威胁。

敌寇已欲以占领区为卧榻,卧榻之侧不能容他人酣睡,更不能容许有人荷枪实弹侍其侧。因此,敌后的斗争无疑的将随着整个战争形势的发展而更加残酷,这就要求着敌后军民必须从精神上和实力上准备与敌寇作持久而艰苦的战争,争取抗战最后胜利。

敌后一切抗日的军队,必须在 个基本的作战指导原则下进行战斗,这个原则就是"尽可能的保存自己的力量,消灭敌人的力量"(毛泽东"抗日游击战争的战略问题")。

敌后一切抗日的人民,应当学习恩格斯所发扬的国民军抗敌的办法,参加战争,"国民军奋起在敌人的后方和侧□翼使用自己所能发现的每一种武器,以扰乱敌人的行动,□断敌人的给养和通讯,毫不选择的采取可以惊扰侵略军的每一种手段,这种手段愈有效则愈好,并且不要任何军服,在任何时候都能够和其他公民一样,使敌人捉摸不清"(恩格斯论"普法战争")。

(《解放日报》)

(原载一九四二年三月七日《晋察冀日报》第一版社论)

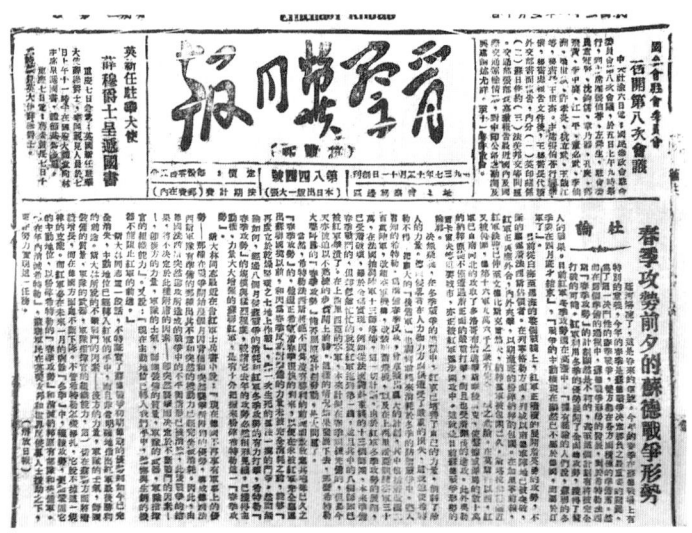

春季攻势前夕的苏德战争形势

延河解冻了,这是春来的信号。今年的春季在苏德战场上有特别的意义,今年的春季是苏德战争决定胜负之最重要的关键。为了这一决斗性的春季战争,双方都在各方面积极的准备着。然而在这个准备的过程中,苏德战争形势的发展,对于希特勒法西斯"春季攻势"的计划显然是不利的,甚至这个计划有将被完全打破的可能。红军利用冬季的优势展开了全面的攻势,获得了惊人的战果。目前红军冬季攻势还在高涨中。"据有经验的人们说,苏联的冬季要在四月底才结束","战争的主动权现在显然已不属于德国,而属于红军了"。

目前从白海至黑海的整个战线上,红军正继续的展开着英勇的攻势，不断的驱逐着法西斯占领者。在列宁格勒方面，列城以南德军阵地已被突破，红军正里应外合，内外夹击，以期澈底的粉碎纳粹的包围。在加里宁前线，红军铁臂已伸至文德比斯克尔热夫，纳粹孤军被包围已久。斯塔拉□□近又被包围，德第十六军九万六千之众有完全□灭之危险。在莫斯科以西，红军已自南向北的攻取了多洛哥布治进击斯摩棱斯克，使盘踞威泽马的数十万的纳粹匪徒不仅遭遇着正面的严重打击，而且也受着侧后的进攻。此外奥勒尔卡尔夫等重要城市，亦正被红军逐步围攻中。这就是目前苏德战争形势的轮廓。

　　决无疑义，在冬季战争的进程中，红军已培养了自己的力量，削弱了敌人的力量。德国侵略者在人力物力方面俱遭受了严重的损失，这就迫使希特勒不得不把庞大的"后备军"也调到前线来消耗于冬季的防御战争中。尽人皆知的希特勒，为准备春季反攻，曾草拟出庞大的计划，其中包括着改编二百万陆军，改组空军机构，改装陈旧飞机，以及在上西里西亚训练空军三十万，在法国抽调陆军十三师等等。这一切计划，由于红军冬季攻势的展开，已受着破坏，难于全部实现。例如从法国调赴东线的十三个师团，本来准备春季战斗的，但却匆匆忙忙的就被红军拖到第一线，并且其中的八个师团已被红军击溃了。在上西里西亚的空军，本来计划在春季训练完备的，但是今天亦被迫以不熟练的步伐开上前线。这样的情况如果发展下去，那么希特勒大声叫嚣的"春季攻势"能否照原定计划发动，是大问题了。

　　当然，希特勒法西斯将绝不因为没有胜利的前途而致放弃其咆哮已久之"春季攻势"的，他还正希望着春季很快的到来，以便在未被红军完全驱逐出苏联国境以前，和因为春季反攻所准备的力量未被完全消耗之前，能够"再度立于干燥坚硬之土地上作战"，作一次生死的孤注一掷的斗争。然而无论如何，经过八个月侵苏战争的消耗和红军冬季攻势的有力打击，希特勒"春季攻势"的规模与猛烈程度，较诸它去年的攻势必然相形见绌。已获得主动权、力量大大增强的苏联红军，是有十分把握来粉碎希特勒这一"春季攻势"。

斯大林同志最近在告红军士兵书中说:"现在德国不再享有军事上的优势——那种在战争开始几个月因背信和突然袭击所得到的优势,构成德国法西斯军队有准备的那种出其不意和突然的机动力已经完全被消耗。因此,由德国法西斯突然进攻所造成的战争中的不平衡情形已被消除,此后战争的结果,将不决定于此种附庸的因素——即突然袭击而决定于不断战斗的因素——,即后方的力量,军队的士气,师团装备的质量,军队的武器,军队指导官的组织能力"。又说:"现在主动地位已转入我们手中,松懈与生锈的机器不能阻止红军的前进。"

斯大林同志这一段话,不特证实了苏德战争初期德寇的优势到如今已完全消失,主动地位已经转入红军的手中,而且非常明确地指出红军最后胜利的前途。斯大林所说的不断战斗的因素——后方的力量,军队的士气,师团装备的质量,军队的武器,军队指挥官的组织能力,这一切在苏联方面将继续增长,而在德国方面则不断下降。不管希特勒怎样挣扎,它脱不掉这一规律的支配。而红军必在未来一月的剩余"冬季"中,继续攻势,更加巩固它的主动地位,以粉碎希特勒的"春季攻势"和消灭纳粹原有部队和后备军。"在年内消灭希特勒",苏联军民在英美友邦和世界反侵略人士援助之下,正在努力实现这一任务。

(《解放日报》)

(原载一九四二年三月十日《晋察冀日报》第一版社论)

迅速展开防疫卫生运动

去年秋季反"扫荡"以来,病祸泛滥有如洪水,瘟疫流行遍及各地,特别是战争最频繁斗争最紧张,敌人盘踞最久的地区,干部群众之害病者,有的竟达百分之七八十,仅四专区五个县统计,病人脱离工作和生产之人数,合计即有五万余。各地因疾病死亡者亦有惊人数目,个别地区至今仍有病人未彻底痊愈。病人之多,病祸之延续与反复,死亡率之大,可说是百余年来所未有,这完全是日寇法西斯强盗大烧大杀大抢所直接造成的结果。日寇法西斯是天下最下贱的卑污的强盗,在其困难愈增死期愈近的危机面前,它的手段就更加毒辣和无耻!在今天,它已经把老鼠和病菌也当做自己"近代化"的武器了;散毒、放毒、传播毒菌、制造瘟疫，已成为日寇对我进攻的一种重要政策。再加以某些日寇杀人盈野流血满街的地区，死者尸骨，至今尚未深埋远葬；某些病祸严重的地区，病人死后并未进行必要的消毒手续。某些斗争特别残酷的游击区，干部与群众，数月来辗转搏斗，寝食不安；去冬无雪，今春早暖，冰消土解后，瘟疫传播，病祸卷土重来有极大的可能。前事不忘后事之师。为全之计，必须全体党政军民高度警惕起来，立即加强防疫卫生工作，以求未雨绸缪，防患于未然。因此，我们号召：在全边区范围内立即发动一个防疫运动周，开展大规模的防疫卫生突击运动，以消灭旧病，预防新病，提高全体军民对春季夏季卫生之注意，并为今后的防疫卫生工作打下有利的条件，为保证全体军民与干部的健康而斗争。

保护健康，就是保存力量。任何部队，任何群众与任何干部的疾病与死亡，都是民族国家的重大损失。共产党人与抗日民主政权对民族国家的生动力量和人民的任何疾苦是骨肉相连，息息相关，并且负责到底的。保护全体子弟兵、全体父老兄妹及全体干部的健康与有力，这不是一个简单的技术的或事务的工作，而是一个严重的政治任务，并且是当前对敌斗争重要的一环。因此，对于这个关系重大的卫生防疫突击运动，绝不应等闲视之，须以战斗的精神实事求是的作风，进行有效的宣传鼓动和组织工作，求其澈底完成。特别要进行广大的宣传鼓动工作，指出敌寇的疯狂暴行对疾疫流行的直接影响，揭破日寇制造鼠疫、秘密散毒的无耻面貌，号召全体军民，以积极的行动和斗争，粉碎日寇毒害我边区同胞的罪行。

在防疫卫生的突击周内，必须进行澈底的清洁卫生工作，发动全体人民、驻军、机关、团体，普遍的进行大扫除，将住房、厨房、厕所、院落、街道、衣服、用具，进行全面的扫除，洗晒和整理，厕所、猪圈等应尽量使之远离住房及厨房；饮食的水源必须认真保护。去除污秽，严防奸小投毒，对死者的尸体必须认真的重新深埋，并使之远离乡村。村政权并应召集村代表会，专门讨论全村清洁卫生事宜，定出几条简单易行的村民卫生公约，通令各户一体遵照执行□，这个运动真正成为一种广大群众性的持久的运动。

为了防止疾疫并设法解决医药困难，应广泛的推行种痘，特别对小孩子更加重要。在可能条件下，尽量设法打防疫针。旧有的药铺应设法开张，民间的中西医生应动员出来，积极为大众服务。民间流传的及数年来边区医药界发明之特效灵方，应广泛的使之流传。我们号召各界名流士绅，一本急公好义，济世活人之义，积极起来协助政府，或投资，或建议，或贡献其才能，进行这一工作。

为了真正使这一防疫卫生运动收到实效，必须进行深入的宣传鼓动工作，在突击周内应组织防疫卫生的宣传队，出版防疫卫生的墙报，并在民校和小学中进行一定的防疫卫生教育，推广卫生知识，消除民间陋习，一切大小卫生机关及中西医生，都应组织到这个突击运动中来。在宣传教育中，应针对具体对象，根据可能条件，提倡实事求是的精神。一切脱离现实条件的医八股，均须加以防止和避免。

（原载一九四二年三月十一日《晋察冀日报》第一版社论）

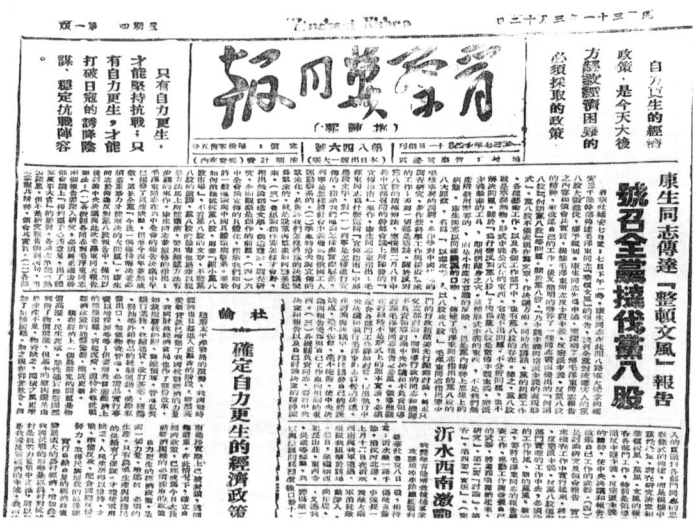

确定自力更生的经济政策

随着太平洋战局的演变,我国战时经济也日益进入更艰苦的阶段。虽然英美新贷款已增强了我国抗战经济的力量,我国财政经济当局也作了部份改革,如裁撤骈枝机关,紧缩预算,管理私营银行业务,收缩通货,改订茶业,猪鬃、桐油等外销物品的统制运销,奖励私营出口,加强物资管理,必需品施行专卖以增税源等等;但要解放目前经济上的种种困难,病起沉疴,还待于我抗战经济政策的通盘筹划,澈底更新。

现在经济上一个最严重的问题是物价高涨,民生凋敝。恶性通货膨胀固然刺激了物价飞涨,但基本的原因还是由于生产不足,物资缺乏,囤积之风更增加了这种困难。加之现在仰光危急，西南通路实际上已被封锁，这个现象将愈趋严重。在此情况下，确立自力更生的经济政策，已经成为今日大后方解救目前经济困难的必须采取的政策了。

自力更生的经济政策，是在动员全国一切力量，增进抗□战必须的农业工业生产。只有农业生产与国务民用必须品的供给有了保证，才能使军用物资不感缺乏，人民生活得以维持，才能坚持抗战，准备反攻，配合国际反侵略阵线的努力，取得民族解放的最后胜利。

实行自给自足的经济政策，首先要发展广大的农村经济，增加农业生产。我国抗战的形势是以农村对抗城市，农村是抗战力量集中之地，所以农业经济是我国抗战经济的主流，我国的大部民食是取给于农村，财政开支和军费来源大部也是来自人民贡献给国家的田赋，就是军用工业及日用品工业之原料与劳力也大部仰望广大农村之供给。所以在达到自力更生的任务之中，发展农业生产占了第一重要的意义。其次，要达到自力更生，还要发展一定量的国防工业及日用必须品制造业。军民除了吃饭之外，还要有衣、住、行的保证，还要有枪械子弹之供给，这些东西对于抗战都是一日不可或缺的。

各国在战时因封锁状态下对于发展农业生产，保证军食民食及工业原料的供给，都曾作了很大的努力；而且大部从增加农食，活跃农村金融，保证劳动力的供给，改善农民生活，提高劳动热忱，改进耕作等等方法着手。在这些方面，各抗日根据地年来也获得了不少的成绩，获得了许多经验教训；可是在今日后方农村中的情形，则还有许多值得忧虑的地方。因为要收缩通货，因噎废食的数目微小的农贷也取消了，农民生产热忱因租佃关系恶劣租额过高反日趋低，加以兵役制度不善，营私舞弊之事甚多，迫使乡村壮丁大批逃亡，农村劳动力因之缺乏，加以高利贷的压榨，使农民破产与卖田地而田园荒芜的现象，则比比皆是。这些都是障碍农业生产提高的重要因素，这些现象已不能让它存在下去了，已经到了急起直追改进后方政治经济设施，扫除发展农业生产中这种种障碍的时候了。

维护国防工业及日用品制造业，使之日趋发展，也是当前之急务。最近迁川工厂的展览中，可以看出国防工业和日用必须品制造业今日在大后方已经奠定了一些基础，也可以说我国已经有了工业方面自力更生的萌芽；但不可讳言，我国战时工业发展前途仍是困难重重，其中主要的是资金困难和人材的缺乏。

目前大后方的工厂，其机械多是抢运入川的旧件，而且规模狭小，设备不全，在生产上自难发生应有的作用；不仅如此，更因为竞相角逐，纷以高价罗致员工，形成人材缺乏，而且资金分散，生产不能扩充，营业周转不易，弄得抗战民族工业受到了不应有的损失，民族工业家亦有"工业不如营商，营商不如囤积"的感叹。现在痛定思痛，政府必须对这些厂方予以必要的协助，解决资金困难，保证原料与人工之供给，紧缩不必要之事业，集中一切人力、物力、财力于抗战民生有关工业之发展。

发展战时工业，除了国防有关工业之外，还要尽量鼓励民营工业之发展□相配合，过去统制的办法曾给民营工业以很大妨害，这里必须加以注意。在日用品的供给方面，尤其要推广合作运动，发展手工业，因为手工业是广大农村中散布极广的□□，在我国目前工业生产中，仍占着一个十分重要的地位，诚能注意手工业之发展，贷以资金，供以技术，加以组织，则他对于抗战经济将可发生很大的作用。

总之，当仰光危急，我国已处于日寇严密封锁之下，而日寇则利用经济困难，企图致我死命之时，加强经济力量是最迫切的任务，自力更生现在更有新的意义和作用。只有自力更生，才能坚持抗战；只有自力更生，才能打破日寇的诱降阴谋，稳定抗战阵容；只有在自力更生的原则下，发展我们的农业生产扩大我国防民用必需的工业生产，才能在我国广大的原野上，生长起伟大的反攻力量！

（《解放日报》）

（原载一九四二年三月十二日《晋察冀日报》第一版社论）

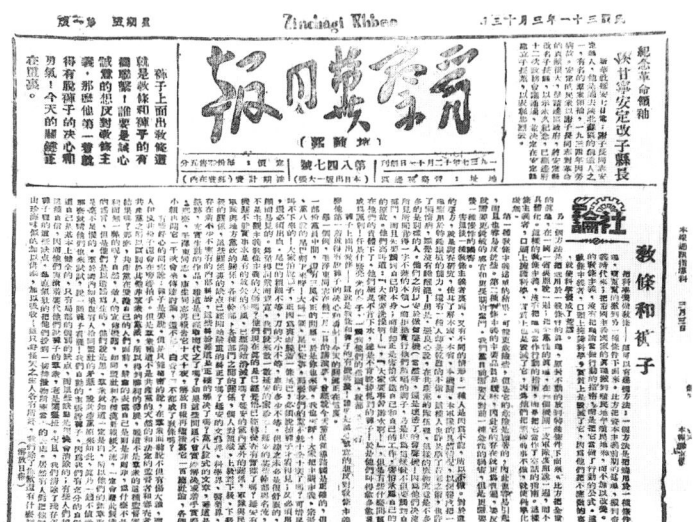

教条和裤子

把科学变做教条——这可以有几个方法：一个方法是把适用于一种条件的真理，硬邦邦的搬到另一种条件下面来。比方把资本主义前期的真理，搬到帝国主义时代来；把帝国主义国家的真理搬到殖民地半殖民地来，而不加以改变。这样的教条主义，没有把理论当做行动的指南，而是把它当做了行动的公式。这样的教条主义者，口头上拥护科学，实质上是毁灭了它，因为他们把不应做的事做了，就使科学变成了荒谬。

另一个方法是把适用于一般条件的真理，原封不动的放到特殊条件下面来。比方把全世界性的真理，在一国一省里照说一遍；把全党性的真理，在一个机关一支军队里照说一遍，而不加以具体化。这样的教条主义，没有把理论当作行动的指南，而是把它当作了空话的指南。这样的教条主义者，口头上拥护科学，实质上也是毁灭了它，因为他们把应做的事不做，就使科学化成了虚无。

第一种教条主义造成的结果，可能更危险些，但是它的危险是显著的，因此也容易引起反抗，而且也容易反抗些。第二种教条主义的主要品质是暧昧，因此它的存在就更为普通，要反抗它就需要更锐敏的感官和更长期的奋斗。我们党目前需要反对前一种急性的祸害，但是更需要反对后一种慢性的祸害。

害这后一种教条主义者里面，又有不同的情形：一种人是因为不能，所以不做。对于这种人的药方，就是调查研究，使其了解本国、本省、本机关、本军队的具体情况，以便养成把一般真理应用于特殊环境的能力。还有一种人却是干脆的不做。这种人也许是学了黄老之术，也许是害了懒惰病，睡觉没有睡醒罢！但是，凭良心说，在共产党的队伍里，这样的废物究竟是不多的，多的是别样的人。他们之所以安于做留声机（当然呀，还是坏透了的留声机！因为他们决没有把所见所闻背得一字不差的本领）而拒绝实行他们所唱的调子，乃是因为这样就不但要□到自己的部门，而且先要□到自己的本身；而他却正是害怕改造自己和自己的工作，害怕承认自己的病疾的原故。他们高叫道："大家要洗澡啊！"，"大家要学习游水啊！"，但是有些什么问题发生在他们的贵体下了，他们总是不肯下水，总是不肯脱掉他们的裤子！于是他们叫得愈多愈响就愈成为讽刺！任是什么亮光的金子，一□到他们的指头，就都□□□石。

裤子上面出教条——这就是教条和裤子的有机联系！谁要是诚心诚意的想反对教条主义，那么他第一着就得有脱裤子的决心和勇气！今天的关键正在这里。

举一个例，毛泽东同志在他二月一日的讲演里，曾经说今天党的领导路线是正确的，但是在一部份党员中间，还有三风不正的问题。于是你也来呀，我也来呀，大家把主观主义、宗派主义、党八股的尾巴割下来呀！大叫一通、尾巴完事，那么我们的党不就十全十美了吗？可惜尾巴是叫不下来的！大家怕脱裤子，正因为里面躲着一条尾巴，必须脱掉裤子才看得见；又必须用力割，还必须出血，尾巴的粗细不等，刀的大小不等，血的多少不等，但总之未必是很舒服的，这是显而易见的。为免得词严而意宽，我们就来数一数延安的家珍吧！延安的某些干部与名流，难道不是主观主义教条主义的大师吗？他们现在真的是已经觉悟已经转变查有实据了吗？延安有许多机关不能实事求是有的放矢的作风，已经开始消灭了吗？延安的党内党外的关系，军队与民众、军队与地方党政的关系，各种干部、各种部门之间的关系，个人对组织、上级对下级、下级对上级的关系，这些关系里的缺点已经开始严重的纠正了吗？延安的文艺界、科学界、医药界，历来存在着不少不应有的内部纠纷，这些纠纷难道是正确的解决了吗？党八股式的文章，难道是已经绝迹，充实生动的作品，难道是已经取而代之了吗？如果这些问题不曾实际解决或着手实际解决，那么，毛泽东同志、康生同志再报告它十天十夜，解放日报再继续写它一百篇社论，各个支部小组再开它一千次会来传达讨论，还不都是白费？还不都成了教条吗？

有些好心的同志说：裤子是要脱，但是只能秘密的脱，在群众面前脱不但有伤大雅，而且敌人和反共份子还会在旁边拍手。但是群众难道不是共产党的天然的和法定的监督者和审查者吗？共产党之所以区别于其他非群众的党派，所以得到胜利的发展，难道不是群众的这种监督审查的结果吗？那么，共产党在爱护自己的人们面前，严肃的表露自己是则是非则非，为什么不是有百利而无一弊呢？自然，敌人的宣传机关，如同盟社和各种汉奸报纸之流，一定会借此制造更多的谣言，但是他们是以造谣为生的、他们说是黑，群众就知道一定是白，所以他们的断章取义，是毫不足惧的。至于国内如果也有人拾同盟社的牙慧，说共产党原来如此，真乃一钱不值云云，那么就请他们也来试试，脱一回裤子看罢！我们自动的主张脱裤子，因为我们有充分的自信,知道自己是基本上健全的,只有局部的个别的缺点,而这些缺点是很快会清除的;有些人们却没有这种自信,因而他们与抢着要代他们脱裤子的群众,老是闹别扭。况且,我们清除了残存在我们裤子里的这些缺点,理直气壮的把他们投到一切排泄物所应当去的去处。居然有人偏把他们当作山珍海味似的加以供奉,加以吸收——这只好怪天之生人各有所好,我们除了抱歉还有什么办法?!

(《解放日报》)

(原载一九四二年三月十三日《晋察冀日报》第一版社论)

肃清新闻工作中的党八股残余

在我们的报纸上，大家可以看到，无论是时评论文、长篇通讯或是新闻短讯中，党八股的残余都还严重地存在着：在时评论文的写作上，无的放矢，可有可无，抓不到痒处的一般化的文字与议论，虽不见得是连篇累牍，但也到处皆是；在长篇的通讯中，不必要的繁文冗句，不必要的描写与渲染，曲笔倒装、往往过火，要求生动，反而无力，并且几乎每篇通讯都有一套公式化的引题和结语，不合现实；在新闻短讯中，呆板记录，贫乏无味，大都是中世纪的纪录式的体裁，而每则新闻，往往都带着一定的八股式的帽子，千篇一律，望而生厌。至于报上刊载的一般宣言通电中，则八股更多，人云亦云，无异于应酬文字，这些显然都极大影响于我们新闻报道的实际效果，必须加以澈底肃清。——这不仅是从事于新闻工作者的单独的任务，而应该是报纸的所有读者与投稿者共同一致的任务。因为肃清新闻工作中的党八股残余是反对党八股与整顿文风的整个任务之一重要部分。

应该怎样肃清新闻工作中的党八股的残余呢？我们要求的好的时评论文、通讯、消息的写作标准应该是什么呢？简单的说，我们所需要的论文是没有空洞字句和啰嗦废话的，要求论文的写作开门见山，斩钉截铁，明确扼要，尖锐地提出问题，也尖锐地解答问题，有话即长，无话即短，有什么讲什么；我们所需要的通讯是没有铺张胡扯，颠颠倒倒，舞文弄愚，装腔作势，效颦掩丑的，要求通讯的写作简短精炼，率直具体，生动有力；我们所需要的新闻短讯是打破老套公式，死板记录的，要求消息写出抓住事件的具体特点，突出反映，特别欢迎恰当的分析与综合的新闻报道。至于充满八股气的一般通电宣言，一律要加以清除。

这个肃清工作，决不是简单的文字技巧上的问题，如果为了避免八股气而专在文字技巧上去下工夫，甚至制造趣味，装妖作怪，以新奇为刺激，企图用趣味主义来打破八股气，那就是不容许的错误偏向。要知道党八股的最基本病根与罪孽是在于它的空洞的老一套，要克服这病根，基本上就得从内容的具体充实方面着想，写作技巧上的趣味主义不但决不能打破党八股，反足为害。写作还是必须严肃的，各种文字各有其特点，论文还是论文，杂感自是杂感。严肃就是对于客观事物的真实反映。因此，要肃清写作的空洞老一套的党八股，最重要的是要对于每一个问题，用精细的方法，搜集丰富的材料，用周密的思考，分析这些材料，用科学的观点，判断这些材料，更用慎重的态度，从材料的研究中得出结论，然后表现于各种适当的文字体裁，这样写作的东西才能现实具体，生动有力，这才是内容充实的文字，而不是空洞的文字。不从内容方面下工夫而单凭文字上玩弄花样，那简直是走到牛角尖去的极端有害的文字儿戏，决非我们所应取的。单纯的文字趣味主义者,结果一定会变成新的八股家,这是我们必须预防和反对的!

由于新闻工作是天天和大家接触的,它对群众的影响最快也最深,因此要肃清党八股的残余,我们首先就要从新闻工作中开始。

(原载一九四二年三月十四日《晋察冀日报》第一版社论)

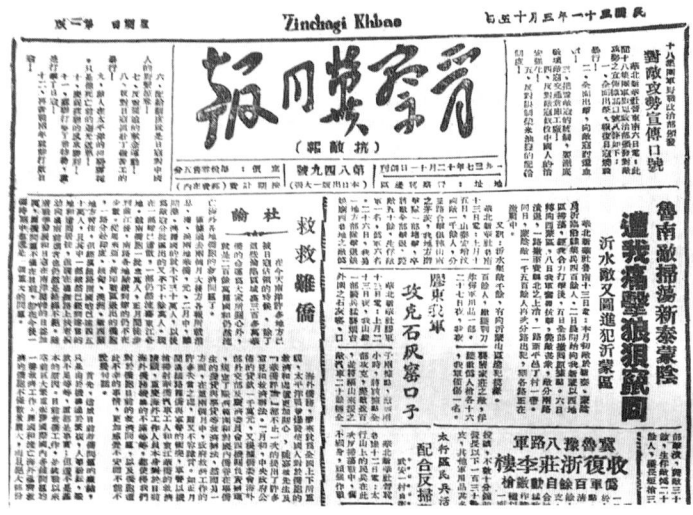

救救难侨

在今天南洋许多地方已被日寇占领的时候，除了这些沦陷区域里三百多万华侨的命运为大家所关心外，就是二百余万归国和仍然流亡海外各地侨胞的救济问题了。

仅据过去两个月大后方各报所载消息，港、澳两地华侨，元、二月中，离开港、澳归国的就不下三十万人，以后为敌寇分批逐出的又不下十余万人。现在一部份虽已遣散，一部仍然流落东江各地。越南侨胞一批三万人，正月间徒步到曲江后，南路各地陆续到达的仍不在少数。从马来亚、荷印战区退出的侨胞，一路分赴印度、缅甸、澳洲、新西兰地方暂住，但经滇缅路回国的已达四五十万人，且其中一部虽然已经到达目的地和遣回居住，但现在滇缅路上扶老携幼向滇南前进者也仍然是络绎不绝。随着战争发展和日寇在南洋压榨的日益加厉，归侨问题不仅在目前，即在今后一个时期中也还是一个重大的问题。

海外侨务，历来就为全国上下所重视，太平洋战争爆发使国人对于侨胞的救济和处置更加关心，陈嘉□先生及"华侨评论"都不止一次的提出了许多意见和救济办法。二月初，中央政府公布的贷款一千万元，又根据侨委会海外部外交部及赈济委员会四机关负责办理，规定了赈济范围和对国内侨眷在学侨生的农贷与学贷等救济办法，然而另一方面，在这两个月中，政府救济工作的许多失当之处，则又不容讳言。如正月间滇缅路归侨与军警的冲突，军警以机枪扫射华侨汽车工人和东江华侨的救济请愿，重庆海外工作人员本身关于目前海外侨务机构的不满等等，都使得我们对于侨胞目前的救济问题，以及侨胞遭此不幸的事情，更加感觉不安而不能不说几句话。

首先，造成目前救侨问题的症结，只是由于机构过于繁复，人事纷纭，赈款不足等等，这都是事实；但还不是基本的原因。目前救侨工作，是抗战以来空前巨大繁重牵涉国际国内多种问题的一桩救济工作。归国和流亡海外亟需救济的侨胞不仅数量庞大，而且绝大部份贫寒失业，无以为生；他们需要的不仅是一时的紧急救济，还必须为其将来谋一真正的出路。这样一件重大的事业，非具有大决心和诚意不能实现。当局过去早已定有不少护侨的办法，例如二十八年经济部的"非常时期华侨投资国内事业奖励办法"，"二十九年华侨侨业团体备案办法"，侨委会所拟的"华侨投资祖国计划"等等，过去护侨成绩之一，是国内中南橡胶厂的成立（侨胞占百分之七十）；但即以此来说，也并未普遍。二十九年一月至三月间，侨资投到国内的仅为四百万元，占其总额"四十万万元"的比率仍极小，以后侨资亦并未开始向国内转移，今日侨资大部沦亡敌手，不能不是我财政一大损失。抗战四年多以来，一方面国内亟感技工的缺乏；但另一方面，则是侨胞苦于没有归国参加抗战工作和输送物资的门径，这也不能不说是过去办法的缺憾。因此，不仅是在一般赈济工作中，而且在已往护侨工作，中国已积累了不少的痛苦教训。这也就证明目前要解决救侨问题，固需有切实进行的决心和诚意，但还需有新的政策和办法。

但根据过去两个半月的整个救侨工作看来，不能不说政府当局不仅还没有在这方面有清楚的认识和最大的决心和诚意；而且就是在准备和布置进行中，也还没有采取新的政策和办法。如上所述，国内舆论的救侨呼声，是在两年战争中爆发后，就已经发出了的，港、澳两地难侨也是在去年十二月初就已经陆续大批归国了的；但政府方面则迟迟到二月初才举动进行护侨的措施和指定负责的机关，以致惠阳博罗一带以及滇桂各地归国侨民，沿途无人接应，饥寒交迫，四处流浪。二月初，行政院虽指定四机关办理，但在各重要地点如滇、桂、闽、粤则亦未指定专员负责，滇、粤、闽、桂各自为政，海外护侨之一部人员更未对它予以应有的重视。

救侨赈款，据元月益世报所传为一万万元，至二月初又改为一千万元，其中以二百万拨为兴办侨教经费外，赈款实则为八百万，粤占三百万，闽占二百万，滇、桂仅各为五十万。用这区区少数款项来救济二百万余难侨，自然是杯水车薪。救济范围仅限于津贴川资，也只是治标的办法，可是即使这样，若据过去国内□□济工作和最近许多的事实看来，则还是堪考虑的。"最近益世报所传滇南侨务黑幕，自然不是无的放矢"。此外，最重要的还是种种限制和束缚归侨的办法，国内政治黑暗和社会不安情形，过去就是归侨和侨资投向国内裹足不前的障碍，特别是各线交通站和所谓"归侨辅导制度"特务办法的种种黑幕，更是华侨所痛恨，言之色变，迫害归国参战侨工青年学生的更时有所闻。如东江两华侨战地工作团，但在此次救侨中，海外部不仅不注力于如何取消和改善这些制度及机构，反特别予以强调从海外部及三青团调动大批人员到滇缅路及粤桂各地加强这种所谓"辅导工作"，有些人更以为"华侨份子"复杂，非予以辨别和严厉钳制不可。国立华侨中学第一校第二校、厦大、暨大等各侨学中，素为侨生怨恨的党化教育制度，现在对于侨生的控制较前也格外加厉了。

孙中山先生远在民国十三年前即已警醒当时的执政者说："华侨为国民革命之母"，华侨反哺母国，这六十多年来确可谓已经竭尽了心力，现在正当他们遇难的时候，如何尽心竭诚予以关切和切实帮助解救他们"燃眉"之急，的确是我政府和国内同胞不能推诿的责任。因此，我们现在不能不请当局认清目前救侨责任的重大，立下决心澈底抛弃过去的一切这些观点，呼吁实行：第一，迅速动员国人助赈国内同胞与海外华侨，情如骨肉手足，尤其是滇、桂、粤、闽、川及旅美同胞，应发动热烈助赈。第二，增拨赈款，报载星洲一地去年十一月四日一次"筹粮款"即达一千三百余万，应从历次侨胞汇款额里酌拨一部份助赈，并指定一部专供华侨各业贷款，介绍华侨就业，实行改善侨民农贷，侨生学贷和上述侨贷的种种限制，实行治本。第三，取缔对归侨的任何歧视不合理待遇与束缚，尤其是辅导制度下种种黑暗特务办法，予侨胞以安居、安校、安业自由权利，处治滇缅路历次造成华侨与军警冲突、虐杀侨工的军警及与与谋份子。第四，归侨中不少有志之上，据闻大部是职工和技术人员。在今日全国准备反攻时期，应将祖国的需要与侨胞爱国热忱密切吻合起来。第五，除直接赈济外，促进海外国民外交，并从外交上予仍滞留盟邦侨胞以种种援助，救救难侨，愿政府当局倾听这一呼声，采取紧急步骤，使数百万有功于国家的黄帝子孙，不致饿死郊外。

（《解放日报》）

（原载一九四二年三月十五日《晋察冀日报》第一版社论）

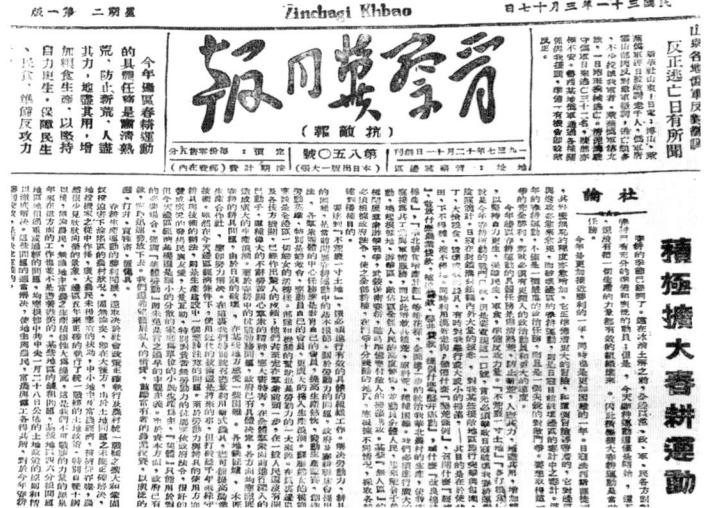

积极扩大春耕运动

　　春耕的季节已经到了。远在冰消土解之前，全边区党、政、军、民各方面对今年的春耕已有充分的准备和广泛的动员；但是，今天春耕运动还仅是开始，还不够猛烈，还没有把一切生产的力量都有效的组织进来。因此积极扩大春耕运动是当前的严重任务。

　　今年是更加接近胜利的一年，同时也是更加困难的一年。日寇法西斯匪徒死期愈近，其野蛮无耻的程度亦愈增加。它正准备着更大的冒险，和这个冒险连带着的，它对边区的破坏与进攻必愈来愈凶，而破坏边区的春耕运动，则是日寇目前破坏边区的毒计中之毒计。这就使今年的春耕运动，不仅是一个严重的政治任务，而且是一个尖锐的对敌斗争。要想取得这一生死斗争的完全胜利,那就必须具有更深入的政治动员和更大的速度。

今年边区春耕运动的具体任务是肃清熟荒,防止新荒,人尽其力,地尽其用,增加粮食生产,以坚持自力更生,保障民生、军食,准备反攻力量。"不荒废一寸土地""多打粮食"——这就是今年春耕运动的战斗口号。但是要实现这一口号,首先必须击败日寇破坏我春耕运动的种种阴谋诡计。日寇在封锁沟封锁线内外大量的掠夺,对我某些接敌地区施行突击与包围,大捕壮丁,大抢粮食,毁坏或收集农具,有时对我举行或大或小的"扫荡",——其目的是在于使我耕不得田,下不得种,浇不得地。同时利用汉奸走狗,颁布什么"垦荒条例",召开什么"经济恳谈会",散放什么农业贷款,植棉贷款,凿井贷款,提倡什么"凿井运动",喊什么"改良棉种,增加棉产","华北粮食增产计划"等等花样,企图进一步的统治我华北农村的生产,使我广大农村直接为其工业与军需服务,而以此解救其粮荒、原料荒、种种困难。我们必须进行广大的宣传鼓动,唤起根据地、游击区、敌占区全体人民的高度警惕,并动员全体人民,起来配合子弟兵,积极开展群众游击战争,武装保卫春耕,随时准备应付敌人的"扫荡"进攻。某些"无人区"的土地,必须根据政府法令,使之全部耕种,在斗争十分残酷的地区,应根据不同情况,采取各种方式,达到播种目的。

要达到"不荒废一寸土地",还必须进行有效的具体的组织工作。解决劳动力,耕具和资本的困难,是当前开展春耕运动中的基本环节。关于劳动力的问题,政府及春耕联席会提出具体办法,各群众团体的中心任务应是教育自己的会员,提高生产热忱,发动生产竞赛,创造千百个劳动英雄,特别是妇救会,应动员自己的会员,更广大的卷入生产浪潮。苏联妇女的模范事迹,应该是全边区一切妇女的活榜样。部队和机关的帮助也是劳动力的一大来源。在这里边区子弟兵及各后方机关,已经作出惊人的成绩;他们甚至走在群众前头一步,在一般人民还没有开始时就已动手,这种伟大的不辞劳苦关心群众的精神,应大书特书,在全体群众面前进行深入的鼓动,造成广大的生产浪潮。至于春耕中的抗战勤务问题,政府已有具体决定,各方面均应澈底执行。春耕的耕具问题,由于日寇的破坏,在某些地方感受一些困难。各地铁匠炉、木匠作坊及生产合作社,应即努力解决。在这里我们特别号召尽量利用新式农具,尽可能提高农业生产的技术。虽然在今天边区经济条件下,使用近代的技术还是将来的事,但打破几千年来株守简陋的耕具与技术的办法,则是生产建设中一个应该注意的问题。至于劳动力与耕具的使用方面,我们赞成广泛的发扬民族友爱,大量互助,特别对贫苦无劳动力的抗属应依政府法令,很好的代耕。但今天边区经济基础还是细小的分散的家庭为单位的小农生产为主,"集体"只能用于对敌斗争的必要场合,强调"集体劳动"则未免是言之过早的主观主义。至于资本方面,政府已有农业贷款,应则迅速发放下去。我们还希望发展私人的借贷,鼓励富有者的农业投资,以广泛的开渠修滩、打井、买牲畜、置家具。

春耕生产运动的胜利开展,还取决于社会政策正确执行及农村统一战线之扩大和巩固。日寇奴役迫害下沦陷区的农村状况,固无论矣,即在大后方,由于土地问题之未获正确解决,由于土地投机家之从中作怪,广大农民未得应有的扶助,中小地主及富农经济,被挤并吞噬,农村中依然很少见欣欣向荣的景象。边区五年来正确的执行了统一战线的土地政策,特别自双十纲领颁布以后,无论农民,无论地主富农之生产积极性大为提高,这是我们不可战胜的力量的源泉。但数年来在这方面的工作也并不是尽善尽美的。某些地区的钱租问题,某些地区四六分粮问题,某些地区地租过重或过轻的问题,均应根据中共中央一月二十八日公布的土地政策的原则和精神,加以澈底解决。这些问题的适当解决,使地主与农民,富农与雇工各得其所,对于今年春耕运动的胜利完成,是有决定意义的。

(原载一九四二年三月十七日《晋察冀日报》第一版社论)

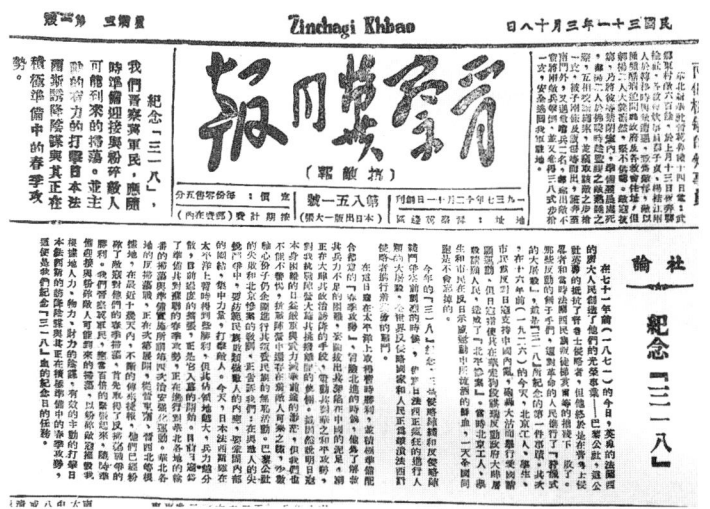

纪念"三一八"

在七十一年前（一八七一）的今日，英勇的法兰西的广大人民创造了他们的光荣事业——巴黎公社，这公社英勇的抵抗了普鲁士侵略者，但他终于是在普鲁士侵略者和当时法兰西民族叛徒梯亥尔等的摧残下失败了。那些反动的刽子手们，还对革命的人民进行了"狩猎式的大屠杀"，这是"三一八"所纪念的第一件事迹。其次，在十六年前（一九二六）的今天，北京工人、学生、市民为反对日寇支持中国内乱，炮轰大沽而举行爱国请愿运动，但日寇指使其在华走狗段祺瑞反动政府大肆屠杀请愿人民，造成了"北平惨案"。当时北京工人、学生和市民在反日示威运动中所流洒的鲜血，一天全国同胞是不会忘掉的。

今年的"三一八"纪念，正是侵略阵线和反侵略阵线斗争空前剧烈的时候，德意日法西正疯狂的进行人类的大屠杀，全世界反侵略国家和人民正为击溃法西斯侵略者进行着英勇的战斗。

在这日寇在太平洋上取得暂时胜利，并积极准备配合德意的"春季攻势"，冒险北进的时候，他为了解救其兵力不足的困难，妄图拔出其深陷在中国的泥足，刻正在大肆其政治诱降的手段，策动其对华之和平攻势，对我抗战阵营大施其挑拨离间的伎俩。这固然说明日寇本身困难的日益严重与武力灭华前途的渺茫，但我们也不能不警惕，抗战阵营中还存在着敌人可乘之隙，少数轴心份子仍企图进行其叛卖民族的无耻活动。巴黎公社的失败和北京惨案的教训，正告诉我们：在与敌人的尖锐斗争中，要防范民族败类做敌人的内应，要巩固内部的团结，集中力量，打击敌人。今天，日本法西斯虽在太平洋上暂时得到些胜利，但其占领地越大，兵力越分散，目前过度的扩张，正是它入墓的开始。目前日寇为了准备其对苏联的春季攻势，正在进行对华北各地的轮番的"扫荡"与准备实施所谓第四次治安强化运动。华北各地的反"扫荡"战，正在次第开展，从晋东南、晋西北等根据地，在最近十几天内，不断的传来捷报，他们已经粉碎了敌寇对他们的春季"扫荡"，首先取得了反"扫荡"战争的胜利。我们晋察冀军民，应当百倍的紧张起来，随时准备迎接与粉碎敌人可能到来的"扫荡"，以粉碎敌寇摧毁我根据地人力、物力、财力的阴谋，有效的主动的打击日本法西斯的诱降阴谋与其正在积极准备中的春季攻势，这便是我们纪念"三一八"血的纪念日的任务。

（原载一九四二年三月十七日《晋察冀日报》第一版社论）

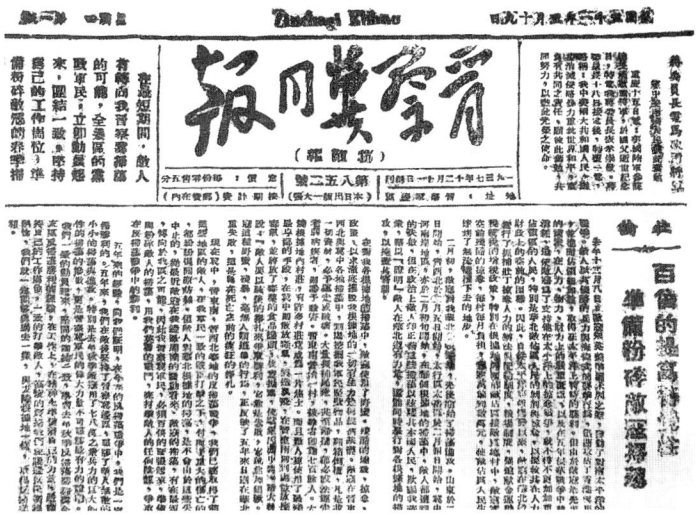

百倍的提高警觉性　准备粉碎敌寇"扫荡"

　　去年十二月八日，敌寇乘英美准备未□之际，发动了对南太平洋的侵略战争。敌人以其优势的兵力与海盗式的袭击行为，迅速攻占了香港与马尼拉，并进而占领新加坡，取得在太平洋上暂时的胜利。但由于敌寇是先天不足的国家，在人力、物力、财力上的严重匮乏，以及在五年侵华战争中的大量消耗，迫使敌寇为了支持他在太平洋上的掠夺战争，就不得不更加加重对其占领区的人民，特别是华北敌占区人民的剥削与掠夺，以挽救其在人力上、财政上的空前的困难。因此，自从太平洋战争爆发以来，敌寇在华北敌占区实行了抓捕壮丁掠夺人力的办法与配给制度，粮场制度，强迫献金运动，盐税统税的增税政策，特别在根据地□□敌占区接敌区乡村中，敌寇实行了空前残酷的掠夺，每村每月负担，□□万□到数万元，使敌占区人民生活，达到了无法继续下去的地步。

二月初，敌寇对我华北根据地，先后开始了"扫荡"进攻。山东于二月二日开始，晋西北于二月五日开始，太行区太岳区于二月四日开始，冀中滹沱河南岸地区，亦于二月初旬开始，在每个根据地的"扫荡"中，敌人都遭到可耻的失败，但在政治上敌人却正借这些"扫荡"以眩曜其本国人民，欺骗我华北民众，借以"证明"敌人在华北还有力量，还能同时举行对各根据地的"扫荡"进攻，以掩盖其窘态。

在对我各根据地的"扫荡"中，敌寇使用了野蛮、残酷的烧杀、掠夺、破坏政策，以求澈底摧毁我根据地的一切有生力量与经济基础。敌寇在晋东南晋西北与冀中各地"扫荡"中，到处挖掘我军民坚壁物品，翻箱倒柜，凡是找到的一切资财，必予运走或破坏。大量抓捕民众，甚至妇孺，都必设法运走，对老弱病疾者，则悉予杀害。晋东南管治一村，被杀者即达七百余人。大量焚烧根据地内村庄，有许多村庄竟成为一片焦土。而且敌人更使用了最残酷的最卑鄙的手段，在冀中则散放毒鼠，制造鼠，在晋东南则到处散放糜烂性毒气，并将放了毒药的食品罐头，□意抛弃，使群众因□中毒。斯大林同志说："敌人要以最后的挣扎来争取胜利，它愈是失败，它就愈加猖獗。"敌寇这种野蛮，残暴，毫无人类道德的行为，正反映了五年来日寇在华北的严重失败，这是□在死亡之前的疯狂的挣扎。

现在冀中，晋东南，晋西北等地的反"扫荡"战争，我们已经取得了胜利，这些地区的敌人，在我军民一致的严重打击之下，付与重大的伤亡的代价，都纷纷退回原纺线，但敌人对华北根据地的"扫荡"，是不会由于这些失败而中止的，从最近敌寇在我边区周围的□动看来，敌寇的"扫荡"，有在最短期内，转向于我区之可能，因此我晋察冀军民，必须百倍的紧张起来，准备迎接与粉碎敌人的"扫荡"，用我们英勇的战斗，来打击敌人的任何阴谋，争取我们在反"扫荡"战争中的胜利。

五年来的经验，向我们证明，在今春的反"扫荡"战争中，我们是一定能获得胜利的。五年来，我们在敌后坚持了晋察冀边区，战胜了敌人无数的大大小小的"扫荡"与进攻。特别是去年秋季敌寇用了七八万之众兵力的巨大的集中性的"扫荡"的惨败，更是晋察冀军民的伟大力量不可战胜最有力的证明。只要我们一致的动员起来，坚固的团结一致，学习去年秋季反"扫荡"胜利与今春各友区反"扫荡"胜利的经验，在工作上，在精神上准备着自己的力量，□□的坚持自己的工作岗位，一致的打击敌人，高度的发扬我们爱护边区保卫边区的热忱，我们就一定能够与过去一样，与友邻根据地一样，取得反"扫荡"的胜利。

（原载一九四二年三月十九日《晋察冀日报》第一版社论）

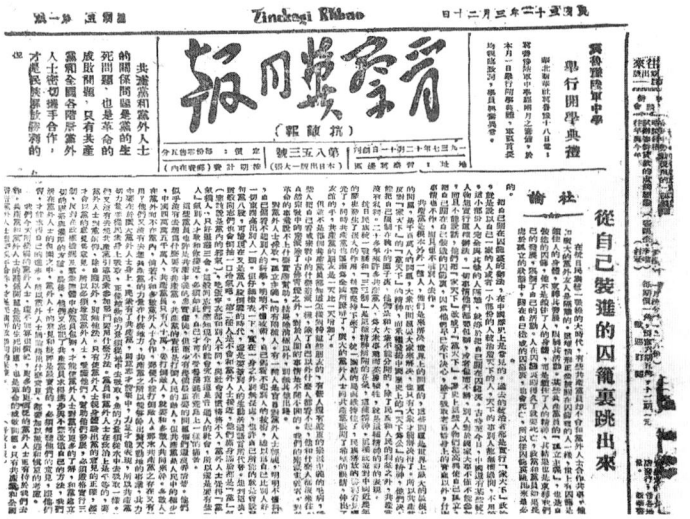

从自己装进的囚笼里跳出来

在抗日民族统一战线的大时代,有些共产党却不会和党外人士合作共事,他们和广大的党外友人是隔离的。这种情形正像被关在囚笼里的人一样,世上有囚笼是要锁住人的身体,束缚其发展,限制其活动。某些共产党员的"孤立主义",也是自己制造的囚笼,他不是锁住了人的身体,而是锁住了人的精神,其结果也是束缚我们自己的发展,限制了自己的活动,人在囚笼里关得久了就要死亡,政党和党员如果长期处于孤立的状态中,关在自己造成的囚笼里,也会死亡,所以从囚笼里跳出来是必须的。

把自己关在囚笼里的办法,在中国历史上是常见的。过去的统治者都是实行"家天下"政治,就是说以自己一家的人或者一小部分的人统治着天下的人，天下的事别人都无权过问，不用说，这小部份人完全与其余的人隔离，就等于把自己关在囚笼里。古时至今日，中国还有某些统治人物想实行这种办法，一切事情他们都要包办，或者包而不办，别人对于国家大事不仅不能参加，而且不能说话，他们把"家天下"改成了"党天下"。历史上这些人物们都高兴使自己孤立，把自己关在自己装造的囚笼里，因为他们早已拿下决心，除了吸收老百姓身上的膏血以外，什么事情也不作，而且也不准别人去作。

共产党是根本另外一种人，他们是来解决世界上的问题的，这些问题是世界上最大的最根本的问题，是千百万人的问题，大众的问题要大家来解决，也只有大众才能解决得了。所以共产党反对"家天下"的"党天下"的精神，而承继发扬中国历史上的"天下为公"的精神，他们决不能把自己限制在狭小的圈子里，他们是和大众不能分开的，除了民族和人民的利益之外，共产党没有私利。二十多年来许多共产党人，为大众事业而英勇牺牲，就是这种精神的好的表现。

抗日民族统一战线和"三三制"是这种精神所开的花朵，这种精神，这种政策对中国近几年的历史发生了很大的作用，抗战坚持下来了，统一团结的局面维持住了，民族解放的胜利看见曙光了，同时共产党也逐渐为全国所了解了，广大的党外人士向共产党张开了希望的眼睛，伸出了友谊的手，共产党的朋友是一天比一天增加了。

但并不是每个共产党员都知道怎样对待这些朋友的，有些人还有严重的宗派主义的毛病，这些人把自己看成宗教中的什么宗派一样，除了自己以外什么人都看不起，他和什么人都没来往。自然宗教中的宗派除了古佛青灯之外，对于人间的事情是不闻不问的。我们的宗派主义者，对于革命的事业说不上什么实际帮助，结果除消极以外，别无其他出路。

对党外人士采取"孤立主义"的有两种人。有一种人是盲目对党外人士轻视，明明不懂科学，自己偏看不起别人的科学，明明不懂技术，自己偏看不起别人的技术，总以为自己比别人好，一切东西高出别人一头。但仔细检查一下，实在一身之外别无长处，也许自己所能的就是会说几句党八股，可惜现在又是党八股倒霉的时代，还是要被别人的生动活泼语言所代替。想到这里，这般同志们也会倒抽一口冷气吧。第二种人是不会和党外人士接近，他们满身满脸都是"党"气（应该说是党内的邪气），吃饭穿衣都和别人不同，与社会习惯格格不入，党外人士觉得"党"气扑人，只好退避三舍。这般同志们应知现今的社会究竟还是普通人的社会，所以还是要有些"人"气别人才敢和你接近，必须如此，自己才可不受鲁滨逊在荒岛上一样的痛苦。

这些党员也许是共产主义的忠实信徒，但至少有几个最重要的问题他们还没弄清楚。他们□似乎没有去想为什么要有共产党。共产党的责任是打倒人民的敌人，但共产党是人民中的极少数，中国四万万五千万人，共产党员只有八十万，要打倒敌人，就要和多数人共同来干。多数人是在党外而不在党内，倘若不和多数党外人士合作，那便不能打倒敌人。那末共产党之存在又有何用？他们又没有去想共产党的力量在什么地方，共产党之所以能够干出惊天动地的事业，其力量主要在于广大党外人士身上。民众有了共产党，则意志才能集中，力量才能表现，所以共产党一切力量要从民众身上吸收，正像植物的力量须从地中去吸取，鱼的力量须从水中去吸取一样。他们又没有去想共产党引导民众参加战斗要用什么方法。党员和党外人士在政治上是平等的，要使党外人士对党信仰，除自愿以外，别无他法。只有使党外人士亲身体验出党的意见的正确，然后才会以党的意见为意见。所以必须尊重党外人士，爱护他们，帮助他们发展，必须严格实行三三制，反对在政权机关及群众团体中的党员包办，才能使党外人士对党有更多的了解，和党建立密切的联系与浓厚的友谊。最后，他们又忘记了共产党员求得进步与不断改造自己的方法，我们生活在党外人士的包围之中，党外人士的意见和批评是最宝贵的，必须倾听他们的意见，跟他们学习，才能求得自己的进步。所以党外人士无论提出什么意见，都要加以欢迎和慎重的考虑。

我们今天所接触的党外人士，还不能算很广泛，更多的更广泛的党外人士正有待于我们去合作。共产党和党外人士的关系问题是党的生死问题，也是革命的成败问题。只有共产党和全国各阶层党外人士密切携手合作，才是民族解放胜利的保证。

（《解放日报》）

（原载一九四二年三月二十日《晋察冀日报》第一版社论）

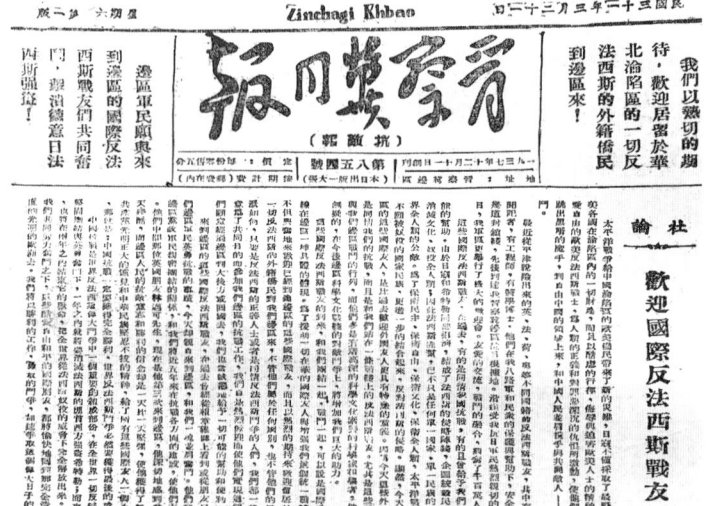

欢迎国际反法西斯战友

太平洋战争给中国沦陷区的欧美侨民带来了新的灾难，日寇不仅采取了最野蛮的手段劫夺英美各国在沦陷区内的一切财产，而且以酷虐的行径，侮辱与迫害欧美人士的精神与身体。许多热爱自由的欧美反法西斯战士，为人类的正义和对罪恶深沉的仇恨所激动，使他们不避艰险，决然跳出黑暗的魔手，到自由中国的领域上来，和中国人民并肩携手与共同敌人——法西斯野兽搏斗。

最近从平津脱险出来的英、法、荷、奥等不同国籍的反法西斯战友，其中有大学教授，有新闻记者，有工程师，有医学博士，他们在我八路军和民众的保护与帮助下，安全的通过了敌人好几道封锁线，先后到达我晋察冀边区抗日根据地。沿途受我抗日军民热烈亲切的欢迎。三月十一日，我军区更举行了盛大的欢迎会。友爱的交流，战斗的融合，兴奋了千百万人的心。

这些国际反法西斯战友，在过去，有的是同情我国抗战，有的且曾给予我们敌后斗争许多可能的帮助。由于日寇和希特勒同恶相济，结成了法西斯的侵略阵线，企图绞杀民主、摧毁自由、消灭文化、奴役全人类；因此法西斯匪帮，已不只是任何单一国家、单一民族的敌人，而是全世界全人类的公敌。为了保卫民主、保卫自由、保卫文化、保卫全人类，太平洋战争爆发后，一切不愿被奴役的国家民族，更进一步的结合起来，反对法西斯的侵略。显然，今天我们欢迎来到边区的这些国际友人，是比过去欢迎外国友人更具有特殊的意义。因为今天这些外国友人，已不仅是同情我们的抗战，而且是和我们站在一条战线上的反法西斯战友。尤其是这些朋友，都决心处于我们边区战斗的行列，而他们多是有着高深的科学文化素养的科学家和学者，他们来到边区，无疑的，在今后边区科学文化战线的对敌斗争上，将增加我们巨大的助力。

这些国际反法西斯战友的到来，和我们团结一起，战斗一起，可以说是国际反法西斯统一战线在边区一种具体的体现。为了援助一切在华的国际友人与增强我们这个统一战线的力量，我们不但兴奋地来欢迎已经到达边区的这些国际战友，而且以热烈的期待来欢迎留居于华北沦陷区的一切反法西斯的外籍侨民到我们边区来，不管他们属于任何国别，也不管他们的信仰、阶级、党派如何，只要是反法西斯的正义人士或者是同情反法西斯斗争的人们，我们都一律欢迎。他们愿意为了共同目的而参加我们边区的抗战工作，我们自是热烈欢迎而使他们实现这个愿望；如果他们愿意经过边区到大后方或回国去，我们也当诚恳地给予一切可能的帮助和便利。

来到边区的这些国际反法西斯战友，在过去曾经从报章杂志上看到或从朋友口中听到关于我们边区军民英勇抗战的事迹，今天却亲自来到边区，和我们一块并肩奋斗。他们到边区后，目击边区党政军民亲密团结的关系，和我们将近五年来在抗战各方面的建设，使他们表示惊异与感动。他们中间那位英国朋友林迈可先生，现在是他第三次来到边区，他深切地感到敌人是一天比一天残酷，而边区人民的抗敌意志和胜利的信念却是一天比一天坚强，使他获得了新的印象。中国共产党光明正大的远见和中华民族坚忍不拔的精神，给了所有这些国际友人一个不可摇撼的信念，那就是：中国抗战一定要获得完全胜利，世界反法西斯斗争必然要获得最后的成功。

　　中国抗战是世界反法西斯伟大斗争中一个重要的组成部份，在全世界一切反侵略国家和民族坚固团结与英勇奋斗下，一年之内就将要消灭法西斯的匪首西方强盗希特勒；而东方强盗的日寇，也将在两年之内结束它的兽命，把全世界从法西斯奴役的威胁下完全解放出来。我们坚信：在我们共同努力奋斗之下，这些酷爱自由和平的国际朋友，都将愉快地回到那完全清洗了希特勒制度的光明的欧洲去。我们将以胜利的工作，勇敢的斗争，加速争取这个伟大日子的到临。

（原载一九四二年三月二十一日《晋察冀日报》第一版社论）

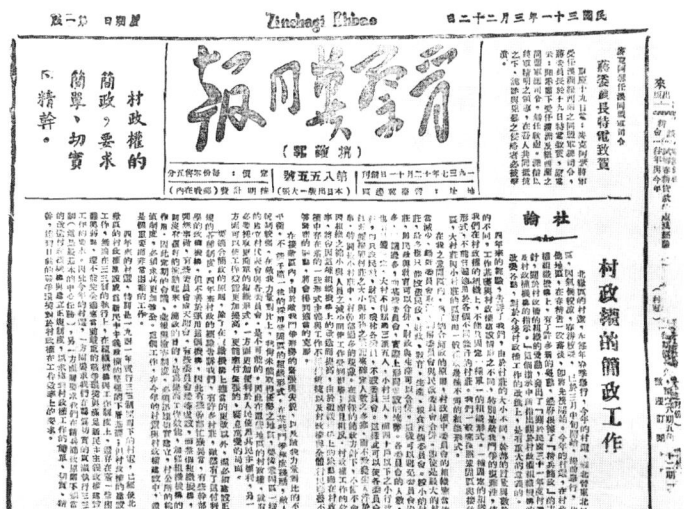

村政权的简政工作

　　北岳区的村选，在每年春季举行，今年的村选，雁北晋东北地区，因气候较凉，春耕较晚，已于三月中旬开始，提前举行，其他地区，在春耕告一段落后，即将先后开始。今年的村选，在村政权组织机构上，有了许多新的变动，边府根据了"精兵简政"的方针，关于村政权的组织的变动，发出了"关于民国三十一年度村选及村政权机构的指示。"这个指示中所指出关于村政权组织机构的改变各点，对于今后村政权工作的改进上，是有重大的意义的。

　　四年来的经验，告诉了我们，由于村庄的大小不同，干部的质量与数量的不同，工作基础与村政权建设情形之不同，特别是敌我斗争的复杂性，使我们在村政权的组织上，不能只固定一种单一的组织形式。一种固定的组织形式，不能普遍适用于各个不同条件的村庄。我们一般应按照巩固区与接敌区，大村庄与小村庄的区别而一般采取几种不同的组织形式。

在我之巩固区内，为了适合简政的原则，村政权中委员会的组织应当适当减少，锄奸委员会取消，调节委员会与民政委员会合并。即使是最大的村庄，最多也只能设置民政、财政、教育、生产、粮食五个委员会。较小的村庄，则民政与教育可以合并，财政与生产可以合并。这样可以避免委员会过多，会议过多，而某些委员会，实际上形同虚设的流弊。各委员会的人数，也有具体规定，大村不得超过三至五人，小村三人，而四十户以下之小行政村，则只设民教、财实、粮秣各委员，不设委员会。这样就可以使各委员会真正能按照村庄之大小与事务之繁简来确定人数之多寡，而不致发生人浮于事，特别是小村庄中，村干部过多的现象。在这样的简政方针下，不仅不会因组织之缩小与人员之减少而使工作受到影响；而且相反，村政权工作的效率，将会因这种组织机构上的改造而提高，由于组织机构上的缺点而在村政权中存在着的一些形式主义与工作不□□敏捷以及村政权与全体村民联系不够紧密的弱点，将会得到失当的克服。

在接敌区内，由于敌我斗争形势的紧张与尖锐，以及敌我力量对比的不平衡，不能千篇一律的采用巩固区的组织形式。在某些斗争极度残酷，敌人统制较强，在敌我力量对比上，我尚未能取得优势之地区，要像巩固区一样的建立村代表会与各委员会，是不可能的。因此在这些地区的村政权，就有必要采取更简单的组织形式。一方面更加便利于人民使用其民主权利，另一方面可以使工作效能更加提高，更能应付紧张的、瞬息万变的局面。

要适合简政的原则，除了在组织机构上适当的更改以外，还必须建设正规的各种制度。四年来村政的经验告诉我们，有许多村庄，虽然有了这付科学的政权机构，但不善于运用这个机构，因此有些干部忙碌异常，有些干部闲无事做，有些委员会成天开会，有些委员会几等虚设，而整个组织机构，则没有很好的推动起来。简政的目的，是为提高工作效能，加强组织机构的作用。因此定期的会议、汇报与检查制度，必须迅速切实建立，村公所的轮值制度，必须求其更加健全。这个工作，在今年的村选与村政权建设中，还是个重要而非常困难的工作。

　　四年来的村选，特别是一九四一年实行三三制原则下的村选，已经使北岳区的村政权建设成为新民主主义政权的坚强的下层基础；但村政权的建设工作，无论在三三制的执行上，在组织机构与工作制度上，还存在着一些困难与弱点，还不能完全适应当前严重的战争环境与满足新民主主义政权建设工作的要求。因此今年的村选，一方面要求我们在认真切实的贯澈执行三三制（这是最基本的中心任务），另一方面则要求我们在精兵简政原则下适当的改造村政权机构与建立正规制度，以求达到村政权工作的简单、切实、精干，达到目前的战争环境对于村政权在工作效率上的要求。

　　　　　　　　（原载一九四二年三月二十二日《晋察冀日报》第一版社论）

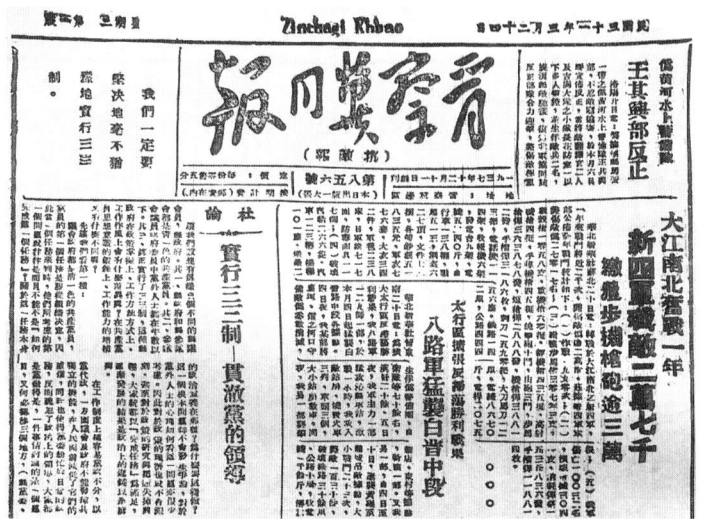

实行三三制

——贯澈党的领导

让我们设想有这样三个不同的□议会员,县政府。其一、县政府和县参议会都是清一色的共产党员。其二、参议会议员政府委员中党外人士都在半数以下。其三、真正实行了三三制,这种县政府在政策掌握上、工作方法方式上、工作作风上会有什么差异呢?在共产党员思想意识的锻炼上、工作能力的培植又有什么不同呢?

先让我们看第一种:

议会政府都是清一色的共产党员,党员的第一个任务是服从组织决定,因此当一个任务来到时,他们所考虑的第一个问题就往往是而且不能不是"如何完成这一个任务"？关于这一任务本身的政治意义在那里？为什么要这样做？这一个根本问题却不会发生争论，对于党外人士的心理如何看这一问题亦很少考虑。因此对于政策的理解也就不会深刻，甚至对于政策的研究与把握失掉兴趣，大家统都以"完成任务"为满足，逐渐发展的结果是政治上的迟钝以至麻痹。

在工作制度上极容易党政不分，以党代政，一方面议会及政府不能发挥其独立的机能，在人民面前减低了它们的威信，同时也使得党委纷忙于日常的政务，反而疏忽了政治上的领导，大家都是党做得是，一件事情讨论的是一个题目，又何必挪移三个地方，（县党委、县议会、县政府）开三次同样的会。在工作方法方式上，因为对于党外少了顾及，全是自己人，因而就容易对于领导群众也常应用党内的领导方式，强迫命令多于解释说服，而党员或干部在群众间起的"模范作用"往往也十分勉强或过于突出。

结果是党的政策不能变为广大人民的主张，人民看到的只是"公家"加到自己身上的负担。县委、参议会、县政府以至群众团体的负责人，在人民眼里都变成了"公家人"，不再是与他们血肉相关的"自己人"。

第二种怎样呢？因为县参议会县政府都只有少数的党外人士，党外人士来时勉强进门，不敢讲话或少讲话，办事则敷衍表面，因而我们也就容易不把党外人士当数，或误以党外人士当真没有跟我们不同的意见，于是多数人已经讨论决定了的东西，回头来再特少数人开一次会把原案照□通过一番，日子一久又感到太麻烦，党外人士自己知道，也就懒得参加这样党政不分的议会，于是一切事情仍照旧的进行起来，照样地不研究政策，照样地没有争论，照样"完成任务"，我们主观上也许是真想跟党外人士合作，但是实际上变成了"请客"，党外人士也许当真打算到议会里来发抒他的意见，到政府里来施展他的抱负，但实际上却做了"不愉快的客人"。

这种情形对于共产党员毫无好处，对于县党委的工作依旧是个累赘，而议会则容易变成一个空洞的形式，甚至连形式也很难得保持。

在第三种情形下局面就完全不同了。

党外人士一多，大家就专讲话，他们或者根本就不同意我们的主张，或者是同意我们的主张老不赞同我们的办法，或者同意主张办法，而反对我们提出来的人选。在这种情形下面，共产党员首先是被选到议会里和政府里的共产党员，就不能不细心的深入的去研究，并把握党的政策。如果依旧是知其当然不知其所以然就不行了。另一方面，他就不能不注意研究别人的立场和意见，而想出种种的对答，使别人接受我们的意见，同时也接受人家意见的好处。如果依旧是自高自大，目无旁人，他们就会被孤立，受打击，以致一事无成了。同时，他们也就不能不时时刻刻记着自己是共产党员。牢固的占稳自己的立场，为抗战和革命打先锋，做模范，如果再马马虎虎，吊儿郎当，连群众都会公开指责你不配做共产党员了。

于是，党的政策当更为广大人民所理解，党员行动当更为广大人民所拥护，这便是革命胜利的保证。

其次，在工作制度上也就不能不实行转变了。党已经不能代政，它就不能不在主张与办法上多用心思，不能不考虑通过政治领导争取大多数以实现党的主张的办法。关于实际政务上的琐细项目，它就只好放弃，也不能不放弃。议会□既然有不同的意见、辩驳和斗争，它也就有了它的作用，再不是一个可有可无的形式。即使我们每一项主张能够在议会上毫无异议的全数通过，这些主张本质上和以前也已经根本上有了差别。因为它们已由党的主张变为人民的主张了。县政府再根据议会的决定，负责制定详细的具体的执行方案和步骤，县政府也就有了自己一定的责任和独立的工作。

只有党与政府在工作上的明确分开与适合于民主制度的体例，也只有各自独立工作，才能实现党对于广大人民的领导。

最后，在工作方式以及整个的工作作风，也就不能并从头到尾来个澈底转变了。关着的门必须打开，别人的意见必须倾听，强迫命令必需取消，一意孤行也要此路不通了。

所谓掌握与贯澈党的政策,所谓了解情况,学习并运用策略,只有跟党外的主张与党外的人士相接触,相比较时,才有其实际的意义。所谓(肃清宗派主义的残余),也只有在议会里、政府里当真有了二分之一以上的党外人士时,才更容易实现这一个转变。

三三制不仅是符合于全体抗日人民的利益的政权形式,三三制还是锻炼我们的党员,我们的党的组织,使之真正成为全体抗日人民整个中华民族的利益的代表者,并能引导他们走向胜利之路的带路人的必须的途径。

我们一定要坚决地毫不犹豫地实行三三制。

(《解放日报》)

(原载一九四二年三月二十四日《晋察冀日报》第一版社论)

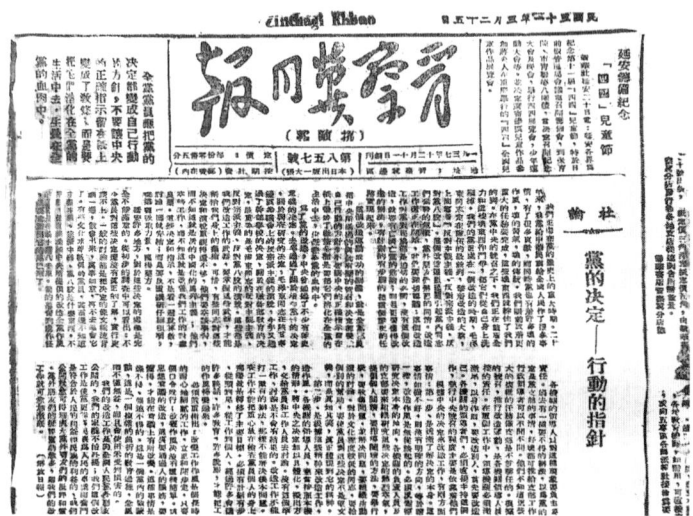

党的决定

——行动的指针

我们正处在党的历史上的重大时期。二十年来，我党给中华民族给全国人民作了很多事情，有了很多贡献，而同时党也有着许多坏的作风，坏的习气，坏的传统。我们眼前放着更重大的任务要完成，这些坏东西就绊住了我们的脚。在党中央的号召之下，我们正在鼓着全力和这些坏东西作斗争，把它们从自己身上洗刷掉。我们的党正处在一个改造的时期，毛泽东同志定在队伍的最前列，擎着改造的大旗，上面写着"反对主观主义、反对宗派主义、反对党八股"。这个改造运动已经引起党内同志们奋发的气概，党外朋友们热烈的同情。改造工作还正在开始，我们要深切认识：这个改造工作对党对民族都是迫切的必需，没有这个改造，就要有亡国亡党的危险；而且更要懂得改造的办法，有计划的有步骤的把这个历史的任务实现起来。

这个改造运动成功的关键，就是全党党员把中央所通过的与此有关的号召和决定都变成自己行动的方针，不要让中央的正确指示留在纸上变成了教条，而是要把它们溶化在全党的生活中去，生□在全党的血肉中。

为了党的改进，中央曾通过了不少有历史意义的决定。去年通过了关于增强党的决定，关于调查研究的决定，毛泽东同志在陕甘宁边区参议会上的反宗派主义的演说，今年又通过了干部学校的决定，关于在职干部教育的决定，最重要的是毛泽东同志的反对主观主义、反对宗派主义、反对党八股的演说。这些都是我们改造工作的武器，要掌握这些武器，才能割治我们身上的癞疮。可惜，有些同志对这些决定和演说重视得还不够，他们要空谈学习，而不知这就是活的中国化的马列主义；他们空谈工作，而不知这就是改善我们工作的对症良药。这些决定和指示，不是看一遍就算数，讨论一回就完结；而是要反复钻研仔细咀嚼，从这里吸取力量，获得药方。

延安许多地方，对于这些决定的处理是完全不能满意的。从初步的调查中可以看出：不少党员对这些决定还没有真正的了解，实行更谈不上。一般的讨论都是把决定的条文轮流背诵一遍，散会出来，万事如意，再不去理会它了。有些文化水准较低的党员，甚至还不知道主观主义、宗派主义、党八股是什么东西。不用说，□□办法和中央所提倡的改造全党作风的□□是相差十万八千里。旧的恶习到处作怪，□□也露出它的尾巴来了。

各机关的领导人员对这种现象要负主要的责任。过去有一种要不得的办法，以为党的决定是党支部的事情，好坏都可推给支部工作，行政领导者可以不闻不问。他们不知道这些重大的复杂的任务仅支部是不能胜任的。根据党的号召，推行改造运动，是各机关领导人员直接的责任。在这个工作中，领导机关必须澈头澈尾，以身作则，要改造别人，首先要改造自己。各机关的领导者们，必须直接主持这个工作，执行中央号召的程度主要是依靠着他们。

根据中央的决定来改造工作，有两方面的事情：第一步、是透澈了解决定的本身。这件事情如做不好，则没有明确的方向，等于瞎子一样，改造作风是无从谈起的。必须反对轻视研究决定本身的倾向，各机关的负责人员及党的支部要来组织研究这些决定的热烈空气，要提倡个人阅读，要指导阅读的方法，要举行质疑，要收集问题，并解决问题，要组织生动活泼的讨论。对于文化程度较低的同志，要给以个别的帮助，要使党员对这些决定不是望文生义，而是真知其义，真正体现到它的精神。

第二步、是根据这些精神来改造工作，改造作风。各机关的领导人员，应当按照本机关的情形，将中央之决定加以具体化，拟出方案，交给党员和工作人员去讨论。没有这个准备工作，讨论是不会有结果的。改造工作不能靠打一儆百的办法，那样不能解决根本问题。检查工作不能把中心放在检查党员个人的身上，那样就是转移了主要目标。必须有计划有步骤，从头到尾，从工作到个人，经过许多会议，许多谈话，许多教育，许多说服，才能把工作的作风转变过来。

必须严重指出：改变工作作风是个长时期的耐心地细腻的工作，立正和开步走，只要喊个口令就行；改变作风决没有这样简单。这是思想意识的改造，这里要通过人的脑筋，要他懂得，才能在意识上有所改变。这种事情是急燥不得、强迫不得的。这是一个党内的启蒙运动，这是一个复杂的曲折的教育过程，急风暴雨不仅无益，而且会使田禾受到损害的。

我们的改造工作是向全国人民党外朋友们公开的，我们的家丑不怕外扬；我们这个改造工作是使党更能为民族为人民的事业而奋斗，是符合于人民的利益和民族的利益的,我们愈公开就愈可得到广大党外朋友们的批评和帮助。党外朋友们的批评帮助愈多,则我们的改造工作就可愈加澈底。

(《解放日报》)

(原载一九四二年三月二十五日《晋察冀日报》第一版社论)

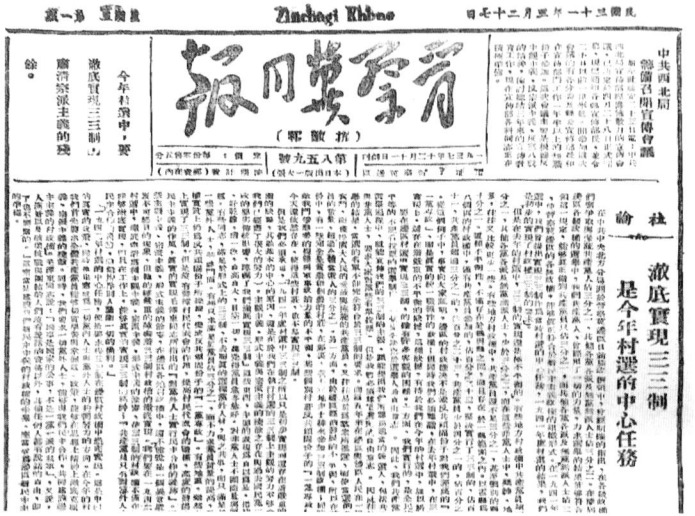

澈底实行三三制是今年村选的中心任务

在中共中央北方分局关于晋察冀边区目前施政纲领中，曾经明确的指出，在各级政权中，我们应争取与保证共产党人占三分之一，其他各党各派及无党无派人士占三分之二。在历届晋察冀边区各级政权的选举中，我们共产党人，曾经用了一切的力量，力求选举的结果能够符合双十纲领这一规定，能够真正做到共产党员只占三分之一，而其他各党各派及无党无派人士占三分之二，使晋察冀边区的各级政权，能够真正符合于新民主主义政权的组织形式。在一九四一年度的村选中，我们曾提出实现三三制作为当时村选的中心任务，一九四一年度村选的结果，我们基本上是初步的实现了村政权三三制的要求。

但是在去年的村选中，三三制的实现还是极不平衡的。有些地方村政权中共产党员超过了三分之一，其他各党各派及无党无派人士，少于三分之二，而在这些非党人士中，缙绅，地主的数量，往往又比较更少一些。有些地方村政权中，共产党员还不足三分之一，甚至个别的县份只有十分之一。这种不平衡性，不仅存在于县与县之间，而且存在于一县范围之内。以盂县为例，在八个区的村政权中，仅有共产党员参加的，占百分之二十三，坚决实行了三三制的，占百分之三十一，共产党员超过三分之一的，占百分之二十三，共产党员少于四分之一的，占百分之二十三。从这个例子中，事实向大家证明，边区的村政权决不是像反共顽固份子对我们污蔑的"共产党一党专政"，而是真实的统一战线性的政权；但同时我们必须认识，在去年村选中，在三三制的实现上，还存在着严重的不平衡的缺憾，这种缺憾，有待于我们在今年的村选中，加以纠正。

要在边区村选中实现三三制，的确有许多客观的困难。一方面，我们实行的，是全民的普遍平等的不记名投票的选举制度，一切完全决定于选举人的自由意志。因此，我们共产党人，在选举过程中，只能宣传我们的三三制的主张，只能提出我们所认为适当的候选人，包括共产党员与非党人员，要求大家对这些名单投票。但是我们必须尊重选民的自由意志。因此往往在选举的结果，当选的名单不能符合于三三制的要求。而这五年来在边区与边区人民在一起牺牲奋斗，而获得广大人民的爱戴与拥护的共产党员，又往往易于为群众所推选，而使当选的共产党员的数量，超过全体当选人的三分之一。另一方面，由于边区经济发展的不平衡，所以在某些县份中，有一些完全是贫农和佃农的村庄，在那里，找不到地主士绅来参加三三制政权；同时由于敌我斗争形势的复杂与军事政治力量的不平衡，某些个别村庄反共顽固份子的"一党专政"，到今天还依然存在，使得这些村庄，也不易实现三三制。

但是我们必须承认，一九四一年度村选中三三制之所以只是初步实现而还存在着严重的不平衡的缺点，其最基本的中心的原因，还是在于我们在执行村选的三三制上主观的努力不够（虽然我们已经尽了很大的努力）。主观主义、形式主义与宗派主义的残余之存在与过去国民党一党专政的恶劣传统影响，障碍了我们澈底实现三三制。这些东西，主要的表现为自以为是，把持包办，好干脆，清一色，自高自大，目空一切，总觉得党员愈多愈好，对非党人士不愿商量与解决问题。有些同志，满足于形式上的三三制，不去认真的选举党外人材，与之共事，而只满足于选上一些党外人士，装点门面。有些只求满足于党员占三分之一，而不力求党员质量的提高，致使政权实质上仍为反共顽固份子所操纵，变成反共顽固份子的"一党专政"。有些地区，最然在组织上实现了三三制，但是没有发挥村民代表会的作用，提高村民代表会的职权，高度的发扬大众的民主主义的作风，真实的实现毛泽东同志所指出的"对党外人士实行民主合作的义务"。固然这些主观主义、宗派主义、形式主义的余毒，在边区各地村政权中，还不能说是一个异常严重的岌岌不可终日的现象，但他的确严重的障碍着三三制村政权的澈底实现。我们要在一九四二年度的村选中，澈底肃清这种主观主义、宗派主义、形式主义的余毒，使三三制的村政权不仅在组织上能够澈底实现，而且在工作上，能够真实的实现三三制的精神；"共产党员只有对党外人士实行民主合作的义务，而无排斥别人垄断一切的权利。"

一九四二年村选的中心任务，便是要求得三三制在边区村政权中澈底实现。这是中国共产党的真实的政策，同时它也应成为一切党内人士与党外人士的共同努力的方向。在今年的村选中，我们首先要求全体共产党员能够切实学习与掌握这一政策，能够在思想上精神上澈底克服主观主义、宗派主义的残余。同时，我们要求一切党外人士，能够与我们民主合作，共同建设边区新民主主义的村政权。毛泽东同志说："国事是国家的公事，不是一党一派的私事"，又说，"除敌人汉奸以及破坏抗战与团结的人们没有说话的资格以外，其他任何人都有说话的自由，即使说错了也不要紧的。"这应当是建设我们新民主主义的村政权的圭臬,应当成为边区新民主主义政治的准绳。

(原载一九四二年三月二十七日《晋察冀日报》第一版社论)

一九四二年度的村选与村财政建设

　　自一九四一年度村选以来，晋察冀北岳区在村财政的建设上，获得了很大的成绩。巩固区的村财政，在这一年来的建设工作中，已经基本上克服了过去在村财政中存在着的许多浪费现象，取消了许多不恰当的开支，使北岳区巩固区的村财政，一般的已经走上了轨道。

　　目前北岳区的村财政，最严重的是在接敌区与沦陷区中。由于敌人空前的勒索与榨取，使这些区域的村财政，已经达到了空前严重的地步。根据最近的调查，敌伪在接敌区的村庄，去年一年中勒索一般均在三万元以上，最高甚至有达二十五万元者。完县去年一年中，接敌区沦陷区村庄，被勒索共达二百万元，曲阳达一百四十余万元，每两粮银征至一千三百余元。井陉某村五千户，被勒索达八万四千元，粮食十二万斤。敌伪的这种掠夺与勒索，采取着各种各样的形式出现，例如伪村长、伪情报员、伪自卫团、伪军、修筑碉堡挖沟民夫的雇佣费，占着敌占区接敌区村开支中的最大一项，此外如赎票运动费，敌伪人员招待费，治安费，公用费等各种开支，用捐税，勒索，抢掠等各种方法，使敌占区与接敌区人民的负担，达到其国民经济总收入的大部。这种苛刻的、无人性的剥削与掠夺，使敌占区接敌区的农村经济，正在迅速的向下破□，大批的地主正在破产，大批群众抛弃了土地而跑到我根据地里面来。敌占区接敌区这种严重的村开支的情况，任何稍有常识的人都会了解，是无法长久支持下去的。

因此目前北岳区村选中关于村财政的建设，第一个问题就是要设法把敌占区接敌区广大同胞，从敌伪的苛重的、无法忍受的剥削与掠夺之下解放出来。这就要依靠在这次村选的过程中，加强与敌伪关于村政权的争夺战，而把反对资应敌伪的斗争，与这次村选密切的联系起来。接敌区敌占区同胞，大部份已经长久呻吟于敌伪的横征暴敛之下，他们的斗争情绪，正在随着他们的经济破产而日益增高。因此我们必须在这次村选与对敌伪的村政权争夺战中，进一步教育群众与提高群众对敌斗争的情绪，领导广大群众对敌伪负担的少交，拒交以至完全不交的运动，把这种运动，与广大群众对敌的武装斗争密切的结合着。至于一时还不能完全不资敌的村庄，也应当把村公所正当的财政开支与支应敌伪的开支严格的划分开来，以便在村公所正当开支上，进一步求其正规化，以求进一步减轻这些地区人民的负担。

在巩固区中，我们在村财政的整理中，固然已收得很大的成绩。但在今年村选中，仍有许多地方值得我们进一步去改进。这种改进，主要应当表现在以下各方面：

第一，关于村财政的报告，应当成为本届村长工作报告的中心内容之一，这个报告，务须取得广大村民或村民代表的热烈讨论，把这一年来的村款开支，置于村民代表会或村民大会的监督之下。经过这种民主的讨论，可以克服目前在巩固区村财政中还存在着的某些浪费现象以及个别贪污事件。进一步把村财政开支纳入政府的规定。

第二，村款的征收，一般应做到半年征收一次，而不是无限制的随需随征，某些县份，在半年征收一次不可能时，至少亦须按季征收。只要能坚持村财政的预决算制度与使村财政进一步正规化，要达到这一要求是完全可能的。

第三，对于村公产，庙田，社田进行整理，这是村政权的一笔收入，过去对于这个收入，还缺乏必要的整理与管理。在村公产整理清楚之后，我们对于村财政的收入能够进一步的掌握，其时可以实现小学教育经费的由县统筹统支。目前由县统筹小学教育经费，还是不可能的。

第四，在抗属数目有了精确的登记以后，把优抗粮食由县统筹是完全可以办到的。

第五，在村款开支上，有些不适当的开支，到现在还在某些地区存在着，如鞋贴和柴贴，现在尚未完全肃清。有进一步检查与肃清的必要。有些开支，还过于糜费，需要进一步的求其节约。

我们村财政的建设，其主要目的，是为了减轻人民的负担，把人民对抗战的负担，减低到必要的最低限度，以支持长期的抗战。同时我们还是为了进一步纳村财政于全边区财政的统筹统支，打下一个初步的基础。这自然还是一个辽远的艰巨的工程，但为了达到这个目的，我们就必须有步骤进行必要的准备，而在今年村财政建设工作中所提出的几点，恰恰是为了达到这个目的所必须经历的途程。

北岳区一九四二年度的村选，应以村财政的进一步建设作为其重要任务之一，为了完成这个任务，全北岳区的党政民各级组织应当紧张的动员起来。

（原载一九四二年三月二十九日《晋察冀日报》第一版社论）

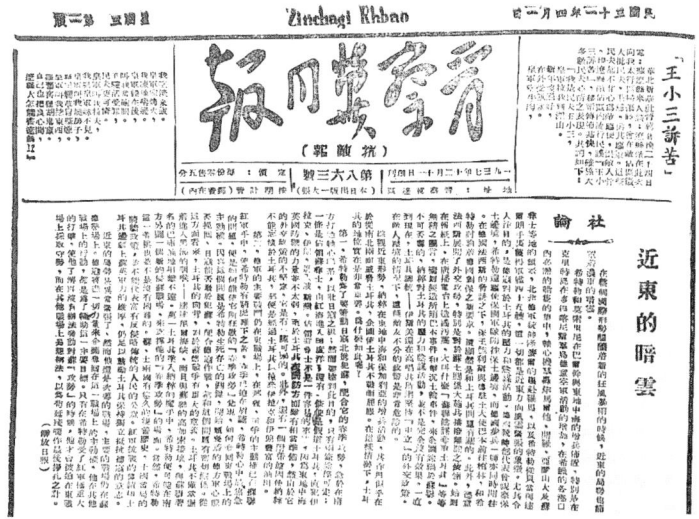

近东的暗云

在整个国际形势酝酿着新的狂风暴雨的时候，近东的局势也笼罩着浓重的暗云。

希特勒和莫索里尼在巴尔干与东地中海的增兵布置，特别是在克里特岛在多得喀尼斯群岛德意空军活动的增加，在希腊的各港口内必需的船只的集中，轴心机群轰炸马耳他、开罗、亚历山大及苏彝士等地的频繁，北非德军统帅隆麦尔的趋赴罗马，以及希特勒从贝当与达尔朗手里获得军舰四十五艘，这一切都是近东方面风云紧张的象征。尤其令人注目的，是德寇对于土耳其的压力和阴谋活动。德国统帅部代表曾视察保土边境，希特勒还驱使保国军队开往保土边境，而德国步兵一师亦同时开往。在德国法西斯的胁诱之下，保王鲍利斯与德驻土大使巴本前往柏林，和希特勒讨论着德国对保之新要求。这显然是和土耳其问题有关的。此外，德意法西斯展开了外交攻势，特别是对于苏土关系大施其挑拨离间之伎俩。始则在报纸上、在广播电台上造谣污蔑，大叫什么"苏联阴谋夺取土耳其"等等无稽之谰言，继则制造所谓巴本事件和击沉土轮事件，来企图嫁祸于苏联。不可否认的，纳粹对土耳其的压力和阴谋活动，并不是完全没有效果。一直到现在，土耳其总统——伊斯美还在高唱其所谓坚持"中立"的外交政策。在敌人压境的情况下，这种敌友不分的政策是非常危险的。

综观近东形势，纳粹在东地中海和保加利亚的增兵活动，其作用似乎在于从南北两面威胁土耳其，企图使土耳其不战而屈服。在这样情势下，土耳其的地位实在是非常重要。为什么如此呢？

第一，希特勒为了要策动日寇北进犯苏，配合它的春季攻势，急于在南方打通轴心联系，以壮日寇之胆；然而要达到此目的，只有两条途径可走：一条是占领苏彝士，由红海进入印度洋；还有一条便是假道土耳其，直犯伊拉克、伊朗，进入波斯湾。占领苏彝士不是一件容易的事情，因为东地中海英国防御的力量并不太弱，至于土耳其在国防方面虽有相当准备，然由于它的外交政策的不坚定，它是有空隙可乘的。此外，还有一个附带原因使纳粹不能忘怀于土耳其，那便是经过土耳其以掠夺伊拉克和伊朗丰富的油田。

第二，德军的主要战斗仍在东战场上，在那里，战争的主动权已在苏联红军手中，使希特勒有骑虎难下之苦。春季已迫在眉睫，希特勒心中最焦急的问题，便是如何能使它所狂歌的"春季攻势"兑现，如何夺回东战场上的主动权。因为这个问题是希特勒生死存亡的关键，开始颓丧着的德方军心能否挽回，日寇能否敢于犯苏，配合德寇作战，都和这个问题有密切关系。从这方面看来，土耳其的向背，对于苏德战争有重大的意义。土耳其不仅掌握着进入黑海的咽喉——达达尼尔海峡，而且与苏联的高加索接壤，与苏联著名的巴库油地相离不远。万一土耳其坠入纳粹的魔手中，希特勒便可能在南方另辟一个新的侵苏战场，来支撑他的"春季攻势"的场面。当然，希特勒这一着棋也并不是没有困难的。苏、土两国有悠久的亲善历史，土国当局的骑墙政策，并不能代表富有反侵略传统的人民的公意。红军抗战的伟绩和土耳其边疆上苏英军力的雄厚，仍足以鼓励土耳其保持独立抵抗德寇的意志。

近东的局势是异常紧张了，然而他还是次要的战场，主要的战场仍在苏德战场上。德寇将尽一切力量来企图夺回在这一战场上的主动权，他在其他战场上的行动，都是为了辅助这一主要目标。只有在希特勒受了红军极重大的打击，使他了解再没有办法发动对苏"攻势"的时候，他才会被迫在东战场上采取守势，而在其他战场上另想办法，以为苟延残喘作最后挣扎之计。

（《解放日报》）

（原载一九四二年四月一日《晋察冀日报》第一版社论）

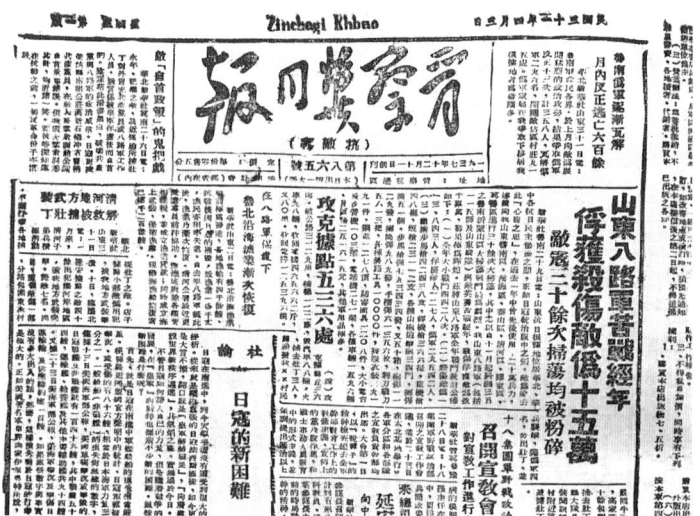

日寇的新困难

　　日寇在南进中，到今天似乎还没有遭受到很大的挫折。从来就是骄傲嚣张的日寇法西斯匪徒，如今更是大言不惭，开口就是"皇军赫赫战果"，"向着建设世界新秩序迈进"，其气焰之盛，实无过于今日。

　　不管日寇如何夸大自己的力量，但是随着战争的发展，在"皇军"面前却也摆着不少新的困难。这些新困难是什么呢？

　　首先，就是日寇在南进中军舰船舶的损失相当严重。根据最近同盟国官方声明中的统计，日寇军舰被击沉、或受伤的有八十六艘，相当于日本海军力量三分之一。一般船舶（非战舰）的损失尚无总的数字，仅据十三日美国海军部公报，美国单独击沉或击毁的日寇战舰及非战舰就有一百四十九艘，其中战舰五十四艘，运输舰、给养舰及其他主要辅助舰共九十四艘。又据二十三日美海军部公报，美海军击沉及击伤日运输轮及供应轮约达一百艘。如果这些数字与事实没有多大出入的话，那么，这里损失对于日寇的打击是极大的。正如美国著名军事评论家伊里奥特所说，日寇海军及商轮并非用之不尽，取之不竭，它在海面牺牲一舰，即少一舰在印度洋阻碍同盟国的航运，即少一舰在太平洋保护其海军根据地。我们除了同意伊里奥特的意见外，还要补充一句，日寇在海舰中牺牲一舰，即少一舰运输物质与运送军队，对于它的扩大战争有极大妨碍。

其次，占线日益扩大，使日寇的交通线渐渐不安，日寇已占领安达曼群岛，大批日军又向新几内亚前进，进攻印度和澳洲的前哨战已经开始，日寇的短足即愈伸愈长，而危险性也愈来愈大。由最近美国的潜艇竟活跃于日本海，日寇商轮三艘被击沉于东京湾附近，五千吨的货船一艘被击沉于中国海上等事实看来，就可知日寇的近海也变成不是安全的区域了。我们知道，今天日寇不只继续南进，而且还积极准备北进，如果北进真的成为事实，则不只战线继续扩大，而且将要遇到真正足以毁灭自己的强敌，这是谁也可以预料得到的。

第三，三个多月的战争中，物资的消耗相当大，而物资的来源，"只能依靠国内贮存"，国内贮存当极有限。"如果消耗的曲线与作战期间获取的新生命的曲线不能抵消，则继续战争是不可能的"（军务课长佐藤）。日寇在南洋所掠得的资源是否能与消耗相抵消呢？不能。因为南洋虽有丰富资源，但由于占领前的破坏与开发的困难，即日海军官方发言人平井大佐也不能不承认"吾人现无法利用"。这位发言人并且严厉批评："一部份日人误信马来亚及新加坡无限宝藏可使日战无敌，系错误之观念，必须立刻纠正"。虽然，日寇在目前还没有到达不能继续战争的境地，但是战争的扩大与延长，已经引起国内的严重不安了。

第四，战争的胜利并不能缓和国内的矛盾。据传在二月初，以宇垣、结成、丰田为首的现状维持派，曾酝酿倒阁运动，他们为要限制事态的扩大，一致不满东条的蛮干政策，希望近卫再起。虽然这种运动在目前情况下不易成功，但假若日寇在继续南进中遇到失利，则必然会给现状维持派以有利的机会起来反对东条。所以目前澳洲战局之对日寇有利与否，影响于东条。所以目前澳洲战局之对日寇有利与否，影响于今后日寇国内形势，及其北进时机的选择很大。

最后，同盟国反攻力量的逐渐增强，也增加了日寇的困难，美国军事生产一日千里的增长，伦敦与华盛顿战略指挥部的统一，美国的积极向澳洲增援，麦克阿瑟被任命为澳洲区同盟军统帅，并计划反攻，新几内亚海面同盟国海军的大捷，澳洲区域上空同盟国空军的获得主动，这些都是同盟国力量增强的表现。

如上所说，就是日寇的新困难。今天日寇还是强大的，但新的困难也在增加，我们只有如此认清敌人，才不致为他的"赫赫战果"所吓倒。

（《解放日报》）

（原载一九四二年四月三日《晋察冀日报》第一版社论）

是战略反攻还是攻势防御？

自血战巴坦半岛的美将军麦克阿瑟坐镇澳大利亚以后，英美通讯社盛传麦氏即对日进行战略反攻。在我国有些报纸，近来亦曾鼓吹美国在南太平洋上"迅速作有效的、大规模的、战略反攻"。这就出现了这样的问题：太平洋战争已经发展到什么阶段？是否英美及各同盟国，特别是在澳洲方面，是否已经具备了立即举行战略反攻的条件。我们要认识清楚目前南太平洋战局的真相，这一问题就需要明确的答复。

不错，日寇虽然获得了不少胜利，可是它的困难亦逐渐增加了，日寇的交通线大大延长了。它目前的进攻对象——澳洲，不是狭窄的半岛和小岛，而是广漠的大洲，它的人民不是没有获得解放的殖民地人民，而是享受相当独立与民主的自治领人民。澳洲的军事已由麦克阿瑟统一指挥，而美方援军亦有一部开到。在澳洲上空，美空军已逐渐获得主动，不像在新加坡等地上空日机得肆无忌惮，横行无阻。美澳空军曾迭次出击，给日寇运输舰队和飞机场以猝不及防的打击。

然而，这些事实，并不能说明美澳军已经开始了战略的反攻，或者已有能力进行这样的反攻。为什么？我们从南太平洋交战的双方军力对比而言；陆军和海军日寇仍占优势，就是空军的数量，同盟军方面仍然相形见绌，由于美澳间远隔重洋，大量的兵员、军械和物资的输送是一件极艰巨的事情。即如战争最需要的汽油，澳洲本身并无出产，要靠美国的远道接济，而日寇则可以从荷印就地掠取，它的"以战养战"的计划已得到某些成功，这是无可否认的。今天日寇对于澳洲本土的严重威胁并未解除，澳洲仍然处于战略防御的地位，它的急切任务是防御日寇对澳洲的新进攻，阻止日寇侵入澳洲，以确保同盟军在西南太平洋上的最后根据地。在这种情况之下，高唱马上进行战略反攻，不但泛泛空谈、于事无补，而且混淆人们对于战局的认识，阻碍同盟国方面采取实事求是的作战方针。

在双方力量未发生变化之前，美澳军不可能找寻、而且也不应找寻主力的决战。它们所能干的，而且应当积极去干的，除了坚守澳洲必要的战略据点以外，是选择敌人的弱点，特别是敌人交通线的漫长和占领区域的辽阔，利用空军、和快速舰队、和潜水艇，袭击敌人的运输舰队和孤立据点，来不断地消耗敌人的力量。麦克阿瑟抵澳后所订的作战计划，亦曾规定采取这样的办法。然而我们必须指出，这些办法并不是战略上的反攻，而只是战略上的攻势防御。美澳军只有坚决不懈地组织无数次的战术上的反攻，才能争取时间使同盟军在西南太平洋上能逐渐获得优势，以期转入战略反攻和最后战胜日寇。

在目前希特勒的"春季攻势"跃跃欲试之时，日寇亦准备更大的冒险，这种冒险将更使日寇的兵力更加分散，它的困难更加增加，而使"两年内击败日寇"的预言更有实现的可能；然而太平洋战争毕竟是一个艰苦持久的战争，最后解决日寇尚有待于同盟国的加倍和一致的努力，任何依赖他人的企图，不但不适合目前的情况，而且是不利于反侵略阵线的。

（《解放日报》）

（原载一九四二年四月八日《晋察冀日报》第一版社论）

整顿三风必须正确进行

　　主观主义、宗派主义、党八股三股阴风在我们党内作怪了多年，它给与我们党和中国人民以无可比拟的重大损失。现在，在我们党内虽然已经只是一种残余，一种偏风；但是它仍然障碍着我们某些部门的工作的应有开展和改进。毛泽东同志指斥了它，号召全党为整顿三风而斗争。在这个号召之下，整顿三风的斗争已经开展起来了，这是我们全党和全国人民应当庆幸的大事情。

　　一切斗争要勇敢的进行才能成功，一切斗争尤其需要正确的进行才能成功。勇敢而不正确，不但不会成功，相反会遭到严重的失败。勇敢与正确那个更重要些，正确是更重要些。

整顿三风可以用两种方法，一种是正确的方法，一种是不正确的方法，即主观主义、宗派主义的方法。用正确的方法来整顿三风，三风必正；用不正确的方法即主观主义宗派主义的方法来整顿三风，不仅不能整顿三风，相反的会做三股阴风的俘虏。

正确的与不正确的斗争方法，其第一个分别就在对事的态度。正确的斗争方法主张实事求是，有的放矢，因此就必须清楚了解应射的是什么的，必须了解什么叫做三风。这就要细心研究一下毛泽东和康生同志的报告和了解一些党史；再则，必须了解某件事情是否属于三风不正之列，是否为应射之的。为此，必须对于那件事情加以全面和历史的研究，研究它的前因后果，研究它的内情和环境。经过这种研究之后，应射的则勇敢的射它，不应射的则不乱放一矢。这就是对于事情的实事求是，有的放矢的态度。没有这种态度，没有调查研究，就没有资格说话，没有资格放矢。不正确的斗争方法与此不同。它或者根本并不知三风不正是什么一回事，或者并不去了解某件事情是否真正属于三风不正之列，以主观的好恶来决定行动，凡是自己认为对的，都当作正风看待，自己认为不对，都乱加以三风不正的帽子。或则有的不射，或则无的放矢。说得好一点，这是盲目从事，说得坏一点，这是假公济私。结果必然成为主观主义、宗派主义的俘虏。

正确的与不正确的斗争方法其第二个分别，就在对人的态度。正确的斗争方法，对人也主张实事求是，有的放矢。因之，对于人也必须作全面的历史的研究，经过这种研究之后，然后才能断定他是否三股阴风的根深蒂固，才能判定他现在正在向那里走，是在真正改正错误呢？还是在假貌为善坚持错误？对于三股阴风的根深蒂固与坚持错误的人，要向他坚决斗争，促其反省和改正；对于只有个别错误（应该说人人都不免个别错误）而真正改正错误的人，应该鼓励他百尺竿头更进一步，而不是对他吹毛求疵，弄得他左右为难，不好做人。不正确的斗争方法与此相反，它只凭感情不凭理智，只凭成见，不去仔细研究是非。它或者有的不射，或者"狗咬吕洞宾"，或者把正在改进的人当作坚持错误的人，或者把假貌为善的当作已经改正错误的人，结果一定成为成见，或竟为感情所激，甚至被坏人利用。

正确的与不正确的斗争方法其第三个分别，就在对自己的态度。正确的斗争方法，不但要与别人的错误作斗争，而且还要深刻的检讨自己，看看自己有没有三风的地方，怎样来求得纠正自己，而有利于党，有利于人民。错误是人人有的，人人应有自己反省的勇气。不正确的斗争方法则完全相反，他只见别人之坏，只见自己之好，替三股阴风准备了藏身的"死角"，这个"死角"就在他自己身上。

正确的与不正确的斗争方法其第四个分别，就在于前者的目的是"治病救人"，后者的目的是打击别人，抬高自己。治病救人是以同志的态度对待同志，是尽力挽救犯错误的同志，只有在他枯恶不□无法挽救的时候，才不得不打击这个害群之马；只要稍有一丝希望的人，即是犯的错误很大，也希望他回心向善。不正确的斗争方法就与此相反，他只是乱喊一阵口号，只是乱打一阵别人，甚至采用放暗箭，进行无原则的攻击诽谤等等，不是与人为善，而是打击损害同志。

正确的斗争方法在我党历史中辉煌的前例，就是毛泽东同志所领导的反对张国焘机会主义的斗争。这个斗争巩固了我中共党和军队，使机会主义者张国焘露了原形，单独一人叛党而去，挽救了许许多多曾被张国焘蒙蔽过的好同志。不正确的斗争方法，即主观主义、宗派主义的斗争方法，在我党历史中有过不少例子，其结果是削弱了党，损害了革命。

在今天整顿三风的时候，我们的□党员必须回忆这些经验，我们的□党员必须学习这些经验。只有以正确的方法来整顿三风，才能达到三风必死的目的。要知道，整顿三风的斗争比起反对张国焘机会主义的斗争来要艰巨十倍百倍，因为这是我党思想上的革命，这是极细腻的思想斗争，决非轻浮草率所能了事。但正如毛泽东同志在解放日报改版座谈会上所指出：在这个斗争中已经发现了绝对平均观念与冷嘲暗箭等不正确的办法，从不正确的立场来说话。这种错误的观念，错误的办法，不但对于整顿三风毫无补益，而且是有害的，我们强调整顿三风，必须正确进行，其道理就在这里。

（《解放日报》）

（原载一九四二年四月九日《晋察冀日报》第一版社论）

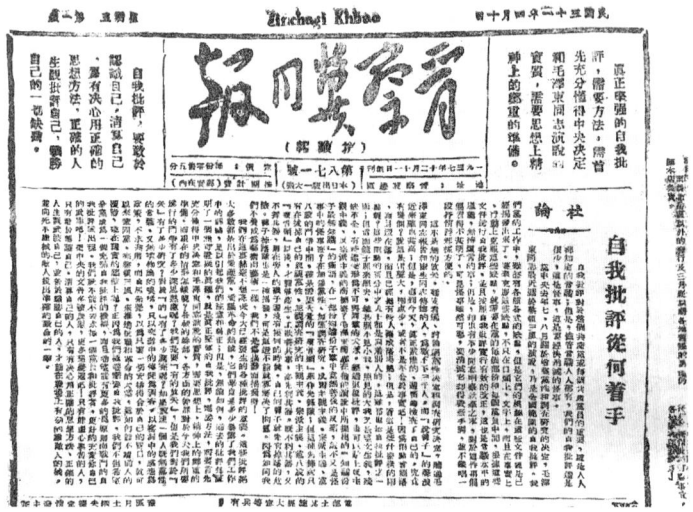

自我批评从何着手

自我批评对于整个共产党或每个共产党员的重要，这是人人都知道的常识；但是，尽管常识人人都有，我们的自我批评还是很少，这是怪事，这是要赶快消灭的怪事。

党中央去年七、八月关于增强党性和调查研究的决定，毛泽东同志最近关于整顿三风的演说，乃是全国范围的自我批评。我们党的工作中，虽然有各种各式的缺点，但是它们的根源在这些文件里是已经揭发出来了。要来克服这些缺点，不只在口头上、文字上，而且在事实上、行动上克服这些缺点，就需要在党的每个部份和每个党员中间，根据这些文件进行自我批评，并且按照自我批评实行有效的改正，这也是常识水平的道理，无待烦言的事；但是，却也有不少同志明察秋毫之末，对于这件事偏偏看得不甚明了，可见怪事虽然可恶，要消灭它却得费些手脚，并不像唱一段抒情诗那样方便的。

　　这不是无的放矢。延安看过，讨论过党性决定和调查研究决定，听过毛泽东同志报告和康生同志传达的人，为数不下三千人，而"脱裤子"的声浪近来确也甚高；但是，直到今天，真正严肃的、周密的检查了自己的，究竟有几个？说这是雷声大，雨点少，或者不是不合于事实吧！因为雨点曾经落，而且还在落，而且已经把有些人落成落汤鸡；但是，看这是些什么样的雨点呢？这些雨点的百分中之九十都是向着别人的。这虽然也是自我批评之一面；但这面镜子照来照去，总是照不见小我，照见的大我又是望文生义，残缺不全，有时还变形为不可与同群的犬豕。经过这种批评，也可以贴上反主观主义、反宗派主义的商标么？毛泽东同志在他的演说中所提出的"知识分子最无知识"的痛语，在一部份知识分子群中竟无善后的反应，这不又是怪事中的怪事么？在加强党性、加强调查研究、反对主观主义、宗派主义、党八股的斗争中间，确是需要大量的"硬骨头"来作先锋队；但这种先锋队只有在拔掉自己的忽视党性、忽视调查研究的主观主义、宗派主义、党八股的"硬骨头"以后，才能够产生。工欲善其事，必先利其器，既不利其器，又不择其器，则在旁人的裤子还没有摸到的时候，自己的裤子就先有掉落的危险。裤子掉落虽也是一种揭发，可是这还不能就算解决了问题。因为如同我们不赞成为艺术而艺术一样，我们不是为揭发而揭发呀！

　　我们在这里丝毫不想降低今天已经发生的种批评的意义。这些批评绝大多数都是出于爱护党、爱护革命的热诚，它们毕竟是多少暴露了我们工作中的弱点，足以引起我们的注意和纠正；但是，无论如何，过去的批评却证明了一个无可置疑的真理，就是真正坚强的自我批评，需要方法，需要首先充分懂得中央决定和毛泽东同志演说的实质，需要思想上、精神上的郑重的准备。而现在的情形怎样呢？各级的干部、各方面的干部对于今天我们所要进行的斗争有了多少深思熟虑呢？我们是要"有的放矢"，但是我们对于"矢"有了多少研究？对于"的"有了多少调查呢？如果设想一个人既无党性的常识，又无唯物论的嗅味，只以交游中的传闻为调查，以窑洞中的感想为政策，不求甚解，而自居先觉，以为只要一切安排得合于自己的胃口，就可以来巩固党、来整顿三风，来推进抗战和革命的大业，这如何能不踏前人的覆辙，碰在现实的墙壁上呢？正因为我们极端需要自我批评，我们不但希望全党成为一个充满自我批评的机器，而且希望能有更多的为原则而战斗的自我批评家出现。我们就不能不要求每一个党员和批评者，更好的充实你自己的武库吧！把中央的文件多读几遍，更多想几遍吧！只有能虚心学习的人，只有敢于认识自己、清算自己的人，只有有决心用正确的思想方法、正确的人生观武装自己，并善于战胜自己的人，才能在战场上有效的缴敌人的械，并向死不缴械的敌人投出准确的致命的一击。

（原载一九四二年四月十日《晋察冀日报》第一版社论）

在游击战争环境中在职干部教育是可能和必要的

我们的党是站在抗战的最前线，我们的在职干部中有一大部份是在敌后坚持着抗战，在非常残酷和紧张的游击战争环境中在职干部教育是否可能和必要呢？只要我们研究一下我党中央关于在职干部教育的决定，便可以找出正面的答案。"对在职干部就是工作岗位上施以必需的与可能的教育，实是全部干部教育中的第一位工作，应当引起党、政、军、民各级领导机关及其宣传教育部门的充分注意，游击战争的特点不但允许我们这样做，而且必须这样做的。"

不可否认的，在敌后游击战争的环境中，进行干部教育是有很大的困难，特别是平原地带，敌人反复"扫荡"之际，我们的指战员和政治工作人员往往夜不安枕，衣带不解，时时提心吊胆防备敌人的突击，不断地转移着，不断地战斗着，在出生入死之中完成任务。在这样的环境里不像我们在延安的同志们一样，做到起居有定、按时学习，那当然是不可能的。

可是这些困难是否可以加以克服呢？在敌后我们拥有巩固的根据地，特别是在山地的根据地，当我们的部队移入这些根据地实行补充、整训的时候，那便是这些部门加紧在职干部教育的最好机会。细心研究我党的决定，根据这些决定来检讨过去战斗的丰富经验，这是使理论与实践紧密联系的最好办法；还有，就是在战争频繁之际，我们都不应当放松任何可以学习的机会，在每天的战斗生活中，我们所看见的、所听到的、所经历的、在我们周围的错综复杂的敌、我、友三方面具体情况，无一非我们调查研究的对象。每一战役和任何一个问题的解决，无不可以根据中央整顿三风的号召加以检讨。而这种检讨不特可以改造同志们的作风，使他们更有能力去完成战斗的任务；而且能使我党整顿三风的运动更加具体化。最近电讯传来：正当太行山上血战坚持反"扫荡"战争之际，同志们在行军途中，一面走路，一面朗诵毛泽东的演讲，人人欢欣鼓舞、忘却了战争的疲劳，这种精神真是值得做大家的模范。

由于我党所负的任务的艰巨，在职干部必要在战斗中学习来不断提高自己的理论水平和工作能力；敌后游击战争是一个持久、艰苦的战争，这个战争同时是锻炼我们的学校，在"不妨碍战争"的条件下，我们应当可能地克服客观的困难，给在敌后艰苦战斗的在职干部以必需的与可能的教育。

（原载一九四二年四月十一日《晋察冀日报》第一版社论）

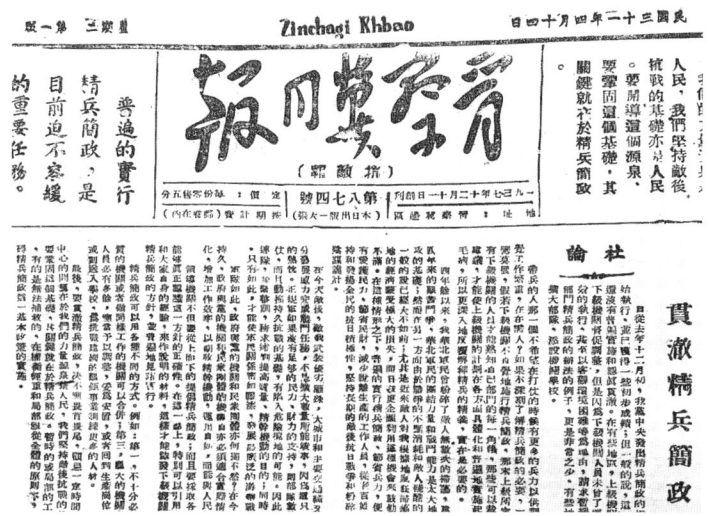

贯澈精兵简政

自从去年十二月初，我党中央发出精兵简政的指示以来，华北各抗日根据地虽以开始执行，并已获得一些初步成绩；但一般的说，这一重要指示还没有引起应有的认识，还没有普遍实施和认真贯澈。在有些地区，上级机关订定精兵简政的计划，并且派员至下级机关督促调整，但是因为下级机关人员未曾了解精兵简政的重要意义，所以不能有效的执行，甚至以客观环境困难等为理由，请求暂缓执行。至于由下级机关自动提出本部门精兵简政的办法的例子，更是非常之少，有些地区根本尚未开始，有些地区还在想扩大部队，添设机关学校。

带兵的人那一个不希望在打仗的时候有更多的兵力以

供调遣？而负责行政的人又那一个不感觉工作繁重，在在需人？如果不深刻了解精兵简政的必要，一定会囿于已成之局，顾此失彼，一筹莫展，假若下级机关不自觉地施行精兵简政，那末上级所定的一般计划决难真正贯澈，因为只有下级机关的人员才能熟知自己部门的每一角落，那些可以裁减，那些可以合并；只有他们踊跃建议，才能使上级机关的计划在各方面具体化和普遍地实施起来，而不致有一纸空文无补于事的毛病，所以更深入地反复解释精兵的精义，实在是必要的。

四年余以来，我华北军民曾粉碎了敌人无数次的"扫荡"，建立和巩固了许多抗日根据地，经过四年来的艰苦斗争，华北军民的团结力量和战斗能力是大大地提高了，这样就奠定了将来进行反攻的基础；然而在另一方面由于战争的不断消耗和敌人残酷的摧残，敌后抗日根据地的民力财富一般的说已经大不如前；尤其是近来敌人对我根据地疯狂"扫荡"，有组织地实行三光政策，使根据地的经济蒙受极大的损失，而日寇更企图利用这种机会来鼓动根据地人民对于军队和抗日政权的不满。在这种情形之下，普遍的实行精兵简政，节省兵力，便成为目前迫不容迟的重要任务。只有爱护民力，节省民财，减少脱离生产的工作人员，从老百姓的肩上拿掉不必要的担负，才能维持和发扬全民的抗日积极性，坚持长期的敌后抗日战争和粉碎敌寇对各阶层人民实行挑拨离间的阴谋诡计。

在今天敌后，敌我武装优劣悬殊，大城市和主要交通线又在敌人手中，我们的正规军要充分发展威力完成战斗任务，不是扩大数量所能竣事，因为这只能增加人民的负担，影响人民参战的热忱。正规军如果没有足够的民力、财力的支持，则部队数量愈大，困难愈多，不但不能打胜仗，而且动摇持久抗战的基础，有陷入危险境地的可能。因此，只有裁减老弱、缩编部队，充实连队，加紧整训，务求达到提高质量、精干机动的目的；同时，大量发展不脱离生产的人民武装。只有如此，才能使军民关系密如胶漆，发展最广泛的游击战争，使敌寇应接不暇，疲于奔命。

军队如此，政府与党的机关和民众团体亦何独不然？在今天敌后战争既然这样残酷、频繁、持久，政府与党的机关和民众团体的机构自亦必须适合实际情况，缩减脱离生产人员，组织简单化，增加工作效率，以期收精干机动，运用自如，而能与人民打成一片之效。

领导机关不但要从上而下的提倡精兵简政；而且要采取各种具体办法，来使下级机关的人员能够真正认识这一方针的正确性。在这一点上，特别可以引用最近反"扫荡"战争中活泼生动的例子和大家自身的经验，来作说明的材料，这样才能启发下级机关的人员的自动性，自下而上的充实精兵简政的方针，并普遍地见诸实行。

精兵简政可以用各种不同的方式。例如：第一，不十分必要的机关忍痛取消；第二，同样性质的机关或者做同样工作的机关可以合并；第三，庞大的机关可以减缩。经过这样的步骤，干部人员必有多余，应当予以调整，妥为安置，或者回到生产岗位，或则调往干部太形缺乏的地方，或则送入学校，为抗战建国的艰巨事业训练更多的人材。

最后，要贯彻精兵简政，决不应畏首畏尾，顾忌一定时间和一定程度内缩小了工作的范围；中心的问题在于我们的力量源泉是人民，我们坚持敌后抗战的基础亦是人民，要开导这个泉源、要巩固这个基础，其关键就在于精兵简政。暂时的或局部的工作范围的缩小，有的是可以补救的，有的是无法补救的，在权衡轻重和局部服从全体的原则下，亦只得毅然实行，而决不能因此妨碍精兵简政这一基本政策的实施。

（《解放日报》）

（原载一九四二年四月十四日《晋察冀日报》第一版社论）